UNA QUESTIONE PRIVATA

di Beppe Fenoglio

※ 이 책은 2010년 인간희극에서 출간된
『사적인 문제』의 Movie Tie-In 에디션입니다.

UNA QUESTIONE PRIVATA
by Beppe Fenoglio

© Copyright Beppe Fenoglio Estate. All rights reserved.

This Korean edition was published by Human Comedy Publishing Co. in 2019
by arrangement with The Italian Literary Agency(TILA)
through Imprima Korea Agency, Seoul.

이 책의 한국어판 저작권은 Imprima Korea Agency를 통한 저작권자와의
독점계약으로 도서출판 인간희극에 있습니다.

레인보우
나의 사랑

벱페 페놀리오 지음

이소영 옮김

인간희극

옮긴이 이소영

한국외국어대학교 이탈리아어과와 동대학원을 졸업했다.
이탈리아 로마 라 사피엔차 국립대학교에서 문학박사 학위를 받았다.
현재 한국외국어대학교 이탈리아어과에서 강의하고 있다.
옮긴 책으로 프리모 레비의 『휴전 La tregua』(2010년, 돌베개)이 있다.

레인보우: 나의 사랑

초판 1쇄 인쇄 2018년 12월 27일
초판 1쇄 발행 2019년 1월 3일

지 은 이   벱페 페놀리오
옮 긴 이   이소영
펴 낸 이   이송준
펴 낸 곳   인간희극
등   록   2005년 1월 11일 제319-2005-2호
주   소   서울특별시 금천구 서부샛길 528, 608호
전   화   02-599-0229
팩   스   0505-599-0230
이 메 일   humancomedy@paran.com

ISBN 978-89-93784-62-6 03880

차 례

1

반쯤 입을 벌린 채, 옆구리를 따라 두 팔을 축 늘어뜨린 밀턴은 알바 시市를 굽어보는 산 위에 자리 잡은 외딴 풀비아의 빌라를 바라보았다.

그의 심장은 뛰지 않았다. 아니, 몸속에 꼭 숨어 있는 것 같았다.

살짝 열려있는 대문 너머로 길에 늘어선 네 그루의 앵두나무와 검고 반들거리는 지붕 위로 훌쩍 솟아있는 두 그루의 너도밤나무가 보였다. 요 며칠 내린 거센 비에도 빛바래지 않은 벽들은 언제나처럼 얼룩도 그을음도 없이 깨끗했다. 창문은 모두 사슬이 채워져 있어 오래 전부터 닫혀있음이 역력했다.

'언제 그녀를 보게 될까? 전쟁이 끝나기 전에는 불가능하겠지. 바랄 수조차 없어. 하지만 전쟁이 끝나는 바로 그 날, 그녀를 찾으러 난 토리노로 달려갈 거야... 우리의 승리만큼이나 그녀는 내게서 멀리 떨어져있구나.'

밀턴의 동료가 젖은 진흙 위를 스케이트를 타듯 재치며 다가왔다.

"왜 방향을 바꿨어?" 이반이 물었다. "왜 멈춰선 거야? 뭘 보고 있어? 저 집? 왜 저 집에 관심이 가는 건데?"

"전쟁이 시작되고부터 그녀를 보지 못했어. 그리고 전쟁이 끝나기 전에는 그녀를 다시 볼 수 없겠지. 5분만 기다려줘, 이반."

"이건 기다리고 말고의 문제가 아니라 생사의 문제라고. 여기 위쪽 지대는 위험하단 말야. 정찰을 다니잖아."

"여기 위에까지 오진 못해. 기껏해야 철길까지 올 뿐이야."

"내 말 들어, 밀턴. 빨리 뜨자고. 난 아스팔트길이 싫단 말야."

"우린 지금 아스팔트길 위에 서있는 게 아니야." 빌라를 다시 뚫어지게 바라보던 밀턴이 대답했다.

"바로 우리 밑으로 지나가잖아." 그러면서 이반은 아스팔트가 여기저기 갈라지고 구멍이 숭숭 뚫린, 산등성이 바로 아래쪽에 나 있는 도로 한 자락을 손가락으로 가리켰다.

"난 아스팔트길이 싫다고." 이반이 되풀이했다. "시골의 오솔길에서는 내게 무슨 미친 짓을 시켜도 괜찮아. 하지만 아스팔트길은 싫다고."

"5분만 기다려줘." 밀턴은 조용히 대답하고 빌라를 향해 나아갔다. 이반은 한숨을 내쉬면서 쭈그리고 앉아 스텐 총을 허벅지에 내려놓고는 큰길과 비탈진 오솔길들을 살폈다. 그러면서도 동료에게 마지막으로 눈길을 슬쩍 던졌다.

"걸음걸이가 왜 저래? 저렇게 달걀 위를 걷듯이 걷는 것은 몇 달이 지나도록 한 번도 본 적이 없는데."

밀턴은 못생겼다. 키가 크고 비쩍 마르고 어깨가 굽었다. 피부는 두껍고 창백하기 그지없었지만, 빛이나 기분이 조금만 바뀌어도 피부색이 어두워졌다. 나이 스물 둘에 벌써 입가에는 팔자 주름이 깊게 패었고, 거의 계속해서 찡그리고 있는 습관 때문에 이마에도 주름이 깊게 새겨져있었다. 원래는 갈색머리였지만 수개월 동안 계속된 비와 먼지가 그의 머리카락을 너무도 초라하게 바랜 금발로 바꿔놓았다. 슬프면서도 비꼬는 듯한, 강인하면서도 초조한 듯한 두 눈, 아무리 호의적이지 못한 여자라도 대단하다고 평가할 법한 그의 두 눈만이 생생하게 활기를 띄고 있었다. 말처럼 가늘고 긴 다리를 갖고 있어서 그는 넓고 반듯하고 빠른 걸음으로 걸을 수 있었다.

삐걱 소리도 내지 않는 대문을 지나, 밀턴은 길을 따라 세 번째 앵두나무가 있는 곳까지 나아갔다. 1942년 봄에는 앵두가 어찌나 탐스럽게 영글었던지! 풀비아는 나무를 타고 올라가 둘을 위해 앵두를 따곤 했다. 초콜릿을 먹은 뒤 입가심을 하려는 것이었다. 풀비아는 진짜 스위스제 초콜릿이 끝없이 나오는 복주머니라도 가진 듯 했다. 그녀는 사내아이처럼 앵두나무를 타고 올라가 가장 영광스럽게 익은 앵두를 따겠다고 말하고는 그다지 튼튼해 보이지 않는 옆가지로 몸을 뻗치곤 했다. 바구니는 이미 가득 찼지만 여전히 그녀는 나무에서 내려오기는커녕 옆가지에서 가운데 줄기로 돌아오지도 않았다. 결국 밀턴은 자신이 좀더 그녀 밑으로 와서 아래에서 위로 올려다볼 결심을 하도록 풀비아가 일부러 꾸물대는 것이라고 생각하기에 이르렀다. 그러나 머리카락이 쭈뼛 서고 입술이 부들부들 떨리면서 밀턴은 뒤로 몇 걸음 물러났다. "내려와, 이제 됐어. 내려오라고. 더 이상 꾸물대면 앵두는 하나도 안 먹을 거야. 내려와. 안 그러면 울타리 뒤에 바구니를 엎어버린다. 내려와, 너 지금 날 불안하게 만들고 있잖아." 풀비아는 깔깔 소리 내며 웃었다. 마지막 앵두가 달린 높은 가지에서 새 한마리가 도망치듯 날아갔다.

밀턴은 더없이 가벼운 발걸음으로 집을 향해 나아가다가 곧 걸음을 멈추고는 앵두나무들 쪽으로 뒷걸음쳤다. '어떻게 잊고 살 수 있었단 말인가?' 몹시 괴로워하며 그는 생각했다. 마지막 앵두나무가 있는 바로 그 위치에서 일어난 일이었다. 그녀가 길을 가로지르더니 앵두나무들 너머 풀밭으로 들어간 것이었다. 하얀 옷을 입은 데다 풀은 더 이상 미지근한 온기도 없었지만 그녀는 풀밭에 드러누웠다. 손을 모아 땋은 머리와 뒤통수를 받치고 누워 그녀는 태양을 응시했다. 하지만 그가 풀밭에 들어오려는 몸짓을 보이자 그녀는 안 된다고 소리쳤다. "거기 있어. 앵두나무에 기대 있으라고. 그렇게." 그러고는 태양을 바라보며 말했다. "넌 못생겼어." 밀턴이 눈으로 동의를 표하자 그녀는 다시 말을 이었다. "네 두 눈은 놀랍도록 멋지지. 입도 예쁘고, 손도 예뻐. 그런데 합치면 못생겼단 말야." 그녀는 그를 향해 보일 듯 말듯 고개를 돌리고는 "그래도 그렇게 못생긴 건 아냐. 네가 못생겼다고들 어떻게 말할 수 있는 거지? 다들 생각 없이... 아무 생각 없이들 말하는 거야." 하지만 좀더 있다가 그녀는 여리게, 그러나 그가 분명히 들을 수 있도록 말하는 것이었다. "히에메 에트 에스타테, 프로페 에트 프로쿨, 우스퀘 둠 비밤..."＊오, 위대한 신이시여, 저 하얀 구름 속에 그 사람의 모습을 단 한 순간만이라도 내게 보여주오, 내가 이 말을 하게 될 사람의 모습을." 그러더니 그를 향해 갑자기 머리를 홱 돌리고는 말했다. "다음 번 편지는 어떻게 시작할거야? 혹시, '제기랄, 풀비아'?" 그는 앵두나무 껍질에 머리카락 스치는 소리를 내며 고개를 흔들었다. 그러자 풀비아는 숨 가쁘게 말했다. "그건 다음 편지는 없을 거란 뜻이야?"

"단지 편지가 '제기랄, 풀비아'로 시작되지 않을 거란 얘기야. 편지에 대해선 걱정 마. 나도 알아. 우린 이제 어쩔 수가 없잖아. 나는 편지를 쓰고 너는 편지를 받고, 그럴 수밖에."

그에게 편지를 쓰도록 만든 것은 바로 풀비아였다. 처음으로 그를 빌라에 초대해 모임이 끝나갈 무렵이었다. 딥 퍼플의 가사를 번역해달라고 풀비아가 위층으로 그를 불렀던 것이다. 내 생각에는 노을에 대한 얘기 같아, 라고 그녀가 말했다. 그는 음반을 채 몇 번도 돌려듣지 않고 번역해주었다. 그녀는 '그' 스위스 초콜릿 바 하나와 담배를 그에게 주었다. 그러고는 그를 대문까지 바래다주었다. "너를 또 볼 수 있을까?" 그가 물었다. "내일 아침 네가 알바 시내로 내려올 때 말야."

"안 돼, 절대 안 돼."

"하지만 넌 매일 아침 시내에 오잖아." 그가 항의했다. "와서, 모든 커피 집을 한 바퀴 돌잖아."

"절대 안 돼. 너랑 나랑은 시내에서는 우리 구역에 있는 게 아니란 말야."

"그럼 나, 여기는 다시 와도 돼?"

"다시 와야 할 걸."

"언제?"

"딱 일주일 뒤에."

지금의 밀턴은 엄청나고 극복할 수 없을 것 같은 그때의 그 긴 기다림의 시간 앞에서 여전히 더듬거리고 있었다. 그런데 그녀는, 도대체 그녀는 어떻게 그토록 경쾌하게 약속시간을 결정할 수 있었을까?

"딱 일주일 뒤에 만나는 걸로 해. 하지만 그 동안에 넌 내게 편지를 써야 돼."

"편지?"

"물론이야. 밤에 내게 편지를 써."

"알았어. 하지만 무슨 편지를 쓰란 말이지?"

"그냥 편지."

밀턴은 그렇게 했고 약속된 두 번째 만남에서 풀비아는 그에게 글을 아주 잘 쓴다고 말했다.

"나는... 뭐, 괜찮은 편이지..."

"아니 아주 멋지게 잘 써. 내가 토리노로 돌아가 제일 먼저 뭘 할지 알아? 네 편지들을 넣을 함을 하나 살 거야. 편지들을 전부 넣어 둬야지. 그 편지들은 절대 아무도 못 볼 거야. 아마 내 손자들이 지금 내 나이가 되어서야 볼까나."

그러자 그는 풀비아의 손자들이 자신의 손자들이 아닐 수도 있다는 끔찍한 가능성의 그림자에 짓눌려 아무 말도 할 수 없었다.

"다음 편지는 어떻게 시작할 거야?" 그녀가 말을 이었다. "이 편지는 '눈부신 풀비아'로 시작했네. 정말로 내가 눈부셔?"

"아니, 넌 눈부시지 않아."

"오호, 아니라고?"

"넌 눈부심 그 자체니까."

"너, 너, 너..." 그녀가 말했다. "너는 어떤 단어를 너만의 방식으로 말하는 재주가 있어... 예컨대, 꼭 내가 눈부심이라는 말을 처음 듣는 것 같았거든."

"이상할 거 없어. 너 이전에 눈부심이란 없었으니까."

"거짓말쟁이!" 잠깐 뒤 그녀는 이렇게 중얼거렸다. "태양 좀 봐! 너무 멋지지?" 그녀는 벌떡 일어서더니, 길가를 따라 태양을 마주보고 달렸다.

이제 그의 나지막한 시선은 멀리 풀비아가 달려가던 그 길을 따라갔다. 그러나 끝까지 가기도 전에 시선은 다시 출발점으로, 마지막 앵두나무로 돌아왔다. 앵두나무는 얼마나 볼품없어졌는지, 얼마나 늙어버렸는지... 희뿌연 하늘을 배경으로 앵두나무는 몸을 떨면서 아무렇게나 물방울을 뚝뚝 떨어뜨리고 있었다.

그는 정신을 차리고, 다소 무거운 걸음으로 주랑현관 입구의 넓은 앞마당에 도착했다. 자갈은 젖은 낙엽들로 덮여있었다. 풀비아 없이 보낸 두 번의 가을이 남긴 낙엽들로. 책을 읽을 때면 그녀는 거의 언제나 그곳, 중앙 아치의 한켠에 붉은 방석들을 놓아둔 버들가지로 만든 커다란 안락의자에 앉곤 했다. 그녀는 『녹색 모자』, 『엘사 아가씨』, 『사라진 알베르틴』* 같은 책들을 읽었다. 풀비아의 손에 들린 그 책들은 밀턴의 마음을 찔렀다. 그는 마이클 아렌, 슈니츨러, 프루스트를 저주하고 증오했다. 시간이 지나면서 다행히 풀비아는 그들 없이도 지내는 법을 배우게 되었다. 이제 그녀에게는 밀턴이 그녀를 위해 끊임없이 번역해준 단편들과 시로 충분한 듯 보였다. 처음에 그는 '에벌린 호프'*의 번역본을 그녀에게 가져갔다.

"나한테 주려고?" 그녀가 물었다.

"오직 너한테 주려고지."

"나한테 왜?"

"왜냐하면… 네가 이런 거 좋아하는 사람이 아니면 끝장이니까."

"끝장이야 내가?"

"아니, 내가 끝장이라고."

"도대체 뭐길래 그래?"

"아름다운 에벌린 호프는 죽었네/ 한 시간만 그녀 곁에 지켜 앉아 있어줘."

잠시 후, 그녀의 두 눈은 눈물로 반짝였다. 하지만 그녀는 번역자에 대한 찬사를 늘어놓는 데 더 열중했다. "이거 정말 네가 번역한 거야? 그럼 넌 정말 신이구나. 근데 밝고 명랑한 것들은 번역 안 하니?"

"안 해."

"왜?"

"눈에 들어오지도 않아. 내게서 도망치는 게 분명해. 밝고 명랑한 것들은."

다음번에는 포우의 단편을 가져갔다.

"뭐에 대한 얘기야?"

"오 내 사랑, 내 잃어버린 사랑, 내 잃어버린 사랑 모렐라."

"오늘밤에 읽을게."

"이거 이틀 밤 만에 번역한 거야."

"밤에 너무 늦게까지 안 자는 거 아니니?"

"어쨌든 그래야해." 그가 대답했다. "경보가 울리지 않는 밤은 없고, 또 난 UNPA*에 들었으니까."

그녀는 웃음을 터뜨렸다. "UNPA에! 너 UNPA에 들었어? 그건 내게 숨겼어야지. 너무 웃긴다. 노랑파랑 완장을 찬 UNPA 지원자라니."

"완장 차는 건 맞아. 하지만 지원자는 아니라고! 연맹에 징집당한 거란 말야. 경보가 울리는데 안 나가면 다음날 보초병들이 집에 들이닥친다고. 조르조도 UNPA에 들었어." 그러나 풀비아는 조르조에 대해서는 웃지 않았다. 아마도 그녀의 모든 웃음을 밀턴에게 쏟아버렸기 때문일지도 몰랐다.

그에게 그녀를 소개시켜준 것은 조르조 클레리치였다. 농구경기를 한 뒤 체육관에서였다. 탈의실에서 나왔을 때 두 사람은 그녀를 발견했다. 밀려나오는 관중들 속에서 그녀는 마치 해초들 속에 숨은 진주 같았다. "이쪽은 풀비아야. 열여섯 살이고. 공중폭격이 걱정돼서 토리노에서 피난 왔어. 사실은 그녀는 재미있어했지만 말야. 지금은 여기 언덕 위, 공중인의 소유였던 빌라에서 지내고, 뭐, 기타 등등, 기타 등등. 풀비아는 미국 음반을 엄청나게 갖고 있지. 풀비아, 이쪽은 영어의 신이야."

마지막 마디를 말했을 때 그제서야 풀비아는 눈을 들어 밀턴을 쳐다보았다. 그녀의 두 눈은 '저 치, 밀턴이란 작자는 뭐든 간에 신은 아니야'라고 말하고 있었다.

밀턴은 두 손으로 얼굴을 감싸고 어둠 속에서 풀비아의 눈을 다시 보려 애썼다. 결국 그는 두 손을 내리고 그녀의 눈을 기억 못할지도 모른다는 두려움에, 기억하려 애쓰는 몸부림에 지쳐서 한숨을 내쉬었다. 그녀의 두 눈은 뜨거운 개암열매 빛깔이었고, 황금빛을 반사하며 반짝이고 있었다.

밀턴은 산등성이 쪽으로 고개를 돌렸다. 여전히 쭈그리고 앉아, 길고 복잡한 산비탈을 주시하고 있는 이반의 몸 한쪽이 보였다.

밀턴은 주랑현관 밑으로 왔다. "풀비아, 풀비아, 내 사랑." 그녀의 문 앞에 있었기에 밀턴은 몇 달 만에 처음으로 그 말을 허공에 대고 하는 것 같지 않았다. "난 언제나 그대로야, 풀비아. 많은 일을 했어. 많이도 걸었지. 도망도 치고 쫓기도 하고. 전에 없이 나는 살아있음을 느꼈어. 죽은 나를 보기도 했지. 나는 웃었고 또 울었어. 나는 부들부들 떨면서 한 사람을 죽였어. 사람들이 아무렇지도 않게 너무나 많은 사람들을 죽이는 것도 봤어. 하지만 난 언제나 그대로야."

밀턴은 빌라의 바깥 보도의 한 쪽에서 누군가 다가오는 발소리를 들었다. 그는 미제 카빈총을 어깨에 반쯤 메어 들었다. 그 발소리는 무거웠지만 여자의 것이었다.

2

여자 관리인이 한쪽 구석에서 그를 주시하고 있었다. "파르티잔이잖아! 원하는 게 뭐예요? 누굴 찾으세요? 그런데 당신은…"

"네, 저예요." 많이도 늙어버린 그녀를 보고 너무 당황한 나머지 밀턴은 미소도 짓지 않고 대답했다. 그녀의 몸은 더욱 땅딸막해졌고 얼굴은 더욱 수척했으며 머리카락은 완전히 백발이 되어 있었다.

"아가씨 친구분이군요." 숨어있던 구석에서 나오며 그녀가 말했다. "친구들 중 한분이죠. 풀비아는 없어요. 토리노로 돌아갔어요."

"알아요."

"1년도 더 전에 떠났어요. 당신들이 전쟁에 몸담자 떠났어요."

"알아요. 그 후 소식 들은 게 있습니까?"

"풀비아에 대한 소식이요?" 그녀는 고개를 가로저었다. "내게 편지를 쓰겠다고 약속하고선 한 번도 그러질 않았어요. 하지만 저는 늘 바라고 있죠. 언젠가는 편지를 받을 거예요."

'이 여인은' 밀턴은 눈을 휘둥그레 뜨고 그녀를 쳐다보며 생각했다. '늙고, 아무런 의미도 없는 이 여인은 풀비아에게서 편지를 받을 거란 말이지. 그녀의 생활에 대한 소식과, 인사와, 서명을 담은 편지를.'

풀비아는 이렇게 서명했다. Full via 적어도 그와 있을 때는.

"어쩌면 내게 편지를 썼는데 사라졌을 수도 있죠." 그녀는 시선을 아래로 하고 계속 말을 이었다. "풀비아는 상냥했어요. 충동적이고 좀 변덕스럽달 수 있었지만 아주 상냥했어요."

"그럼요."

"그리고 아름다웠지요. 굉장히 아름다웠지요."

밀턴은 대답하지 않고 다만 아랫입술을 내밀었다. 그것은 그가 고통을 받고 그 고통에 저항하는 방식이었다. 풀비아의 아름다움은 언제나 그에게, 그 무엇보다도 고통을 주었다.

그녀는 약간 비스듬하게 밀턴을 바라보더니 이렇게 말했다. "게다가 아직 채 열여덟 살이 안 되었다는 걸 생각하면 더하죠. 그 때는 겨우 열여섯이었잖아요."

"부탁 한 가지 드려야겠습니다. 집을 다시 보게 해주세요." 그의 목소리가 자신도 모르게 거의 꺽꺽대며, 힘겹게 나왔다. "상상도 못하실 겁니다... 그렇게 해주신다면 제게 얼마나 큰 도움을 주시는 건지를요."

"얼마든지요." 그녀는 두 손을 꼬아 비비며 대답했다.

"우리가 있던 방만 다시 보게 해주세요." 밀턴은 목소리를 부드럽게 하려고 애썼지만 별 효과는 없었다. "몇 분 걸리지 않을 겁니다."

"얼마든지요."

안에서 그에게 문을 열어주려면 여인은 빌라를 빙 돌아가야

했다. 그녀는 기다리라고 하면서 이렇게 말했다. "농부 아들에게 안마당으로 나와서 보초를 좀 서라고 해야겠어요."

"그러면 저쪽을 지키라고 해주세요. 이쪽은 제 동료 하나가 살피고 있거든요."

"혼자인줄 알았는데요." 새로운 걱정거리를 안은 듯 그녀는 말했다.

"혼자나 마찬가지입니다."

관리인은 모퉁이를 돌아 사라졌고 밀턴은 앞마당으로 다시 나왔다. 그는 이반을 향해 손뼉을 치고는 한 손을 펴보였다. 5분, 5분만 기다리라는 것이었다. 그러고는 그 멋진 날에 대한 기억의 또 다른 중요한 한 조각을 되새기려고 하늘을 슬쩍 올려다보았다. 그 잿빛 바다 위로 거무스름한 구름의 함대가 서편으로 미끄러지고 있었다. 그 뱃머리에 새하얀 작은 구름들이 부딪히며 이내 산산이 부서졌다. 한바탕 바람이 불어 나무들을 흔들었다. 빗방울이 자갈 위로 후두둑 후두둑 소리를 내며 떨어졌다.

이제 밀턴의 심장은 뛰었고 입술은 갑자기 바짝 탔다. 문을 통해 오버 더 레인보우Over the Rainbow의 음악소리가 흘러나오는 게 들렸다. 그 음반은 그가 풀비아에게 준 첫 번째 선물이었다. 음반을 산 뒤 그는 사흘 동안 담배를 사지 못했다. 그의 홀어머니는 매일 그에게 푼돈을 줄 뿐이었는데 그는 그 돈을 모두 담배를 사는 데 썼다. 그녀에게 음반을 가져간 날, 둘은 그 판을 스물여덟 번이나 들었다. "맘에 들어?" 초조함으로 표정이 어두워진 그는 긴장해서 물었다. 사실, 정말 하고 싶었던 질문은 '그를 사랑하니?'였을 것이기 때문이다.

"잘 봐, 내가 또 틀렸잖아." 그녀가 대답했다. 그러고는 "기절할 만큼 맘에 들어. 노래가 끝날 때 무언가가 정말로 끝났다는 게 느껴져."라고 했다. 그러고 나서 몇 주가 지났다.

"풀비아, 네가 제일 좋아하는 노래는 뭐지?"

"모르겠어. 서너 곡 있는데."

"혹시...?"

"어쩌면. 아니, 아냐! 그 곡은 너무 멋져. 죽도록 맘에 들어. 하지만 그런 곡이 서너 곡 더 있어."

관리인이 왔다. 그녀의 발걸음 아래 마룻바닥이 분개한 듯 악의적으로 이상스레 삐걱거렸다. 마치 잠이 깨워진 것을 못마땅해 하는 것 같다고 밀턴은 생각했다. 그는 서둘러 주랑현관 아래로 가서 계단 가장자리에 한 짝씩 신발에 묻은 진흙을 문질러 떼어냈다. 그는 여인이 전등 스위치를 켜는 소리와 자물쇠 푸는 소리를 들었다. 그는 아직 진흙을 떼어내는 중이었다.

문이 반쯤 열렸다. "들어오세요. 그냥 들어오세요. 어서요."

"그렇지만 마룻바닥이..."

"아, 마룻바닥..." 그녀가 체념한 듯 부드러움을 띠고 말했다. 그녀는 그냥 밀턴이 진흙을 다 털어내기를 기다리며 중얼거렸다. "비가 많이 왔어요. 농부는 아직도 비가 더 올 거래요. 내

평생 이렇게 비가 많이 오는 11월은 본 적이 없어요. 당신들, 항상 한 데에 나와 있는 파르티잔들은 어떻게 비를 말리시나?"

"그냥 마르도록 두죠." 밀턴이 대답했다. 그는 아직 안을 들여다볼 엄두를 못내고 있었다.

"그만하면 됐어요. 들어오세요. 그냥 들어와요."

여인은 샹들리에의 등을 하나만 켰다. 전등빛은 굴절되지 않고 그대로 상감 탁자에 떨어졌고 주변의 그림자 속에 소파와 안락의자의 하얀 시트들이 유령같이 어른거렸다.

"무덤 속으로 들어가는 것 같지 않으세요?"

그는 바보처럼 웃었다. 매우 심각한 생각을 감추려하는 사람이 그러듯이. 물론 그녀에게 그 곳이 그에게는 세상에서 가장 밝은 곳이고 생명과 부활이 있는 곳이라고는 말할 수 없었다.

"겁이 나네요..." 여인은 침착해지기 시작했다.

그는 그녀를 신경 쓰지 않았다. 아마도 그녀의 말도 듣지 못했다. 그는 풀비아가 고개를 살짝 뒤로 젖히고, 양 갈래로 땋은 머리 중 하나를 허공에 반짝이며 무겁게 흔들면서 그녀가 가장 좋아하는 자리인 안락의자에 앉아있는 것을 다시 보고 있었다. 그 자신은 길고 마른 두 다리를 쭉 펴고 맞은편에 앉아 웃고 있었다. 그녀에게 오랫동안, 몇 시간이고 이야기를 하고 있었고 그녀는 거의 언제나 그에게서 먼 곳을 응시하며, 숨도 겨우 쉴 정도로 주의 깊게 그의 말을 듣고 있었다. 그녀의 두 눈은 금방 눈물로 덮였다. 그리고 더 이상 눈물을 참을 수 없어졌을 때 한 쪽으로 머리를 홱 돌렸다. 그녀는 외면했고 반항했다. "이제 그만해. 내게 더 이상 말하지 마. 네가 나를 울리잖아. 너의 아름다운 말들은 그저 나를 울릴 뿐이야. 못됐어. 넌 단지 내가 우는 걸 보려고 그렇게 이야기하고, 그런 주제들을 찾아서 전개시켜나가는 거지. 아니야, 넌 못됐지 않아. 하지만 넌 참 슬픈 사람이야. 슬픈 것보다 더 못해. 넌 암울해. 너도 나처럼 적어도 울기라도 한다면 좋겠어. 넌 슬프고, 못 생겼어. 난 너처럼 슬퍼지고 싶지 않아. 난 예쁘고 명랑해. 난 그랬었지."

"전 겁이 나네요" 라고 여인은 말했다. "전쟁이 끝나고 풀비아가 다시 여기로 돌아오지 않을까 봐요."

"돌아올 겁니다."

"그러면야 좋겠지요. 하지만 안 그럴까 봐 겁이 나네요. 전쟁이 끝나자마자 그녀의 아버지는 빌라를 다시 팔 거예요. 오로지 풀비아를 위해서, 풀비아를 피난시키려고 빌라를 구입했던 건데요. 요즘 같은 때에 이 지역에 구매자가 있었다면 지금쯤 벌써 팔았을 거예요. 여기 산 위에서 그녀를 다시는 못 보게 될까 봐 정말 걱정이에요. 전쟁이 나기 전에 매년 여름이면 그랬듯이 풀비아는 바닷가로 갈 거예요. 그도 그럴 것이 풀비아는 바다를 미치도록 좋아하거든요. 그녀가 여러 번 알랏시오에 대해 말하는 걸 내가 들었거든요. 당신은 알랏시오에 가 본 적이 있나요?"

밀턴은 그 곳에 가 본 적이 없었다. 그는 그 곳을 믿지 않았고, 한 순간 그 곳을 증오했다. 풀비아가 그 곳에 갈 수 없도록, 아니면 단순히 가고 싶다고 바라지조차 못하도록 전쟁이 그곳을 훼손시켜버리기를 바랐다.

"풀비아의 부모님은 알랏시오에 집을 갖고 계시죠. 풀비아는 우울하거나 지루할 때면 알랏시오의 바다에 대해 얘기하곤 했지요."

"분명히 돌아올 겁니다."

그는 벽난로가 있는 쪽 벽의 끝에 붙여 놓은 작은 탁자로 갔다. 몸을 약간 숙이고 그는 손가락으로 풀비아의 축음기 모양을 그려보았다. 오버 더 레인보우, 딥 퍼플, 커버링 더 워터프런트, 찰리 쿤츠의 피아노 소나타 곡들, 그리고 오버 더 레인보우, 오버 더 레인보우, 오버 더 레인보우.

"그 전축은 얼마나 많이 돌아갔는지." 한 손을 내저으면서 그녀가 말했다.

"그러게요."

"여기서는 춤을 굉장히 많이 추었죠. 지나치게요. 그런데 집에서조차 춤을 추는 게 엄격하게 금지되어 있었던 때잖아요. 내가 들어와서 밖에서, 아니 온 산에서 다 들린다고 조용히 하라고 얼마나 여러 번 말해야 했는지 기억나세요?"

"기억납니다."

"하지만 당신은 춤을 추지 않았지요. 내가 잘못 알고 있는 건가요?"

　그랬다. 그는 춤을 추지 않았다. 단 한 번도. 그리고 배우려고 시도조차 해본 적이 없었다. 그는 다른 사람들, 풀비아와 그녀의 파트너를 바라보고만 있었고, 음반을 갈고 다시 축음기를 돌리는 일만 했다. 그러니까 그는 기관사 역할을 했던 것이었다. 그것은 풀비아의 표현이었다. "서둘러, 기관사! 기관사 만세!" 그녀의 말투가 그다지 맘에 들진 않았지만, 밀턴은 그런 그녀의 목소리라도 들을 수만 있다면 세상의 다른 모든 소리에는 귀머거리가 될 준비가 되어있었다. 풀비아는 조르조 클레리지와 굉장히 자주 춤을 췄다. 음반은 대여섯 개 줄지어 계속 돌아갔고 판을 가는 잠깐 사이에만 서로 떨어지곤 했다. 조르조는 알바에서 제일 잘 생기고 또 제일 부유한 청년이었으며 당연히 제일 잘 차려입었다. 알바의 그 어떤 여자도 조르조 클레리치의 상대로 어울리지 않았다. 그러다가 풀비아가 토리노에서 왔고 그 둘은 완벽한 커플을 이루었다. 그는 벌꿀 빛 금발이었고 풀비아는 마호가니 빛이 감도는 갈색머리였다. 풀비아는 조르조의 춤솜씨에 감탄했다. "He dances divinely."라고 그녀가 선언하면 조르조는 그녀에 대해 "그녀는.... 뭐라 표현할 수 없을 만큼 굉장해."라고 말했다. 그러고는 밀턴을 향해 "가공하리만치 뛰어난 말솜씨를 가진 너 조차도 뭐라고 해야 할지 모를 거야..."라고 말하면 밀턴은 그에게 조용하고 침착하게, 거의 인자한 미소를 지어 보였다. 춤을 추면서 그들은 결코 말이 없었다. 그저 조르조가 풀비아와 춤을 추도록, 그에게 주어진 그 별 것 아닌 일을, 그가 하도록 운명지워진 그 별 것 아닌 일을 하도록 밀턴은 내버려 둘 뿐이었다. 딱 한 번 밀턴이 화를 낸 적이 있었다. 풀비아가 춤을 출 만한 일련의 곡들 중에서 오버 더 레인보우를 빼놓는 것을 잊어버렸을 때였다. 춤을 추다 잠깐 쉬는 동안에 밀턴이 그녀에게 그것을 지적하자 그녀는 즉시 눈을 내리깔고 나지막이 말했다. "네 말이 맞아."

그러다 어느 날, 밀턴과 단 둘이 있었을 때 풀비아는 손수 축음기를 감고 오버 더 레인보우를 걸어놓고는 말했다. "자, 어서! 나랑 같이 춤추자." 그는 싫다고 말했다. 아니, 외쳤다.

"반드시 배워야 돼. 나랑 같이, 나를 위해. 자, 어서."

"난 배우고 싶지 않아... 너와는." 하지만 그녀는 이미 그를 붙잡고 빈 공간으로 데리고 가서 그를 움직이며 춤을 추기 시작했다. "안 돼!" 그가 항의했다. 하지만 너무도 당황해서 몸을 빼 볼 시도조차 하지 못했다. "무엇보다도 저 곡으로는!" 그러나 그녀는 그를 놓아주지 않았고 그는 발이 걸려 그녀 위로 넘어지지 않으려고 애를 쓰는 수밖에 없었다.

"해야 돼." 그녀가 말했다. "내가 원하니까. 내가 너와 춤추는 걸 원한다고. 알아 들어? 춤추는 동안 나한테 아무 말도 안 하는 남자들과 춤추는 데 질려버렸어. 너와 춤추지 않는 걸 난 더 이상 견딜 수가 없단 말야." 그러더니 갑자기, 밀턴이 포기하고 받아들이려는 그 순간에 그녀는 그의 두 팔을 세게 밀치면서 그를 놓아 주었다. "가서 죽어버려." 소파로 되돌아가며 그녀가 말했다. "넌 하마야. 말라빠진 하마." 그러나 잠시 뒤에 그는 풀비아의 손이 그의 어깨를 스치고 그녀의 숨결이 뒷목에 와 닿는 것을 느꼈다. "정말로 넌, 의식적으로 어깨를 쭉 펴야 해. 넌 등이 너무 굽었거든. 정말로, 어깨를 쭉 펴고 당당하게 유지해. 알아들어? 이제 그만 앉아서 내게 이야기를 해줘."

크리스탈의 희미한 반짝임에 이끌려 그는 책장으로 갔다. 겨우 10권 정도 되는, 잊혀지고 초라한 책들이 있을 뿐, 책장은 거의 비어있었다. 그는 선반 쪽으로 몸을 굽혔다가 금방 다시 일으켰다. 마치 명치를 주먹으로 한 방 맞은 효과와 정반대되는 몸짓이었다. 그는 창백해졌고 숨이 가빠왔다. 그 몇 권 안 되는 잊혀진 책들 중에서 그는 자신이 보름 동안 궁핍하게 지내면서 풀비아에게 선물했던 『더버빌가의 테스』*를 발견한 것이었다.

"가져갈 책과 남겨둘 책을 누가 골랐나요? 풀비아인가요?"

"그녀예요."

"정말 그녀가요?"

"물론이죠." 관리인이 말했다. "책에 관심을 갖는 건 풀비아 뿐이었어요. 책을 집어 그녀가 직접 포장을 했어요. 하지만 무엇보다도 축음기와 음반들에 각별한 신경을 썼지요. 책들은 보다시피 일부 남겨뒀지만 음반은 한 장도 남기지 않고 가져갔어요."

문에 이반의 얼굴이 나타났다. 동그랗고 창백하고 몸에서 달랑 떨어져나온 듯한 그의 얼굴은 마치 달 같았다.

"무슨 일 있어?" 밀턴이 말했다. "그들이 올라오기라도 하는 거야?"

"아니야. 하지만 여기를 뜨자. 그럴 시간이야."

"아직, 딱 2분만 더 줘."

얼굴을 찡그리며 이반은 한숨을 쉬고는 머리를 뺐다.

"죄송하지만 2분만 더 있겠습니다. 더 이상은 방해하지 않을 게요. 전쟁이 끝나기 전에는 다시 오지 않을 겁니다."

그녀는 두 팔을 벌렸다. "별 말씀을요. 위험하지만 않다면야. 당신에 대해서는 아주 잘 기억하고 있어요. 내가 금방 당신을 알아본 것 봤지요? 그리고... 당신은 제 마음에 들었어요. 아가씨를 만나러 오곤 했을 때 말이죠. 그녀가 만나던 다른 어떤 사람들보다도요. 솔직히 클레리치 도련님보다도 당신이 더 마음에 들었지요. 클레리치 도련님도 파르티잔인가요?"

"예. 저랑 같이 있어요. 우린 언제나 함께였죠. 하지만 최근에 제가 다른 여단으로 이관되었어요. 그런데 왜 조르조보다 저를 더 좋아하신 거죠? 방문객으로서 말입니다."

그녀는 마치 앞에 한 말을 지우거나 적어도 축소시키려는 듯 손짓을 하며 주저했다. 하지만 온몸의 신경이 곤두선 밀턴은 "말씀하세요, 말씀해 주세요."라며 재촉했다.

"클레리치 도련님을 다시 만났을 때 제가 한 말을 옮기지는 않겠지요?"

"설마요, 제가 그럴 것 같습니까?"

"클레리치 도련님은," 하고 그녀가 말했다. "저를 불안하게 만들었어요. 화나게도 만들었지요. 반면에, 당신에게 대놓고 말하지만 전 당신에 대해 존경하는 마음이 있답니다. 당신은 아주 진지한 얼굴을 한 청년이에요. 당신처럼 그렇게 진지한 태도를 가진 청년을 전 본 적이 없어요. 제 말을 이해하실 겁니다. 저는 아무 것도 아닌 사람이고 빌라의 관리인에 불과하지만 풀비아의 어머니는 내가 함께 있을 때면 내게 부탁을 했지요. 간청을 했죠. 뭐라고 했더라…"

"약간의 통제를 하라고요." 그가 단어를 떠올려 주었다.

"그거예요. 좀 거창하긴 하지만요. 그래서 나는 그녀 신변에 일어나는 일에 주의를 기울여야 했지요. 무슨 말인지 아시겠죠? 당신이 있을 때는 내 마음이 편했지요. 아주 편했지요. 풀비아와 당신은 몇 시간이고 늘 이야기를 나누었으니까요. 아니 정확하게는 당신이 말을 하고 풀비아는 듣기만 했죠. 안 그래요?"

"그렇습니다. 그랬죠."

"그런데 조르조 클레리치와는…"

"네," 밀턴은 마른 침을 삼키며 말했다.

"마지막에 가서, 내 말은 마지막 여름에, 그러니까 1943년 여름에 당신은 이미 군인이었죠, 내 기억에는."

"맞습니다."

"그때 너무 자주, 그것도 거의 언제나 밤에 왔어요. 솔직히 난 그 시간이 맘에 들지 않았죠. 공무용 자동차를 타고 왔죠. 왜 그, 시청 앞에 늘 주차되어 있던 차 기억하시죠? 그 검정색 멋진 몸체에 우스꽝스런 가스 장치를 달고 있던 자동차요."

"네."

그녀는 고개를 절레절레 흔들었다.

"난 그 두 사람이 말하는 것은 들어본 적이 없어요. 난 엿들었죠. 엿들었다고 얘기하는 게 하나도 부끄럽지 않아요. 의무 때문에 엿들었으니까요. 하지만 마치 없는 사람들처럼 언제나 침묵뿐이었죠. 그래서 난 마음이 전혀 편칠 않았어요. 하지만 부탁인데 당신 친구한테 이런 얘기들은 하지 말아주세요. 그 둘은 늦게 돌아왔어요. 매번 더 늦어졌지요. 차라리 언제나 여기 바깥에, 앵두나무 아래에 있었다면 내가 그렇게까지 걱정하진 않았을 거예요. 하지만 그 둘은 산책하러 나가기 시작했어요. 산등성이를 따라가곤 했지요."

"어느 쪽이요? 어느 쪽 길로 다녔나요?"

"네? 뭐, 여기저기로요. 그래도 제일 자주는 강 쪽으로 갔어요. 아시죠, 왜, 이 산 언덕에서 강 쪽으로 향한 곳이요."

"알 것 같아요."

"당연히 난 여기서 그녀를 기다렸지요. 하지만 그 둘은 매번 더 늦게 돌아오는 거예요."

"몇 시에 돌아왔는데요?"

"자정에도 오곤 했지요. 내가 풀비아를 잘 눈여겨봤어야 했는데."

밀턴은 격하게 머리를 흔들었다.

"그랬어야 했는데요," 여자가 말했다. "하지만 한번도 용기를 내지 못했어요. 풀비아는 나이로 봐서 내 딸 뻘이지만 그런데도 내 마음을 불편하게 하는 구석이 있었어요. 그런데 어느 날 저녁, 그녀가 혼자서 돌아오는 거예요. 왜 조르조가 그녀를 바래다주지 않았는지 그 까닭을 나는 결코 알 수 없었죠. 자정도 지난 아주 늦은 시간이었어요. 언덕 전체에 귀뚜라미 한 마리 울지 않았죠. 내 기억해요."

"밀턴," 이반이 밖에서 휘파람을 불었다.

밀턴은 돌아보지도 않았다. 단지 양 볼 위쪽 근육을 찡긋해 보였을 뿐이었다.

"그러고는요?"

"뭐가요?" 관리인이 물었다.

"풀비아와 … 그는요?"

"조르조는 빌라에는 더 이상 나타나지 않았어요. 대신에 그녀가 나갔죠. 약속을 하고서 그는 오십 미터 밖에서 기다렸어요. 울타리 나무에 섞여 몸을 기대고서 말이죠. 하지만 난 조심스레 지키고 있어서 그를 볼 수 있었어요. 그의 금발머리가 그를 배신했지요. 그 무렵 밤에는 달빛이 내려꽂히 듯 흰했거든요."

"그 일은 언제까지 계속되었죠?

"아, 지난 9월 초까지요. 그러고는 휴전과 함께 독일군들이
그 난리를 일으켰지요. 그러자 풀비아는 여기서 아버지와 떠
났어요. 그녀에게 정이 들었지만 그래도 난 기뻤어요. 가시방
석에 앉은 것처럼 너무나 불안했거든요. 독일인들이 얼마나 나
쁜 짓을 저질렀는지 말도 마세요."

바로 그 때 밀턴은 흠뻑 젖은 국방색 군복 속에서 온몸을 오
들오들 떨었다. 어깨에 멘 카빈총이 심하게 흔들렸다. 잿빛 얼
굴에 반쯤 열린 입, 그리고 커다랗고 메마른 혀. 목소리를 가
다듬으려고 그는 헛기침을 했다.

"말해주세요. 풀비아는 정확하게 언제 떠났습니까?"

"정확히 12월 12일 떠났어요. 그녀의 아버지는 시골이 대도시
보다 훨씬 더 위험해질 거라는 것을 이미 알았던 거죠."

"12월 12일이라..." 밀턴이 메아리처럼 따라했다. 그런데 그는,
그는 1943년 12월 12일 어디에 있었던가? 엄청난 노력을 기울
여 그는 기억을 되살려냈다. 사흘 동안 굶은 채 주운 옷을 입
은 비참한 몰골로 리보르노의 역 화장실에 숨어 있었었다. 허
기와 변소의 냄새 때문에 실신할 지경에 이르렀을 때 그는 복
도로 나왔고 바지 단추를 채우고 있던 그 기관사와 부딪혔다.
"어디서 오는 건가, 병사?" 그가 낮은 목소리로 말을 걸어왔다.
"로마요." "집은 어디야?" "피에몬테 주에 있어요." "토리노?" "그

근처예요." "그렇다면 너를 제노바까지는 태워줄 수 있는데. 삼십 분 뒤에 출발해. 우선은 너를 석탄칸에 숨겨줄 수밖에 없어. 나중에 굴뚝 청소부처럼 보여도 상관없겠지?"

"밀턴!" 이반이 다시 불렀다. 아까보다는 덜 다급한 목소리였지만 관리인 여자는 깜짝 놀라 펄쩍 뛰었다.

"정말이지 그만 가시는 게 좋겠어요. 나도 겁나기 시작하네요."

밀턴은 기계적으로 몸을 돌리고 문을 향해 다가갔다. 그녀에게 깍듯하게 인사를 해야 한다는 것이 견디기 힘든 임무처럼 그의 마음을 무겁게 했다. 그는 눈을 한 번 질끈 감고 나서 말했다. "굉장히 친절히 대해주셨어요. 용기도 있으셨구요. 모두 감사드립니다."

"아무 것도 아닌데요. 그리 무기를 지니고 있는 모습으로라도, 여기서 당신을 다시 보게 되어 반가웠어요."

밀턴은 풀비아의 방에 마지막 시선을 던졌다. 용기와 힘을 얻기 위해 이 방에 들어온 그는 아무 것도 얻지 못하고 녹초가 되어 나오게 되었다.

"다시 한 번 감사드립니다. 전부 다요. 빨리 문을 닫으세요."

"위험한 일을 많이 겪으시죠, 그렇죠?" 여자는 아직 질문을 했다.

"아뇨, 많지는 않아요." 카빈총을 어깨에 고쳐 메며 그가 대답했다. "지금까지는 운이 좋았어요. 운이 아주 좋았죠."

"운이 끝까지 계속 되었으면 좋겠네요. 그리고.... 결국에 가서는 당신들이 확실히 이기겠지요?"

"물론이지요." 창백한 얼굴로 그가 대답했다. 그러고는 앵두
나무가 늘어선 길을 내달려 이반을 휙하고 지나쳤다.

3

6시 무렵에 그들은 트레이조로 복귀했다. 그들의 발아래로 길은 희미하게 보였고 산비탈 위에 비가 붙들어놓은 잿빛 안개의 무리 일부에만 마지막 박명이 남아있었다.

그런데도 보초병은 멀리서 그들을 알아보았다. 보초병은 이름을 부르면서 그들을 향해 검문소의 바리케이드 밑을 고양이처럼 빠져나왔다. 그는 이제 겨우 열다섯 살 된 소년으로 이름은 쥘레라였다. 뚱뚱하고 단단한 체격에 키는 자신이 들고 있는 머스켓총 보다 약간 더 클 뿐이었다.

그들은 도착했다. 종탑에서는 6시를 알리는 종이 울렸고, 그 종소리가 밀턴에게는 여느 때와는 사뭇 다른 소리로 들렸다. 그들은 도착했다. 지독히도 습한 날씨에 마을의 헛간은 그 어느 때보다 심한 악취를 풍겼고 길에는 쇠똥이 녹아, 누런 개천을 이루었다. 그들은 도착했다. 밀턴은 30미터 정도 이반을 앞서 걸었다. 이반이 피곤에 지쳐 터덜터덜 걷고 있는 반면, 밀턴은 여전히 보폭이 넓고 빠른 걸음걸이로 행군하듯 걸었다.

"밀턴," 쥘레라가 불렀다. "알바에서 뭐 흥미로운 것 좀 봤어?"

밀턴은 대답도 하지 않고 그를 지나쳐서, 마을 한가운데 있는 초등학교 쪽으로 걸음을 재촉했다. 연대장인 레오가 있는 곳이었다.

"쥘레라," 숨을 몰아쉬며 이반이 말했다. "오늘 저녁밥은 뭐래?"

"이미 알아뒀지. 고기와 개암 한 줌이야. 빵은 어제 거고."

이반은 길 건너편 계량소 창고에 붙여 놓은 통나무 위에 축 늘어져 기대앉았다. 그러고는 머리를 벽 쪽으로 젖히고 좌우로 돌렸다. 벽토가 부서지며 그의 머리에 비듬처럼 내려앉았다.

"무슨 일이야 이반, 그렇게 숨을 몰아쉬고?"

"밀턴 탓이야." 이반이 대답했다. "밀턴은 길에 원수라도 졌나 봐. 길을 잡아먹기라도 하듯이 시속 100킬로로 왔다니까."

소년은 흥분했다. "그들이 뒤에 따라온 거야?"

"무슨 소리! 뒤에 따라오기나 했으면! 그랬어도 분명히 이렇게 빨리 걷진 않았을 거야."

"그럼 뭔데?"

"뭐긴, 날 좀 내버려둬." 이반이 퉁명스럽게 말했다. 그는 밀턴의 정신 나간 듯한, 이상하기 짝이 없는 행동을 말하지 않고서는 복귀하는 길에 대해 설명할 수 없을 터였다. 쥘레라에게 말을 했다가는 연대 전체에 소문이 돌 것이었고, 그러면 피할 수 없이 밀턴의 귀에도 들어갈 것이고, 결국 밀턴은 이반에게 직접적으로 화를 낼 것이 뻔했다. 이반은 지금 함께하고 있는 대학생들 중 극소수만을 존경하고 또 두려워하고 있었는데, 밀턴은 그 극소수 중 한 명이었다.

"뭐라고?" 의심 많은 쥘레라가 물었다.

"날 좀 내버려두라고."

쥘레라는 마음이 상해서 검문소로 돌아갔다. 이반은 영국산 담배 한 개비에 불을 붙였다. 그의 몸을 돌돌 말게 만들 만큼 심한 기침이 나올 거라 기대했지만 빨아 당긴 담배 한모금은 미끈하게 넘어갔다. '파시스트 신이여!' 그는 마음속으로 저주했다. '도대체 그에게 무슨 일이 일어난 거지? 그 빌라에서 쏜살같이 나와서는 오는 길 내내 그 속도로 걸어갔지. 난 뒤에서 따라 갔고. 옆구리가 터지는 줄 알았어. 무슨 말이라도 해줘야 할 것 아냐! 그냥 저 혼자 앞서 가도록 내버려 둘걸. 얼마든지 그를 그냥 내버려둘 수도 있었는데, 옆구리가 터지도록 숨 가쁘게 걸을 것 없이 그냥 내 속도로 돌아왔으면 되었을 텐데.'

바리케이드에 몸을 기대고 한쪽 발을 땅에 딛고서 쥘레라는 그를 비스듬히 바라보았다.

이반은 고개를 다른 쪽으로 돌렸다. '도대체 그에게 무슨 일이 일어난 거지? 완전히 미쳤어. 하지만 그는 늘 괜찮은 청년이었는데. 괜찮은 것 이상이지. 냉정하기조차 했는데. 내가 증인이지. 레오가 평정을 잃을 때에도 그는 침착함을 유지하는 걸 내가 봤건만. 괜찮은 것 이상의 청년인데. 하지만 그 또한 대학생이잖아. 대학생들은 모두 조금씩 별나지. 우리 같은 서민들이 훨씬 더 줏대가 확실하긴 하지.'

나지막한 대기 속에 한줄기 떨림이 있더니 드문드문 굵은 빗방울이 떨어졌다.

"이제 비가 다시 시작되는군." 이반이 큰 소리로 말했다.

쥘레라는 대꾸도 하지 않았다.

"내가 꼭 버섯이 된 것 같아." 이반이 고집스레 말을 이었다. "몸에서 곰팡이가 자라는 것 같단 말이야."

쥘레라는 어깨를 으쓱 올리고는 내리막길을 바라보았다. 바로 그 때 빗방울이 뚝뚝 듣기를 멈추었다.

이반은 담배가 손가락 사이에서 재가 되어 없어지기 전에 서둘러 마저 피우면서 다시 생각하기 시작했다. '그에게 무슨 일이 일어났는지, 그 부자들의 집에서 그가 무얼 보았는지, 무얼 들었는지 난 정말 모르겠군. 그 노파가 그에게 뭐라고 했는지 누가 알겠어?' 그는 담배꽁초를 내던지고는 귀 위쪽 머리를 세게, 신경질적으로 북적북적 긁었다. '그 노파! 밀턴에게 도대체 뭐라 그런 거야? 우리가 어떤 시절을 겪고 있는데! 대충 넘어갈 수도 있었잖아. 그에게 뭐라 그랬는지 누가 알겠어. 누가 들으면 여자 문제라고 바로 그러겠네.' 그러나 그는 믿기지도 않고 기가 막힌다는 듯 속으로 웃었다. '그래, 어지간히 여자에 정신 나갈 때다. 밀턴같이 진지한 파르티잔이. 오늘날 여자들이란! 웃긴다. 여자들이란 역겹고 불쌍하지. 아무튼 이건 파르티잔이 되기 이전 생활에 대한 일인 게 분명해. 그런 일들로 돌아가는 건 좋지 못해. 우리 같은 생활과 이런 일을 할 때에는 위기에 쉽사리 빠지는 법이지. 예전 일들은 나중에, 나중에 생각해야 돼!'

"바람이네." 어느새 언짢은 기분을 가라앉힌 쥘레라가 차분하게 말했다.

"응." 이반은 목소리에 일종의 고마운 마음을 담아 대답하고는 팔짱을 끼고 양손을 어깨에 얹은 채 그루터기 위에서 몸을 움츠렸다.

바람은 알바 시 방향에서 넓고 낮게 펼쳐져 불어왔다.

'좀더 심각한 문제가 있었지.' 이반은 생각했다. 지뢰가 설치된 산로코 다리. 밀턴은 완전히 정신이 나가 하마터면 그 위로 지나갈 뻔 하지 않았던가? 다리에 지뢰가 설치되었다는 것은 나무와 돌도 다 아는 사실이었다. 마을이 나타나기 전에 이반은 밀턴에게서 백 미터 남짓 떨어져 있었고, 비스듬한 둑방 때문에 시야에서 그를 놓쳤었다. 바로 그 때, 정말이지 우연히 다리에 대한 걱정이 그의 뇌리를 스쳤다. 비장이 이미 피부를 뚫고 나온 것처럼 옆구리가 터질 것 같았지만 이반은 오르막길을 팅겨나가듯 내달았다. 그는 늦지 않게 강둑에 도착해 밀턴이 마치 로봇 같은 그 맹목적인 걸음걸이로 다리에 내려서는 것을 볼 수 있었다. 밀턴은 다리 난간에 들어서기 전 20미터 지점에 있었다. 이반은 밀턴의 이름을 소리쳐 불렀다. 그러나 그는 돌아보지 않았다. 이반은 알아들을 수도 없는 소리를 고래고래 질렀다. 걱정하는 마음이 힘이 되고 입가에 모아 댄 두 손 덕분에 소리가 증폭되어 이번에는 맞은편 언덕 위에서조차 확실히 들릴 정도였다. 밀턴은 등에 총알이라도 맞은 것처럼 뚝 멈춰 섰다. 강둑에 서서 이반은 그에게 손가락으로 다리를 두세 번 가리켰다. 그러고는 한 손을 들어 이마 앞에서 좌우로 흔들었다. '다리에 지뢰가 설치되어 있잖아. 미쳤어?' 밀턴은 그제서야 고개를 끄덕였다. 그는 다리의 하류 쪽으로 내려가 줄지어 놓인 바위들 위로 급류를 건넜다. 그러고 나서, 그가 고마움을 표하려고 이반을 기다려 주었던가? 일단 급류를 건넌 밀턴이 곧바로 그 무시무시한 행진을 다시 시작하자 이반은 그의 뒤로 스텐 총을 한바탕 휘갈기고 싶은 욕구가 일었다.

이반은 통나무에서 일어났다. 엉덩이를 받치듯 두 손을 갖다대면서 그는 바지 끝단이 솔질 정도가 아니라 비벼 털어야 될 지경이라는 것을 알았다. 그는 마을 안쪽으로 귀를 기울이더니 말했다. "시체안치소 같이 쥐죽은 듯 조용한 건 뭐야? 쥘레라, 다른 사람들은 어디 있지?"

"거의 전부가 강에 갔어." 소년은 다시 부루퉁한 목소리로 대답했다. "강물이 엄청나게 불어났다고들 하던데."

"과장하는 거야." 이반이 말했다. "나와 밀턴이 두 시간 전에 알바에서 봤는데 뭘. 불어나긴 했지. 하지만 아직 대단한 건 아니야."

"이쪽 편은 강폭이 좀더 좁겠지. 그러니까 더 불어난 것처럼 보이는 건가 보다."

"오해는 하지마." 이반이 말했다. "내가 강물이 불어나지 않기를 바라는 건 아니야. 범람이라도 하면 좋겠지. 그러면 적어도 그쪽 지역에 대해서는 우리가 마음을 편히 가져도 될 텐데 말이야."

급한 발걸음 소리가 들리는가 싶더니 곧 멈추었고 언덕배기에서 밀턴이 나타났다. 한바탕 돌풍이 일어 정면으로 그를 덮쳤지만 그의 흠뻑 젖은 군복은 몸에 착 달라붙어 꿈쩍도 하지 않았다. 그는 사령부에서 만나지 못한 레오에 대해 물었다.

"오후 내내 거기 있었는데." 쥘레라가 대답했다. "내가 어떻게 알겠어? 런던 방송을 들으려고 의원 댁에 갔겠지. 그래, 의원 댁에 한 번 가 봐."

가면서 밀턴은 라디오 방송 시간을 계산해보았다. 레오는 이미 의원 댁에서 나왔을 시간이었다. 그는 다시 사령부로 향했다.

아닌 게 아니라 레오는 마침 돌아와 있었다. 그는 카바이드 램프에 불을 켜놓고 불꽃 구멍을 조절하고 있었다.

그는 제 자리에 놓여있는 유일한 가구인 교탁 뒤에 서있었다. 책상들은 모두 구석으로 밀어 놓은 상태였다.

문지방을 막 넘어선 밀턴은 불빛이 미치는 끝자락에 섰다.

"레오, 내일 내게 외출 허가를 좀 내줘야겠어. 반나절만 말이야."

"어디를 가야 하길래?"

"멀리 안 가. 망고로 가려고."

레오는 급히 불꽃의 양을 늘렸다. 이제 그들의 그림자는 천정에 닿았다.

"말해봐, 이전에 소속돼있던 부대에 향수라도 느끼는 거야? 말해봐, 이 미성년자 부대에 나를 버리고 떠날 생각은 아니겠지?"

"걱정 마, 레오. 자네와 함께 전쟁을 끝내겠다는 각서라도 쓰겠다고 내가 말했었잖아. 지금도 그렇고. 난 단지 어떤 사람과 이야기를 좀 하려고 망고에 들르려는 거야."

"내가 아는 사람이야?"

"조르조야. 조르조 클레리치."

"아, 자네와 조르조는 절친한 친구지."

"우리는 함께 태어났지." 밀턴이 나지막이 중얼거렸다. "그래서, 가도 되는 거야? 정오에는 돌아올게."

"저녁에 와도 돼. 내일은 별 일 없이 지루할 텐데, 뭐. 아마 저쪽은 당분간 우리를 이렇게 둘 거야. 만약 저들이 공격을 한다면, 로씨 쪽을 먼저 칠거야. 한 번은 이쪽, 한 번은 저쪽, 그러는 거지. 지난번에는 우리를 공격했었잖아."

"정오에 돌아올게." 고집스레 말하고 밀턴은 물러나려 했다.

"잠깐만. 알바 시에 대해서 내게 얘기 좀 해주지, 아무 것도 없어?"

"사실 아무 것도 못 봤어." 밀턴은 다시 레오에게 다가가지 않은 채 대답했다. "내가 본 거라고는 순환도로에서 그들이 순찰을 도는 것뿐이었어."

"정확히 어느 지점에서?"

"주교관 정원 근처였어."

"아!" 레오의 눈이 램프 불꽃에 희번쩍 빛났다. "아, 그렇군. 어디로 가던가? 피아차 누오바 쪽? 아니면 발전소 쪽?"

"발전소 쪽으로 가더군."

"아!" 그가 자극적인 소리로 다시 말했다. "꼬치꼬치 캐물으려고 하는 게 아니라 괴롭더라도 알아야겠기에 말이야. 문제는 내가 알바를 미치도록 사랑한다는 거야. 알바를 무게 중심으로 내가 맡고 있는 부대가 움직이고 있다는 걸 생각하고 또 생각하면... 알바 출신인 네가 괜찮다면, 그래, 나는 너의 고향 도시를 미치도록 사랑한단 말이야. 그러니 언제, 어디서, 어떻게 알바를 사랑해야 할지 알 필요가 있단 말야, 빌어먹을... 근데 왜 그래? 신경통이 도진 거야?"

"신경통은 무슨!" 밀턴은 발끈해서 대꾸했다. 그는 아직도 혼란에 빠진 채 고통으로 일그러진 얼굴을 하고 있었다.

"방금 얼굴이! 우리들 중 상당수가 치통을 앓고 있지. 이 지독한 습기 때문임에 틀림없어. 또 다른 건 못 봤어? 포르타 케라스카의 새 벙커는 둘러봤어?"

그러자 밀턴은 생각했다. '더 이상은 못 참겠다. 계속해서 내게 질문을 한다면 나는, 나는 그를...! 레오가 이러는데, 레오가! 다른 사람들은 오죽하랴! 문제는 아무것도 내게는 더 이상 중요하지 않다는 거다. 갑자기, 더 이상 아무것도 중요치 않아졌어. 전쟁이고, 자유고, 동지들이고, 적들이고 간에. 오로지

그 진실만이 중요할 뿐이야.'

"벙커 말이야, 밀턴."

"봤어." 그가 한숨을 내쉬며 말했다.

"그렇다면 말을 해줘야지."

"내가 보기엔 아주 잘 만들어놓은 것 같았어. 도로 뿐만 아니라 강 쪽으로 펼쳐져있는 들판을 굽어보도록 말이지. 기억하지? 그 왜, 제재소와 테니스장 쪽으로 말이야."

풀비아는 거기서 조르조와 언제나 단식으로 테니스를 치곤했다. 조르조는 그들이 경기를 하기 전에 테니스 코트에 특별히 세심하게 물을 뿌리고 롤러로 다져 가꾸도록 지시했고, 그 붉은 색 코트를 배경으로 천사처럼 순백의 옷을 입은 두 사람은 눈에 확 띄었다. 밀턴은 풀비아가 매기라고 명령한 점수를 잊어버리거나 헷갈리거나 하면서 벤치에 앉아있었다. 그는 자신의 납작한 허벅지를 가리고 바지가 흘러내리지 않도록 주머니 속에 두 주먹을 꽉 쥐고서 긴 다리를 끊임없이 놀리며 불편하게 앉아 있었다. 음료수를 사 마실 돈 한 푼 없어서, 음료수를 홀짝거리며 짐짓 태연자약한 척 하는 일도 할 수 없었다. 그저 최대한 아껴야 할 담배 한 개비와, 한 쪽 주머니 깊숙이 찔러 넣은 예이츠의 시를 적은 쪽지가 있을 뿐이었다. –When you are old and gray and full of sleep...

"몸이 안 좋아?" 인내심이 다한 듯 투덜대는 소리로 레오가 물었다. "테니스를 쳐본 적이 있는지 묻고 있잖아."

"아니, 없어." 밀턴은 황급히 대답했다. "너무 비싸. 나한테 딱 맞는 스포츠라 여겨졌지만, 너무 비싸잖아. 라켓 값만 하더라도 양심의 가책이 느껴지게 만들었지. 그래서 난 농구를 시작했어."

"대단한 스포츠야." 레오가 말했다. "완전히 앵글로색슨적이지. 밀턴, 농구를 하는 사람은 파시스트일 리가 없다는 생각이 든 적은 없었나?"

"그렇군. 지금 네 얘길 듣고 보니 한 번 생각해봐야겠군."

"그러면 농구는 잘했어?"

"글쎄... 나쁘진 않았어."

레오는 이번에는 만족했다. 밀턴은 정오에 돌아오겠다는 말을 되풀이하면서 문 쪽으로 물러났다.

"저녁에 돌아와도 돼." 레오가 말했다. "참, 오늘이 내 서른 살 생일이라는 거 혹시 관심 있나?"

"기록이군."

"네 말은 내가 내일 죽어도 할 말 없는 다 늙은 나이란 뜻인가?"

"진짜 기록이라고. 그러니 장수를 기원하진 않을게. 다만 축하만 해줄게."

밖에는 바람이 가늘게 잦아들었다. 나무들은 윙윙 소리를 내지도 않았고, 빗방울을 떨어뜨리지도 않았다. 대신 나뭇잎이 음악 소리를 내며 살며시 바람에 흔들리고 있었다. 견딜 수 없이 구슬프게... Somewhere over the rainbow skies are blue, And the dreams that you dare to dream really do come true.

변두리 어딘가에서 개 한마리가 짖었다. 그러나 겁을 먹은 듯 짧은 짖음이었다. 어둠이 갑자기 짙어졌지만, 산등성이 위에는 하늘 끝자락이 아니라, 산마루들이 스스로 뿜어내어 만든 듯한 은빛 자락이 어둠에 저항하고 있었다.

밀턴은 트레이조와 망고 사이에 자리한 산들을 바라보고 섰다. 내일 그가 가야할 여정이었다. 그의 눈은 빠르게 산화되어 가는 저 은빛 자락 속에 뒤집어진 반구 모양으로 홀로 서있는 거목에 자석처럼 끌렸다. '만약 그게 사실이라면, 저 나무의 외로움은 나의 외로움에 비하면 아무 것도 아닐 테지.' 그리고는 토리노 방향인 북서쪽이라는 확실한 직감이 드는 방향을 향해 큰소리로 외쳤다. "나를 봐, 풀비아. 내가 얼마나 가슴 아파하는지 보이지. 사실이 아니라고 해줘. 사실이 아니라는 걸 꼭 알아야겠어."

내일이면 무슨 수를 써서라도 진실을 알게 될 것이었다. 만일 레오가 허가를 내주지 않았다면 그는 화가 치밀었겠지만 어차피 빠져나갔을 것이었다. 도중에 만나는 모든 보초들을 밀어제치고 욕을 하면서 말이다. 내일까지 버틸 수만 있다면. 그의 인생에서 가장 긴 밤이 지나고 있었다. 그러나 내일이면 알 수 있을 터였다. 알지 못하고서는 더 이상 살 수가 없었다. 그리고 무엇보다도, 자신과 같은 청년들이 살기 위해 불려가는 것이 아니라 죽기 위해 불려가는 이 시대에, 그는 알지 못하고서는 더 이상 죽을 수도 없었다. 그는 그 진실을 위해서라면 모든 것을 포기할 수 있었다. 그 진실을 아는 것이냐 아니면 만물을 이해할 수 있는 능력이냐 둘 중 하나를 고르라면 그는 망설임 없이 전자를 선택할 것이다.

"만약 사실이라면..." 너무나 끔찍해서 그는 거의 눈을 찔러 버리기라도 할 듯이 격렬한 몸짓으로 두 손을 눈에 갖다 댔다. 그러고 나서 손가락을 벌려 그 사이로 한밤중의 캄캄한 어둠을 보았다.

그의 동료들은 강에서 모두 올라와 있었다. 오늘 저녁 그들은 이상하게도 조용했다. 그들 중 하나가 죽어, 묻히기를 기다리며 성당 한복판에 누워있다 해도 이보다 조용하진 않았을 것이다. 그들이 있는 곳에서는 마을 사람들의 집에서 들려오는 것보다도 낮은 웅성거림만이 새어나왔다. 유일하게 목소리를 높이는 사람은 취사병이었다.

자신과 같은 선택을 한, 같은 다짐으로 모인 동료들, 자신과 같은 이유로 울고 웃는 그 청년들... 그는 고개를 가로저었다. 오늘 갑자기, 밀턴 안에서 그들을 위한 자리는 사라져버렸다. 반나절, 아니면 일주일, 또는 한 달 동안, 아무튼 그 진실을 알게 될 때까지 그럴 것이다. 그러고 나서야 밀턴은 자신의 동료들을 위해서 파시스트들에 저항하고 자유를 위해서 다시 무언가를 할 수 있는 자리로 돌아갈 것 같았다.

우선 가장 어려운 점은 내일까지 견디는 것이었다. 그는 저녁 식사도 하지 않았다.

그는 빨리 잠들고 싶었다. 악몽을 꾸면서 괴로워할지도 모르지만. 잠을 이루지 못한다면 밤새도록 온 마을을 헤매고 다녀야 할 것이다. 미칠 것 같은 질문들을 자신에게 퍼부어대면서, 이쪽 보초에게서 저쪽 보초에게로 끊임없이 왔다 갔다 하면서 공습이 있는 줄 착각하게 만들 수도 있었다. 아무튼 간에 그가 정신을 잃을 지경이거나 아니면 극도로 흥분해서 초롱초롱한 상태가 될 때쯤, 새벽 동은 망고로 가는 길 위로 터 올 것이었다.

"진실. 그와 나 사이의 진실 게임이다. 죽음을 앞둔 사람 대 사람으로 그는 내게 말해주어야만 한다."

내일, 그가 가여운 레오를 적들의 공격에 홀로 남겨둔다는 걸 안다 하더라도, 그가 파시스트 검은 여단 한복판을 통과해야 한다 해도.

4

망고의 종탑에서 이제 막 여섯 시를 알리는 종이 울렸다. 밀턴은 식당 앞 돌 벤치에 두 주먹 사이에 머리를 대고 앉아있었다. 그는 안에서 한 여인이 부산하게 움직이는 소리를 들었다. 심지어 그녀가 사내처럼 입을 쫙 벌리고 상스럽게 하품하는 소리조차 들리는 듯했다. 문과 창문은 아직도 닫혀있었지만 마을 사람들은 이미 모두 일어나 있었고 밀턴은 그 밀폐된 공간들 속에 고여 있을 냄새들을 생각하며 역겨움으로 숨을 헐떡였다.

그는 한 시간 전에 트레이조를 나선 이후로 셀 수도 없는 안개 무리들을 만났다. 안개 무리들은 그의 무릎께로 올라왔고 짐승의 무리처럼 그의 앞을 지나 길을 건너다녔다. 밀턴은 헛간의 부서진 지붕 위로 떨어지는 빗소리를 확실히 느끼며 잠에서 깨어났었다. 그러나 비는 오고 있지 않았다. 대신 엄청난 안개가 골짜기들을 막고 여기저기 골병 든 산허리 위로 너울거리며 침대 시트처럼 펼쳐져 있었다. 그는 한 번도 산 때문에 이토록 구토를 느껴본 적은 없었다. 안개의 갈라진 틈 사이로 보이는 산들이 지금처럼 이렇듯 진흙투성이에 불길한 느낌으로 다가온 적이 없었다. 그는 산을 언제까지나 자신의 사랑이 펼쳐질 자연의 무대라고 생각했었다. 풀비아와 함께 걷던 저 오솔길에서, 저 산등성이 위에서, 뒤에 무엇이 나올지 모를 신비함을 가득 품고 있는 저 특별한 굽이에서 그녀에게 자신의 사랑을 말해줄 자연의 무대로만 생각했었다. 그런데 그는 지금 절대로 상상할 수 없었을 일을 그곳에서 하고 있었다. 그것은 바로 전쟁이었다. 그래도 어제까지는 견딜 수 있었다. 그러나...

그는 도로에서 곧장 그를 향해 다가오는 발걸음 소리를 들었지만 고개를 들지 않았다. 잠시 후에 모로의 음성이 쩌렁쩌렁 울렸다.

"너는 밀턴 아냐! 그 빌어먹을 전초지가 지켜워졌나? 우리 부대로 돌아오는 거야?"

"아니. 단지 조르조와 이야기를 좀 하러 온 것뿐이야."

"밖에 나갔어."

"알아. 보초병이 내게 말해줬어. 조르조는 누구와 나간거야?"

모로는 손가락을 꼽으며 이름을 열거했다. "쉐리포, 코브라, 메오, 잭이야. 어제 저녁 파스칼이 그들을 마네라 분기점에 수비대로 내보냈어. 파스칼은 그 쪽에 알바의 파시스트들이 나타날 것으로 예상했지. 하지만 아무 일도 일어나지 않았어. 그러니 그 다섯 명은 지금쯤 이미 분기점에서 돌아오고 있을 거야. 그런데 너 어디 아파? 얼굴이 가스 색깔이야."

"네 얼굴은 무슨 색깔일 것 같은데?"

"하긴." 모로는 웃었다. "여기서는 우리 모두 폐병환자같이 되어가고 있지. 숙소 안으로 들어가자. 조르조는 안에서 기다리라고."

"난 추운 데 있는 게 좋겠어. 머리가 불에 타는 것 같거든."

"미안하지만 나는 좀 대피해야겠어." 모로는 안으로 들어갔다. 그리고 잠시 후에 밀턴은 그가 가래가 끓고 빈정거리는 목소리로 서빙 보는 여자와 대화하기 시작하는 것을 들었다.

밀턴은 몸을 부르르 떨고서 다시 두 손으로 머리를 감쌌다.

1942년 10월 3일이었다. 풀비아는 일주일가량, 아마도 그보다 더 짧게 아무튼 토리노로 떠났다.

"가지 마, 풀비아."

"가야 돼."

"대체 왜?"

"왜냐하면 내게는 엄마와 아빠가 있으니까. 혹시 내가 부모님이 없을 거라고 생각한 거야?"

"그렇군."

"무슨 소리야?"

"혼자가 아닌 너를 보지도, 상상하지도 못하겠다는 소리야."

"부모님이 있어, 있다구." 그녀는 휴, 하고 한숨을 내쉬었다. "부모님이 내가 토리노에 좀 있기를 바라서. 하지만 잠시 동안만이야. 내겐 오빠도 두 명 있어. 네가 관심 있는지 모르겠지만."

"관심 없어."

"오빠 두 명." 그녀는 계속 말했다. "둘 다 군인이야. 장교지.

하나는 로마에 있고 또 하나는 러시아에 있어. 매일 저녁 난 그들을 위해 기도해. 로마에 있는 오빠 이탈로를 위해서는 가짜로 기도해. 왜냐하면 이탈로 오빠는 전쟁을 가짜로 하거든. 하지만 러시아에 있는 발레리오 오빠를 위해서는 내가 생각해도 진짜, 진심으로 기도해."

밀턴은 그저 고개를 숙인 채, 저 멀리 희뿌연 양쪽 강변 사이의 잿빛 물을 바라보고 있었다. 그녀는 그런 밀턴의 모습을 몰래 훔쳐보았다.

"바다 건너 멀리 가는 것도 아닌데 뭘." 그녀는 나지막이 그에게 중얼거렸다.

그러나 풀비아는 바다를 건너 멀리 간 것과 같았다. 갈매기들이 부리로 그의 심장을 온통 쪼는 것처럼 느껴졌기 때문이었다.

그와 조르조 클레리치가 그녀를 역에서 배웅했다. 그날 기차역은 전쟁이 시작된 이래로 한 번도 그랬던 적이 없을 만큼 더없이 깨끗하고 잘 정돈되어 있었다. 하늘은 푸른색보다 더 아름다운, 광활한 하늘 전체가 티끌하나 없이 한결 같은 투명한 회색이었다. 풀비아가 토리노에 도착하는 것은 으스스하고 흐린 저녁 무렵일 것이었다. 그러나 정확히 토리노 어디에 산단 말인가? 밀턴은 그녀에게도, 그리고 분명 주소를 알고 있는 조르조에게도 물어보지 않을 작정이었다. 그는 풀비아에 관한 토리노의 모든 것을 무시해버리고 싶었다. 그들의 이야기는 오로지 알바의 언덕 위 빌라에서만 이루어지는 것이었다.

조르조는 스코틀랜드산 격자무늬 모직 옷을 입고 있었다. 밀턴은 아버지 것을 고쳐 만든 자켓에 매듭이 풀린 넥타이를 매고 있었다. 풀비아는 이미 기차에 올라 창밖으로 얼굴을 내밀고 있었다. 조르조에게 가볍게 미소를 지어보이며 그녀는 땋아 늘인 머리를 끊임없이 살랑대고 있었다. 그러다가 복도에서 그녀를 밀어붙이며 지나가는 뚱뚱한 여행객을 향해 얼굴을 찡그렸다. 그러고는 조르조를 향해 다시 웃었다. 플랫폼에서 기차의 부차장이 돌돌 만 깃발을 펴면서 기관차를 향해 걸음을 옮겼다. 투명한 회색 하늘빛은 이미 많이 바래져있었다.

풀비아가 말했다. "영국군이 설마 내가 탄 이 기차를 폭격하진 않겠지?"

조르조는 웃었다. "영국군은 밤에만 비행해."

그러고는 풀비아가 밀턴을 창문 아래로 불렀다. 미소를 짓지도 않고 그녀는 몇 마디 말을 했는데 밀턴은 그녀의 목소리보다도 입술의 움직임을 보고 알아들을 수 있었다.

"내가 빌라에 돌아왔을 때 네 편지가 있었으면 해."

"응." 그는 대답했다. 그 외마디 속에서조차 그의 목소리가 떨렸다.

"편지가 꼭 있어야 돼. 알아들어?"

기차는 출발했다. 밀턴은 기차가 커브를 돌 때까지 눈으로 좇았다. 강 건너 끝없이 펼쳐진 포플러나무숲 위로 피어오르는 연기를 따라가며 그는 저 다리 너머로 지나가는 기차를 다시 눈으로 붙잡고 싶었다. 하지만 조르조가 그를 출구 쪽으로 밀었다. "당구 치러가자." 밀턴은 잠자코 그에 이끌려 역 밖으로 나오긴 했지만 당구 치러 가자는 것은 거절했다. 즉시 집으로 돌아가야 했다. 겨우 일주일, 어쩌면 그보다 더 짧은 시간이 남아 있었다. 그를 사랑하는 풀비아에게 그녀를 사랑한다고 편지를 쓰기 위한 시간이.

벽에 세워둔 카빈총을 다시 집으려고 그는 손으로 벽을 더듬었다. 그러고는 벤치에서 힘겹게 몸을 일으켰다. 이보다 더 나쁠 수는 없었다. 밀려드는 오한으로 온몸이 떨려왔고 머릿속은 뿌리깊이 자리 잡은, 윙윙 소리를 내는 것 같은 뜨거운 열기로 가득 차 불에 타는 것만 같았다.

아직 어린 짐이 좁은 옆길들 중 하나에서 튀어나왔다. 그는 다가오지는 않고 밀턴에게 파스칼이 지금 사령부로 돌아왔다면서 파스칼과 이야기하고 싶었던 거냐고 물었다.

"아니야. 단지 조르조와 이야기를 좀 나누고 싶었어."

"누구요? 잘 생긴 조르조요?"

"응"

"아직 안 돌아왔어요."

"알아. 내가 좀 마중을 나가야겠어."

"마을에서 너무 멀리 떨어지진 마세요." 짐이 경고했다. "길을 잃을 정도로 안개가 짙거든요."

밀턴은 벌판에 깔린 안개의 움직임을 파악하기 위해 골목길들을 재빨리 훑어보면서 큰길을 따라 마을을 가로질러갔다. 마을의 경계에 심어놓은 나무들은 이미 유령이 되어있었다.

마지막 집 모퉁이에서 그는 우뚝 멈춰 섰다. 자갈투성이의 비탈길 위로 대여섯 명 남짓 되는 사람들의 발소리를 들은 것이었다. 절대로 헛갈릴 수 없는, 길고 빠른 그 발걸음은 마을의 청년 파르티잔들의 것이었다. 분명 목구멍과 폐가 안개로 턱턱 막힌 탓에 그들은 말없이 비탈길을 올라오고 있었다. 그는 공포에 사로잡혀 버둥대며 집 모퉁이에 몸을 기대야했다. 그러나 조르조의 분대가 아니었다. 묻지도 않았는데 그들 중 하나가 지나가면서, 자신들은 공동묘지 아래쪽에서 오는 길이며 묘지 일꾼네 집에서 밤을 보냈다고 말했다.

아직 채 진정이 되지 않은 밀턴은 마을을 뒤로 하고 성모 예배당 근처에 있는 공터에서 조르조를 기다리기로 결심했다. 잠시 조르조를 나머지 네 명에게서 떼어놓은 다음...

길에는 안개가 퍼져있었지만 아직은 안개가 물결치며 생긴 갈라진 틈이 있었다. 반면, 양쪽의 협곡은 움직임 없이 정연한 안개 뭉치로 매끈하게 꽉 차 있었다. 안개는 산의 경사면까지도 올라와 있었다. 산등성이의 몇몇 소나무만이 안개 위로 모습을 보일뿐이었는데 그 가지들이 마치 익사 직전에 놓인 사람들의 팔 같아 보였다.

그는 유령 같은 예배당을 향해 조심스레 내려갔다. 안개에 짓눌려 둥지에 깃든 새들의 짹짹 우는 소리와 안개 속에 가라앉은 골짜기의 실개천에서 들려오는 졸졸 물 흐르는 소리를 제외하면 천지가 조용했다.

망고의 종탑에서 일곱 시를 알리는 종이 메아리 없이 울렸다.

그는 예배당 벽에 기대앉아 토레타 통행로를 초조하게 바라보았다. 아래쪽에 펼쳐진 고원에서 포화상태가 되어 밀려 올라오는 안개로 이미 길은 거의 막혀있었다. 아직 막히지 않은 틈이 한 군데 있었지만 조르조의 분대가 10초 안에 나타나지 않는다면 소용없었다. 분대는 나타나지 않았고 결국 안개가 짙어지면서 그 길마저 지워버리고 말았다.

그는 담배에 불을 붙였다. 그가 풀비아에게 담뱃불을 붙여주지 못한 지 얼마나 되었던가? 해안에 도달해 풀비아에게 담뱃불을 붙여주기 위해서라면, 전쟁이라는 무시무시한 바다를 헤엄쳐 건널 가치는 충분했다.

첫 모금을 빨아 당겼을 때 그는 허파가 터져버리는 줄 알았고, 두 번째 모금에서는 발작 같은 기침 때문에 허리를 완전히 구부리고 있어야 했다. 세 번째 모금은 좀더 잘 견딜 수 있었고 그 뒤로는 몇 번 몸을 움찔했을 뿐, 끝까지 피울 수가 있었다.

안개는 이미 통행로에 정체된 상태로, 바닥에서 약 1미터 높이에 떠 있었다. 그는 마침내 바로 그 아래의 빈 공간에서 카키색 옷을 입은 다리들이 터벅터벅 걸어오는 것을 보았다. 몸통과 머리들은 안개에 가려져 있었다. 그는 길 한가운데로 뛰어들어 조르조의 다리와 걸음걸이를 좀더 잘 분간하기 위해 허리를 숙이고 몸을 쭉 내밀었다. 극도로 흥분해있을 때는 언제나 그렇듯이 그의 심장은 몸속에 꼭꼭 숨어버렸다.

몸통과 머리들이 짙은 안개에서 모습을 드러냈다. 쉐리포, 메오, 코브라, 잭...

"조르조는 어디 있어? 너희들과 같이 있는 게 아니었어?"

쉐리포가 마지못해 멈춰 섰다. "물론이지. 뒤에 있어."

"뒤에 어디?" 안개를 헤치며 밀턴이 말했다.

"몇 분 거리에 있어."

"왜 그를 떼어 놨어?"

"그가 스스로 떨어져 나간 거야." 메오가 기침을 했다.

"좀 기다려주지 그랬어?"

"애도 아니고." 코브라가 말했다. "그리고 길도 우리만큼 잘 아는데 뭐."

"우리를 좀 가게 해주라, 밀턴." 메오가 말했다. "난 배가 고파 죽을 지경이란 말이야. 만약 안개가 라드*라면..."

"기다려. 너희들이 몇 분 거리라고 했는데 아직도 그가 보이지 않잖아."

쉐리포가 대답했다. "아마 길가에 있는 어떤 집에 들어가서 아침을 먹으려고 멈춰선 거겠지. 조르조가 어떤지 알잖아. 그는 사람들과 함께 먹는 거 질색하잖아."

"우리를 가게 해 줘." 메오가 되풀이했다. "정말 이야기를 하고 싶은 거라면 걸으면서 하자고."

"바른 대로 말해, 쉐리포." 밀턴은 비켜서지 않고 말했다.

"너희들 조르조와 다퉜어?"

"무슨 소리!" 그때까지 끼어들지 않고 가만있던 잭이 말했다.

"무슨 소리야!" 쉐리포도 말했다. "아무리 조르조가 우리 타입이 아니라지만. 그는 부잣집 도련님이지. 빌어먹을 그 군대에 있을 때부터 그런 줄 알아봤지."

"하지만 여기서는 우리 모두 동등하다고." 코브라가 갑자기 열을 내며 말했다. "여기서 부잣집 도련님은 통하지 않아. 만일 군대에서처럼 여기서도 통한다면…"

"난 배고파 죽겠다." 메오는 이렇게 말하고는 고개를 숙이고 밀턴을 지나갔다.

"우리와 같이 마을로 가자고." 쉐리포도 몸을 움직이며 말했다. "저 위에서 얼마든지 기다릴 수 있잖아."

"여기서 기다리는 게 좋아."

"좋을 대로 해. 길어봤자 10분 안에 네가 있는 데로 올 걸세." 밀턴은 계속 그들을 붙잡았다. "저 쪽은 안개가 어땠어?"

"무시무시해. 마을에 도착해서 노인들에게 평생 이런 일을 본 적이 있는지 꼭 물어볼 참이야. 무시무시하다고. 어느 지점에서는 몸을 숙이고서도 길은커녕 길을 딛고 서있는 내 발도 보이지 않더라고. 그러나 길이 협곡을 따라 나있는 게 아니니까 위험할 건 없어. 그리고 밀턴, 이 말만은 하고 싶군. 자네 친구가 기다려달라고 나를 불렀더라면 내, 기다려 줬을 거야. 이 친구들도 멈춰 세웠을 거라고. 그러나 부르질 않았어. 그래서 늘상 하듯이 제 볼일 보려는 거라는 걸 알았지. 조르조가 어떤지 알잖아."

네 명 모두 안개 속으로 사라졌다.

밀턴은 다시 올라가서 예배당 벽에 몸을 기대어 두 번째 담배에 불을 붙였다. 담배를 피우면서 그는 도로와 안개 층 사이에서 버티고 있는 빈 공간을 조심스레 지켜보았다. 30분이 지난 뒤 그는 다시 도로로 내려와 토레타의 통행로를 향해 천천히 걷기 시작했다.

조르조가 혼자 남으려고 일부러 안개를 이용했다는 쉬리포의 생각은 그럴 만했다. 동료들과 함께 어울리는 것을 꺼려했기 때문에 조르조는 인기가 없었다. 그는 자신의 것은 그 무엇도, 동물적인 온기조차도 남들과 나누지 않으려 했다. 그래서 홀로 고립되기 위한 기회를 놓치지 않았고 오히려 그럴 기회를 끊임없이 만들어내었다. 혼자 자고 혼자 먹고 담배가 부족한 시기에는 숨어서 담배를 피우고, 탤컴파우더를 바르고... 밀턴은 아랫입술을 내밀고 생각에 잠겼다. 조르조에 대한 일들이 어제까지만 해도 그를 미소 짓게 만들었었는데 이제는 예리한 고통으로 그를 아프게 했다. 조르조가 참아낼 수 있고 함께 지낼 수 있는 사람은 오로지 밀턴 뿐인 듯했다. 얼마나 많은 밤을 헛간에서 곁에 붙어 잠을 잤던가? 그때마다 먼저 친밀감을 표시하는 쪽은 언제나 조르조였다. 밀턴은 반달 모양으로 몸을 구부리고 자는 습관이 있었기 때문에 조르조는 밀턴이 먼저 자리를 잡을 때까지 기다렸다가, 수평으로 매단 해먹 하나에서 함께 자는 것처럼 그에게 꼭 붙어 자세를 맞췄다. 얼마나 많은 아침을 조르조의 몸과, 피부, 몸에 난 솜털을 가만히 바라보며 잠에서 깨어났었던가...

이제 더욱 짙어진, 더욱 더 앞을 분간할 수 없는 안개 속이었지만 고통이 그의 발걸음을 재촉했다. 안개는 구체적인 두께를, 수증기의 진정한 벽을 형성하고 있었고, 밀턴은 걸음을 옮길 때마다 그것에 부딪쳐 멍이 드는 느낌을 받았다. 물론 통행로에서 매우 가까운 거리에 있었지만 밀턴은 오로지 길의 흐름과 경사진 각도에 의해서만 자신의 위치를 유추할 수 있었다. 쉐리포가 말한 꼭 그대로, 몸을 구부려야지만 길바닥을 분간할 수 있었고, 흐릿한 발은 자신의 몸에서 분리되어 있는 것만 같았다. 전방의 시계는 조르조가 그의 앞 2미터 지점에서 나타난다 해도 확실히 보지 못할 정도였다.

계속해서 몇 걸음 더 올라간 밀턴은 산 정상에 이르렀다고 확신했다. 빽빽하고 엄청난 규모의 안개가 아래에 펼쳐진 고원을 짓누르고 있었다.

그는 침을 삼키고 나서 그 순간에 마지막 비탈길을 올라올지 모를 누군가에게 들리도록 목소리를 가다듬으며 조르조의 이름을 불렀다. 그러고는 조르조가 고원을 가로질러 가파른 경사면 쪽으로 올라가고 있을 경우를 대비하여 다시 훨씬 더 큰 소리로 불렀다. 아무런 대답도 없었다. 그러자 밀턴은 두 손을 입가에 모아 조르조의 이름을 아주 오랫동안 고래고래 소리질러 불렀다. 조금 아래쪽에서 개 한마리가 낑낑대며 짖었다. 그러고는 아무 소리도 나지 않았다.

이미 보이지 않는 마을 쪽으로 틀리지 않고 방향을 잡기 위해 만전을 기하면서 밀턴은 제자리에서 몸을 돌려 한 걸음 한 걸음 조심스레 내려왔다.

5

밀턴은 쉐리포를 식당에서 다시 만났다. 쉐리포는 허기를 채운 뒤 탁자 위에 팔꿈치를 쭉 내밀고 엎드려 졸고 있었다. 흘린 포도주 방울들이 씨근거리는 그의 숨결 밑에서 연못처럼 넓게 퍼지고 있었다.

밀턴이 그를 흔들었다. "그는 나타나지 않았어."

"내가 무슨 말을 할 수 있겠어?" 쉐리포는 꺽꺽한 목소리로 대답했지만 대화를 할 준비는 되어있다는 의미로 상체를 일으켰다. "몇 시나 되었나?" 두 눈을 비비며 그가 물었다.

"아홉 시가 지났어. 근처에 파시스트군이 없었다는 게 확실해?"

"저 안개에? 여기 안개를 근거로 생각하진 말게. 분기점 지역은 우유 바다였다고."

"안개가 파시스트들이 행군하는 도중에 갑자기 나타났을 수도 있지." 밀턴은 그를 찬찬히 쳐다봤다. "저들이 알바에서 출발했을 때는 저렇게 심한 안개는 분명히 아니었을 거야."

쉐리포는 고개를 저었다. "저런 안개에는." 그는 되풀이했다.

밀턴은 화를 냈다. "너는 안개를 단지 저들이 있을 가능성을 배제하는 데에만 이용하고 있군. 저들을 보지 못한 것을 정당화하기 위해서 안개 핑계를 대는 거 아냐?"

그는 여전히 침착한 채로 계속 고개를 저었다. "아마 저들의 소리를 들었겠지. 알바에서는 대대 보다 적은 규모는 움직이질 않는다고. 대대가 생쥐 한 마리도 아니고, 우리가 저들이 움직이는 소리를 들었겠지. 병사 한 명이 기침 한 번 하는 것만으로도 충분하지 않았겠어."

"하지만 파스칼은 저들이 나타날 것으로 예상했잖아. 그 지역에 저들이 나타날 것으로 예상했기 때문에 너희들을 수비대로 분기점에 보낸 것 아닌가 말이야."

"파스칼," 쉐리포는 한숨을 훅 내쉬고 말했다. "파스칼의 말을 근거로 한다면 그렇게 되겠지. 그런데 누가 그를 여단장으로 만들었지? 이러쿵 저러쿵 하고 싶진 않지만 수개월 동안 그가 올바른 판단을 내린 걸 한 번도 본 적이 없단 말이야. 어제 내내, 간밤 내내 우리가 파스칼에게 얼마나 욕을 해댔는지 알아? 그 치는 공격을 꿈꾼다고. 덕분에 우리는 괴로운 생활을 해야 하는 거고. 그래서 파스칼에게 우리가 몇 시간 동안 이야기 했지. 네 친구 조르조도 그랬어."

밀턴은 탁자를 돌아 쉐리포 앞, 등받이 없는 긴 의자에 말 타듯이 걸터앉았다.

"쉐리포, 너희들 혹시 조르조와 다퉜어?"

그는 얼굴을 두어 번 찡그리더니 고개를 끄덕였다. "조르조가 쟤에게 심하게 화를 내긴 했어."

"그럴 줄 알았어!"

"하지만 그가 혼자 떨어진 것과는 아무 상관없다고. 그러니까, 우리가 그것 때문에 안개 속에서 그를 잃어버린 건 아니란 말이야. 그가 본인의 의지로, 스스로 떨어져 나간 거라고. 그 부잣집 도련님 짓을 하려고 말이야."

"당연히 너희들 셋은 잭의 편을 들었고 말이지."

"그렇게 말해도 돼. 잭이 완전히 옳았으니까."

사실, 다섯 명 모두 미친 듯이 격분했다고 쉐리포가 설명했다. 어제 밀턴이 알바를 한 바퀴 돌아본 후 트레이조로 귀환할 때쯤 그들은 망고에서 떠났었다. 그들이 토레타의 통행로에 채 도착하지도 못했을 때, 이미 살 속 깊이 파고드는 캄캄한 어둠이 내린 밤이 되었다. 그들은 마치 겨울 추위가 온 것처럼 차갑고 심술궂은, 거센 바람을 가슴으로 맞으며 산등성이를 따라 걸었다. 메오는 그 바람이 틀림없이, 자신이 총살당해 죽어서라도 가고 싶지 않은 산 위쪽의 저 묘지들 중 활짝 파헤쳐진 무덤들에서 불어오는 것이라고 말했다. 완전히 사막 같았다. 다만, 그들이 지나가는 동안 냄새를 맡은 산중턱의 모든 개들이 짖어댈 뿐이었다. 개를 참을 수 없어 하는 코브라가 개가 짖을 때마다 매번 욕을 했다. 그는 담요로 머리를 둘러쓰고 있어서 마치 욕지거리를 해대며 걷고 있는 수녀 같았다. 안 그러면 전혀 보이지도 않을 집들의 존재와 위치를 열심히 드러내주는 개들에게 주인 농부들이 쏘아대는 욕지거리를 생각하면, 결론적으로 온 세상이 욕 천지였다. 이를 갈면서 앞서 걷던 나머지 네 명 역시 속으로 욕으로 하고 있었던 것이다. 그들은 파스칼이 꿈을 꾸었거나 단순히 스스로를 돋보이게 하고 싶어 하는 일 때문에 공연히 자신들이 헛고생을 하고 있다고 확신했다. 가장 격분한 사람은 물론 조르조였다. 분대가 그의 마음에 들지 않았기 때문이기도 했고 지휘권이 쉐리포에게 주어졌기 때문이기도 했다. '이 어수룩한 네 명조차,' 틀림없이 조르조는 생각했을 것이다. '내가 지휘권을 가질 자격이 없다고 여긴다면, 여기 파르티잔 가운데서 내가 가진 위상과 경력은 어떨지 안 봐도 뻔하군.'

그리고 나서 그들의 화를 돋운 것은 메오였다. 망고에서 아무 것도 먹지 못한 채 떠났기 때문에 메오가 어느 외딴 농가로 저녁을 먹으러 가자고 제안했다. 자신과 불쌍한 라페가 한 번 들른 적이 있는데 아주 훌륭한 대접을 받았다는 것이었다. 화덕에서 갓 구워낸 빵과 달짝지근하긴 해도 건더기가 많은 야채 스프와 원하는 만큼 먹을 수 있는 질 좋은, 비계 부분이 눈처럼 하얗고 분홍색 살점이 붙은 삼겹살. 농가가 거대한 경사면의 발치에 위치하고 있기 때문에 그곳까지 이르기는 쉽지 않은 일이었지만 모두가 그곳으로 가는 데 동의했다. 목 부러지기가 십상일 정도로 험한 오솔길을 통해 그들은 산 아래 지역에 도착했다. 칠흑 같이 어두운 밤은 마치 살아있는 생물 같았고, 끊임없이 수많은 심연을 만들어내는 듯한 착시 현상을 일으켰다. 일단 농가 근처의 저지대로 내려왔지만 메오가 더 이상 농가를 찾아내지 못해서 그들은 사방으로 흩어져 농가를 찾아 헤매야 했다. 농가의 벽들은 궂은 날씨에 완전히 검게 변해서 유령 같은 그 희멀건 빛조차도 내지 않았다. 결국 코브라가 농가를 찾았다. 농가 마당을 두른 가시철조망에 바지가 걸린 것이었다. 엄청난 욕을 퍼부음으로써 코브라는 동료들에게 자신이 있는 쪽을 가리켜주었다. 다행히 집을 지키는 개는 없었다. 있었다면 코브라가 불같이 화를 냈을 것이고 스텐총으로 개를 두들겨 팼을 것이었다. 그러면 쉐리포가 광분해서 진흙판에서 코브라와 싸움박질을 했을 것이었다. 쉐리포는 개를 패는 것을 보면 늘 미쳐버린 듯했기 때문이었다.

제일 웃긴 것은 농가로 들어가기 위해 여러 절차를 거쳐야 했다는 것이었다. 문을 두드리러 간 것은 메오였다. 주인은 닫힌 현관문 뒤에서 물었다.

"댁들은 뉘시오?"

"파르티잔입니다." 메오가 대답했다.

"그 말을 사투리로 한번 해보시오." 노인이 요구했고 메오는 사투리로 다시 말했다.

"어디 소속이오? 아쭈리 바돌리아니*요 아니면 스텔라 로싸*요?"

"바돌리아니입니다."

"바돌리아니라면 어느 관할이오?"

"망고 관할입니다." 메오는 참을성 있게 대답했다. "우리는 파스칼 휘하에 있는 사람들입니다." 그러나 노인은 아직 빗장을 풀지 않았다. 그러자 코브라는 안달이 나서, 가까이 다가가 나무문 너머 농부에게 두 마디만, 농부가 문을 서둘러 열게 만들 험한 말 딱 두 마디만 하고 싶어 했고, 쉐리포는 그런 그를 제지하는 데 신경을 써야했다.

"원하는 게 뭐요?" 노인이 계속 물었다.

"요기만 하고, 곧 임무 수행을 위해 떠나겠습니다."

하지만 그 노인은 여전히 의심을 풀지 않았다.

"내게 이렇게 말을 하는 너는 도대체 누구야? 내가 너를 알아?"

"물론입니다." 메오가 말했다. "저는 메오예요. 이미 한번 댁에 와서 식사를 한 적이 있어요. 기억을 좀 더듬어보세요."

침묵이 흘렀다. 노인은 기억을 더듬으며 골라내고 있었다.

"분명히 저를 기억하실 텐데요." 메오가 말했다. "두 달 전에 온 적이 있어요. 그때도 저녁이었어요. 모든 걸 쓸어갈 듯한 바람이 불었지요."

노인은 감을 잡기 시작했다는 뜻으로 무언가를 중얼거렸다. "너는," 그러더니 질문을 했다. "누구와 같이 왔는지 기억하나?"

"물론이지요." 메오가 대답했다. "라페와 왔어요. 그리고 얼마 안 돼 그는 로케타 전투에서 전사했어요."

그러자 노인은 부인을 부르더니 빗장을 걸었고, 그들은 안으로 들어갔다. 하지만 메오가 장담했던 맛있는 음식은 없었다.

오히려 초라하기 그지없었다. 폴렌타 죽과 차가운 양배추, 개 암 한 줌 밖에는 없었다. 그들은 그 보잘 것 없는 음식을 노인 이 뚫어지게 쳐다보는 가운데 먹어야했다. 노인은 그들을 감시 했다. 새하얀 수염을 끊임없이 쓰다듬으면서 가끔 단어를, 딱 한 단어를 내뱉었다. "완전 시베리아야." 그것은 그의 입버릇이 었다. "완전 시베리아야, 시베리아." 조르조는 폴렌타 죽을 건 드리지도 않았다. 양배추는 말할 것도 없었다. 다만 개암을 열 두어 개 먹었을 뿐이었는데 그것조차도 분노에 휩싸인 채, 급 하게 씹어 삼키는 바람에 목에 걸려버렸다. 그는 마치 자잘한 돌멩이들을 식도에 흩뿌려놓은 것 같은 느낌이라고 말했다. 마 침내 그들이 그 초라한 집에서 나와 산등성이 길을 다시 타기 위해 경사면을 올라갈 때는 막 아홉 시를 지난 시각이었고, 밤 은 동트기 직전의 순간처럼 공포스러웠다. 그들은 메오에게 저 녁 식사랍시고 먹은 것 때문에 온갖 쓴 소리를 퍼부어대면서 산을 올랐다. 그들 중에서 아직까지 제일 침착함을 유지하고 있던 잭조차도 쉴 새 없이, 부드러운, 거의 명랑하다 할 정도의 음성으로 중얼거리는 것이었다. "빌어먹을 파시스트들, 빌어먹 을 파시스트들, 빌어먹을 파시스트들…"

그러고 나서 그들은, 분기점에서 보초를 서기 위한 거점으로 선택한 집 문제로 쉐리포에게 열을 냈다. 그들이 분기점이 눈 에 보이는 곳에 이르렀을 때, 그 아래로 난 길은 음울하게 희뿌 옛다. 코브라가 담요를 뒤집어쓴 머리를 흔들고는 말했다. "만약 내일 아침에 파시스트들이 저 길을 지나가면 내가 자갈을 배 터질 때까지 먹겠다고 맹세하지." 나머지 네 명은 랑가의 카쉬나에 머무르자고 했다. 거기에는 커다란 헛간이 있고 모든 틈새가 잘 막혀있으며 수많은 황소가 있어서 황소가 내쉬는 숨이 여러 대의 히터를 튼 것처럼 따뜻하게 덥혀주기 때문이었다. 그러나 쉐리포는 그곳이 잠자기에는 편한 반면, 분기점에서 너무 멀어 보초를 서기에는 좋은 위치가 아니라면서 반대했다. 쉐리포는 원래의 장소를 계속 고집했지만 결국에 가서는 분기점 바로 맞은편 둔덕 가장자리에 위치한 조그만 폐가로 그들을 인도했다. 그곳은 스텐 총 사정거리 내에서 쥐 죽은 듯이 빗장을 걸어 잠근 집 몇 가구가 옹기종기 모여 있는 분기점 지역을 살필 수 있는 장소였다. 그들은 길게 줄지어 늘어선, 거센 바람에 뿌리까지 흔들리는 나무들을 따라 그곳에 도착했다.

폐가에는 허물어지고 지붕이 뚫린 작은 방이 세 개 있었다. 유일하게 쓸 만한 장소는 헛간이었다. 헛간이라고 하기에도 뭣한 그곳은 너무나 협소해서 양 여섯 마리도 들어가지 못할 정도였고 여물통은 난쟁이 하나가 들어갈까 말까할 정도였다. 벽돌로 된 바닥은 한쪽 구석에 가시투성이의 잔가지 다발 두세 개가 쌓여있는 것을 제외하고는 완전히 텅 비어 있었다. 딱 하나 있는 조그만 창문의 문풍지에는 구멍이 뚫려 있었고 문은 손바닥을 펴고도 들락날락할 틈이 여기저기 벌어져 있었다.

그들은 자정에 보초를 서기 시작했다. 쉐리포가 첫 순번을

섰다. 나머지는 몸을 돌돌 말아 움츠리고서 벽돌 바닥에 눕기 시작했다. 하지만 아무도 자지는 않았다. 이성이 없는 야수가 다 된 그들이었기에 그 누구도 오래된 그 잔가지 다발들을 밖으로 던져서 자리를 넓히려는 너무나 단순한 생각조차 떠올리지 못했다. 처음에 그들은 간신히 약간의 간격을 두고 서로 떨어져 있었지만, 나중에는 추위로 몸부림치며 구르고 뒤척이느라 끝에 있던 잭을 밀쳐, 결국 잭은 잔가지 다발 위로 올라가 엎어졌다. 그런데도 잭이 잠을 이룬 유일한 사람이었다. 그는 고행자처럼 가시투성이의 잔가지 더미 위에서 잠을 자며 죽어가는 사람처럼 신음했다. 끝에서 두 번째 보초 순번은 조르조였다. 그리고 마지막 순번, 시야를 현혹시키는 새벽빛에 대비해서 놀랄 만한 시력을 가진 잭이 맡았다.

조르조와의 불상사는 잭이 보초를 맡은 시간 중에 일어났다. 조르조는 보초를 서고 돌아와서 잭을 흔들어 깨웠다. 그리고 일단 잭이 밖으로 나가자 그는 코브라와 메오의 볼썽사나운 몸을 밀어내고 지푸라기 위에 몸을 반쯤 뉘었다. 당연히 그는 잠을 이루지 못했다. 무릎 아래에 두 팔을 넣어 잡고 몸을 웅크렸을 뿐이었다. 담배를 한대 피우고는 자세를 골백번도 더 고쳐 잡아보았다. 그것은 잠들기 위해서라기보다 견딜 만한 정도로 깨어있기 위해서였다. 그러나 성공하지 못했고 결국 일어나 앉아 다시 담배에 불을 붙였다. 그때 성냥 불빛을 통해 밖에서 보초를 서고 있어야 할 잭이 헛간 안에 들어와 있는 것이 보였다. 잭은 문 쪽 벽에 기대앉아 머리를 꾸벅거리고 있었다.

"조르조가," 쉐리포가 말했다. "노발대발했다는 건 말 안해도 알겠지? 그는 보초 근무에 철저해서..."

"아무도 없지." 밀턴이 말을 잘랐다. "사단 전체에서, 조르조처럼 꼼꼼히 조심해서 보초를 서는 사람은 아무도 없지."

"그건 사실이야." 쉐리포는 인정했다. "그런데 그가 보초를 그렇게 잘 보는 것이 자기 자신만을 위한 것인지 아니면 동지들도 위한 것인지는 우리가 알 바 아니지. 핵심은 그가 자신의 생명을 위해 보초를 그렇게 잘 보면 자동적으로 다른 사람들의 생명을 위해서도 잘하는 게 된다는 거니까. 여기에 대해서는 우린 서로 동의해. 어쨌든 아까 말했듯이 조르조는 노발대발했어. 그는 무릎을 꿇고 일어났어. 마치 야수가 손으로 지푸라기를 뒤적이는 것 같았어. "왜 보초 서러 밖에 나가지 않은 거야?"라고 하더니 잭의 해명을 듣지도 않고 온갖 욕설을 퍼부었지. 그 중에서 개자식이 가장 점잖은 말이었어. 잭의 잘못은, 그것도 잘못이라면, 재빨리 설명을 하지 않았다는 거였어. 내가 보니까 잭은 어깨를 으쓱하고는 뭔가 "소용없어." 비슷한 말을 중얼거리더군. 그러고는 조르조가 있는 방향으로 바닥에 침을 뱉었지 아마. 조르조는 개구리처럼 펄쩍 뛰어 그를 덮쳤는데, 몸이 공중에 떠있는 와중에 그에게 말했어. "소용없다고? 우리는 했는데 너는 안 해? 이 빌어먹을 겁쟁이야!" 그러고는 그의 몸을 덮쳤지. 우리는 깨어있었지만 상황을 완벽하게 파악한 건 아니었어. 게다가 우린 사지가 너무나 무감각해지고 뻣뻣하게 굳어 있어서 제대로 일어나려면 족히 일분은 지나야했지. 난 단지, 잭이 밖에서 보초를 서고 있는 게 아니라는 것만 이해했어. 그래서 그에게 왜 그랬냐고, 빨리 나가서 자신의 역할을 다하라고 버럭 소리를 질렀지. 하지만 잭은 조르조로부터 자신을 방어하기에 바빠서 내 말에는 대답하지 않더군. 조르조는 그의 목을 잡고 머리통을 아예 벽 속으로 집어넣어 버리려고 작정을 했더라고. 그렇게 잭의 목을 조르고 머리를 짓누르는 와중에도 그를 모욕하기를 멈추지 않았어. "개자식, 이제 너희와 같은 악당들과 끝장낼 때다! 니들은 우리한테도 안 좋고 저들에게도 안 좋아! 모두 나가 죽어! 니들은 개고, 돼지고, 악당이고...!" 잭은 대꾸하지 못했어. 조르조가 그의 목을 조르고 있었기 때문이기도 했고 벽에 머리를 박고 자신의 목을 뻣뻣하게 해서 단단히 버티고 있었기 때문이기도 했지. 그래서 잭은 우리에게 도움을 구하려는 말도 못했어. 다리를 접었다가 그 두 다리로 조르조를 차내 버리려고 애를 썼어. 이야기가 길어졌지만 모든 것이 실제로는 30초 이상도 걸리지 않은 일이야. 그런데 우리가 개입하기 전에 잭이 발을 조르조의 가슴에 대는 데 성공했고 다리를 뻗어 그를 벽돌 바닥 위로 밀쳐냈어. 그 틈에 내가 잭에게 빨리 해명을 하라고 소리 질렀지. 잭은 제자리에 앉아 내게 말했어. "소용없다고 말했잖아. 좀 보란 말야." 그러고는 문을 손으로 쳐서 열어젖혔어. 우리는 밖을 보고서 바로 이유를 알 수 있었어."

"안개 때문이로군." 밀턴이 중얼거렸다.

안개를 묘사하려고 쉐리포는 의자에서 일어났다. "우유의 바다를 한번 상상해봐. 집 바로 앞까지 들어차서 혓바닥과 젖가슴을 우리 헛간으로 들이밀려고 하는 우유 바다를. 우리는 앞뒤로 줄지어 서서 밖으로 나왔어. 하지만 조심스러워서 두 걸음 이상은 나가지 않았지. 그 우유 바다에 빠져 죽을까봐 두려웠거든. 겨우 서로를 알아볼 지경이었어. 우리는 일렬로 팔꿈치가 닿도록 나란히 서있었는데도 말이야. 한 치 앞도 보이지 않았지. 땅을 디디고 서 있는지 구름 위에 서 있는지 확인하려고 발로 툭툭 치며 밟아보았어." 그는 다시 무겁게 자리에 앉고는 계속했다. "코브라가 웃더니 헛간으로 다시 들어가서 잔가지 더미를 한 아름 안고 돌아오더군. 그러고는 힘껏 그것들을 앞으로, 안개의 입 속으로 내던졌지. 그것들이 땅에 떨어지는 소리를 우리는 듣지 못했어."

그들이 아무리 숨을 멈추고 귀를 기울여 봐도 미세한 소리조차 들리지 않았다. 조르조와 잭의 싸움은 이미 잊어버렸다. 조르조의 시계가 거의 다섯 시를 가리켰다. 공격은 없을 것이고 있을 수도 없다는 데 모두가 동의했다. 그곳에서는 더 이상 아무것도 할 일이 없었다. 그들은 곧 망고를 향해 길을 나섰다. "이보게들" 쉐리포가 말했다. "산등성이에 난 길은 가장 짧을 뿐더러 우리가 줄줄 외우고 있는 길이지만 이런 안개 속에서는 위험해. 깎아지른 양쪽 경사면 위에 면도날 같이 나 있는 길이잖아. 이런 안개 속에서는 미끄러지기 십상이야. 미끄러진 다고 죽는다는 건 아니지만 괜찮을 거라고 착각은 하지 말아야 한단 얘기지. 끝도 없이 굴러 2킬로미터 떨어진 저 아래 흐르는 벨보 강까지 가기 전에는 멈추지 않을 거야. 그러니 산비탈 중간지점까지 조심조심 내려가서 거기서, 좀더 멀긴 하지만 한 쪽은 기댈 절벽이 있는 그 산중턱의 길로 가는 게 어때? 내 내 오른쪽으로 붙어 손으로 절벽을 더듬으면서 걸을 거야. 챠를레 봉헌소가 있는 지점까지만 가면 다시 산등성이로 올라올 수 있을 거야. 거기쯤에서는 등성이 길이라도 덜 위험하지. 숲이 나오기 전까지 양쪽으로 제법 넓은 초원이 펼쳐져있으니 말이야. 게다가 거기는 안개가 여기보다 덜 끔찍하기를 바라볼 수도 있잖아." 그들은 쉐리포의 말에 동의했고, 론 볼링 경기에서 점수를 잴 때 그러는 것처럼 내딛은 한 발 앞에 다른 발을 갖다 대면서 조심스레 산중턱으로 내려왔다. 산중턱 길 위에 다달았을 때 그들은 무릎을 꿇으며 감사를 드렸다. 안개는 여전히 짙었지만 거기서부터는 좀더 빨리 걸었다. 그러다가 우연히 챠를레 봉헌소로 올라가는 오솔길을 발견했고 산등성이 길로 다시 들어설 수 있었다.

"아," 쉐리포가 말했다. "밀턴, 보통 때 같으면 한 시간 만에 올 길을 세 시간 걸려 왔다는 걸 생각해 봐."

"그런데 조르조는 어디서 잃어버린 거야?"

"모르겠어. 다시 말하지만, 그가 스스로 사라진 거라고. 산 중턱의 길 초입에서 떨어져나간 거라고 생각해. 걱정 마, 밀턴. 나는 조르조가 어디 있는지 상상이 가. 돈 좀 내고 아침을 먹으려고 어느 농가에 들어가 따뜻한 데 있을 거야. 돈은 언제나 많이 갖고 있지. 여단의 출납병보다 그가 돈이 더 많을 때도 가끔 있어. 그의 아버지가 마치 박하사탕 주듯이 그에게 돈을 보내온다니까. 그가 어떻게 하고 있을지 훤히 보여. 뜨거운 우유가 담긴 커다란 사발을 가져오게 하고, 설탕이 없으니 꿀을 몇 스푼 넣으라고 하겠지. 그가 기침 한 번 하는 것을 들어본 적이 없는 이유가 바로 그거야. 아주 조그맣게 캑캑거리는 소리조차 들어본 적이 없지. 우리들은 가슴이 찢어지도록 기침을 해대는데 말이야. 걱정 마, 밀턴. 정찰대의 책임을 맡은 내가 아무 걱정 안 하는 걸 좀 보라고. 걱정 말고 가 있으면 정오에는 마을에서 그를 다시 보게 될 거야."

"정오에는 트레이조로 돌아가고 싶었는데." 밀턴이 말했다. "레오에게 약속을 했거든."

쉐리포는 그게 무슨 상관이냐는 듯이 손을 흔들었다. "좀더 일찍 가는 게 자네한테 뭐가 중요해? 레오에게는 또 뭐가 중요하냐고? 여기서는 점호도 없고 복귀 신고도 없잖아. 파르티잔이란 것은 바로 이런 의미에서도 위대한 거라니까. 그렇지 않으면 국왕의 군대와 다를 바 없지. 이 말에 부정 타지 않도록 쇠붙이를 좀 만져야겠네." 실제로 그는 총신의 쇠 부분을 만진 다음 덧붙여 말했다. "여기서는 모두가 대충대충 셈하는데, 자네는 왜 밀리미터까지 재려는 거야?"

"난 대충대충은 안 해."

"그럼 자넨 저 빌어먹을 파시스트 군대식으로 하겠다는 말인가?"

"저들 군대 얘기는 듣고 싶지도 않아. 하지만 난 대충대충은 안 한다고."

"그렇다면 다음에 와서 조르조를 보면 되잖아."

"난 당장에 그와 얘기를 해야 한단 말이야."

"도대체 왜 조르조를 못 봐서 안달인 거야? 무슨 그리도 중요한 이야기가 있다고? 그의 어머니가 돌아가시기라도 한 건가?"

밀턴이 문 쪽으로 향하는 것을 보고 그가 말했다. "이젠 또 어딜 가는 거야? 마을로 가나?"

"여기 바로 바깥에, 안개를 좀 보려고."

아래쪽 협곡으로 거대한 삽으로 천천히, 그리고 깊숙이 휘젓는 것처럼 안개가 움직이고 있었다. 5분 정도가 지나자 안개 밑바닥에 구멍과 틈이 벌어졌고 그 사이로 땅이 드문드문 드러났다. 땅은 그에게 너무나 멀어 보였고, 질식한 것처럼 거무스름했다. 산봉우리들과 하늘은 아직 안개로 짙게 덮여있었다. 그러나 30분 쯤 지나면 안개의 균열이 저 위에도 생길 것이었다. 새 몇 마리가 울음소리를 내질렀다.

그는 다시 안으로 머리를 들이밀었다. 쉐리포는 다시 잠든 것 같았다.

"쉐리포? 길에서 아무 소리도 못 들었어?"

"못 들었어." 고개도 들지 않고 팔꿈치를 움찔 치켜보이지도 않고서, 그는 바로 대답했다.

"산중턱의 그 길 말이야."

"아무튼 못 들었어."

"확실히?"

"전혀, 아무 소리도!" 쉐리포는 머리를 사납게 홱 쳐들었지만 감정을 억누르며 최대한 부드러운 목소리로 말했다. "정말로 정확하게 하고 싶다면 말이지, 그리고 자네가 이렇게 꼼꼼하게 구는 걸 한 번도 보지 못했으니 말인데, 마을로 돌아오는 길 전체에서 우리는 새 한마리가 날아가는 소리를 들었을 뿐이야. 틀림없이 둥지를 잃어버려서 그 안개 속에서 둥지를 찾고 있었던 게지. 이제 그만 날 좀 자게 내버려 둬."

밖에는 이슬비가 내리기 시작했다.

6

그는 열 두어 명의 동지들에게 조르조를 보면 즉시 자신에게 보내달라는 말과 함께 식당 주소를 남겨두었다. 하지만 그는 11시 반 경에 식당에서 나왔고 텅 빈 벌판에서 돌아오는 조르조를 먼 거리에서 볼 수도 있다는 희망 속에 마을의 변두리를 30분쯤 이리저리 배회했다. 사방에 퍼진 안개는 사라져가는 중이었다. 이슬비는 조금 더 굵어졌지만 아직 성가실 정도는 아니었다.

세탁소 골목길 끝에서 한순간 프랭크의 모습이 두드러졌다. 그도 밀턴과 조르조의 고향인 알바 출신이었다. 그는 밀턴의 그림자조차 보지 못한 것처럼 휙 지나쳤지만 이내 골목길에 그의 모습이 다시 잡힌* 것으로 보아 늦게나마 밀턴의 잔상을 느꼈음에 틀림없다. 그는 머리끝부터 발끝까지 오들오들 떨고 있었고 원래 하얀 얼굴이 그 어느 때보다도 백짓장 같아서 더욱 어려보였다.

'조르조가 붙잡힌 거야.' 밀턴은 중얼거렸다.

"밀턴!" 프랭크가 달려오며 소리쳤다. "밀턴!" 울퉁불퉁한 포장돌길 위에서 발뒤꿈치로 속도를 줄이며 그가 다시 소리를 질렀다.

"진짜로 조르조가 잡혀간 거야, 프랭크?"

"누가 벌써 말해줬어?"

"아무도 말 안 해줬어. 그냥 느낌으로 알았어. 그런데 넌 어디서 들은 거야?"

"농부가 말이야," 프랭크는 말을 더듬었다. "둔덕에 사는 농부 하나가 포로가 되어 수레에 실려 지나가는 조르조를 보고 우리에게 전해줬어. 어서 사령부로 달려가자." 그러고는 프랭크는 뛰기 시작했다.

"아니, 뛰지 말자." 밀턴이 사정했다. 그는 두 다리를 겨우 지탱하고 서있었다.

프랭크는 순순히 그에게로 다시 다가왔다. "놀랐지? 나도 엄청 놀랐어. 몸이 스르르 녹아내리는 것 같더라고."

거의 몸서리를 치면서 그들은 사령부를 향해 천천히 다시 올라갔다.

"조르조는 엿 된 거야, 그치?" 프랭크가 속삭이듯 말했다. "군복을 입고 무기를 소지한 채로 잡혔어. 뭐라고 말 좀 해봐, 밀턴!"

밀턴이 입을 열지 않자 프랭크는 다시 말을 시작했다. "엿 됐어! 그의 어머니가 어떨지는 생각도 하고 싶지 않아. 조르조는 안개의 거대한 아가리 속에서 저들에게 붙잡힌 게 분명해. 오늘 같이 대단한 안개 속에서 아무 일도 안 일어나는 게 이상하지. 하지만 지금 그게 중요한 게 아니지. 불쌍한 조르조. 그 농부가 묶인 채 수레에 실려 가는 그를 봤대."

"조르조가 확실하대?

"그를 안다고 하더라고. 게다가 지금 없는 사람은 조르조밖에 없잖아."

그때 농부 한 명이 넓은 벌판을 향해 내려오는 것이 보였다. 미끄럽기 그지없는 지름길로 들어선 그는 키 큰 풀들을 움켜 잡으며 천천히 내려오고 있었다.

"저 사람이야!" 프랭크가 말했다. 그는 농부를 향해 휘파람을 획 하고 불고는 손가락으로 딱 하고 소리를 내어 이쪽이라는 신호를 보냈다.

농부는 마지못해 멈춰서더니 포장돌길 위로 올라왔다. 거의 색소결핍증으로 보이는 창백한 그 마흔 살가량 된 남자는 가슴까지 진흙 얼룩이 튀어있었다.

"조르조에 대해 말해봐요." 그에게 밀턴이 명령조로 말했다.

"이미 너희 대장들에게 모두 말했어."

"내게 다시 말해줘요. 어떻게 그를 본 겁니까? 안개가 덮여있지 않았나요?"

"저 아래 우리가 있는 곳에는 여기 위처럼 그렇게 짙지는 않았어. 그리고 그 시간에는 안개가 거의 모두 물러간 뒤였어."

"몇 시를 말하는 겁니까?"

"11시쯤. 알바의 파시스트 부대가 너희들 동료를 묶어 수레에 태우고 지나가는 걸 봤을 때는 11시가 조금 덜 된 시간이었어."

"전리품으로 그를 데려간 거야." 프랭크가 말했다.

"난 우연히 그들을 보게 됐어." 남자가 말을 이었다. "갈대를 베러 가다가 그들이 아래쪽 길로 지나가는 것을 본 거지. 우연히 봤어. 뱀처럼 은밀하게 내려가고들 있어서 소리는 전혀 듣지 못했거든."

"조르조였다는 게 확실합니까?" 밀턴이 물었다.

"많이 봐서 그를 잘 알아. 여러 번 우리 이웃집에 와서 먹고 자고 했지."

"어디에 사시죠?"

"마붓코 다리가 있는 산을 넘으면 바로야. 우리 집은..."

밀턴은 집에 대한 설명을 이어가려는 그의 말을 잘랐다. "그럼 왜 산 발치에 있는 칫쵸 부대 사람들에게 곧장 알리지 않은 겁니까?"

"파스칼이 이미 물어봤어." 프랭크가 한숨을 내쉬었다.

"내가 너희 지휘관에게 대답하는 걸 너도 들었잖아." 그가 확인하며 말을 이었다. "내가 여자도 아니고, 나 역시 군대를 갔다 왔다고. 그들을 막아 세울 수 있는 것은 칫쵸라는 걸 나 역시 재빨리 생각했어. 그래서 날듯이 그쪽으로 내려갔지. 그들 옆으로 해서 추월해 가는 동안 대열의 끄트머리에 있는 병사들이 나를 보고 산토끼한테 그러듯이 총을 쏠 수도 있었으니 나도 위험을 무릅쓰고 내 역할을 한 거야. 하지만 내가 칫쵸 부대에 도착했을 때에는 취사병과 보초 하나밖에는 없었어. 그들에게 모든 사실을 전하자 그들은 쏜살같이 움직였어. 그래서 나는 그들이 대장을 찾는다거나, 매복공격을 한다거나, 무언가를 할 거라고 생각했지. 하지만 그들은 단지 숲속에 몸을 숨기려고 뛰었던 거야. 파시스트 부대가 알바의 국도 위로 이미 멀리 갔을 때 그 두 사람은 돌아왔고 내게 '우리 둘이서 무엇을 할 수 있었겠어요?'라고 하더군."

프랭크가 말했다. "파스칼은 오늘 당장 분대를 보내 칫쵸에서 브렌총 두 정 중 하나를 가져올 거라고 말하던데. 브렌총 하나면 충분하고도 넘치지, 저치들을 상대하기에는..."

"날 보내줘." 농부가 말했다. "너무 늦으면 집사람이 걱정을 한단 말이야. 임신도 했는데."

"정말로 망고 여단의 조르조였어요?" 밀턴은 계속 물었다.

"정말로 확실하다니까. 아무리 그의 얼굴이 피로 얼룩져 있었어도 확실하다고."

"부상을 당했습니까?"

"발길질 당했어."

"수레에선 어떻게 있던가요?"

"이렇게..." 하면서 남자는 조르조의 자세를 흉내 냈다. 조르조는 하적판 격자에 박혀있는 말뚝에 가슴께를 묶인 채로 수레 가장자리에 긴 검처럼 허리를 곧추세워 앉아있었다. 수레를 끄는 소들의 꼬리가 흔들릴 때마다 그의 다리도 흔들거렸다.

"그를 전리품으로 그쪽에 데려간 거야." 프랭크가 되풀이했다. "알바에 들어갈 때 광경은 오죽하겠어? 오늘과 오늘밤, 알바의 여자들을 상상해 보라고."

"여자들이 무슨 상관이야?" 밀턴이 눈을 휘둥그레 뜨고 툭 뱉듯 물었다. "상관 없잖아. 있어도 거의 없는 거나 마찬가지야. 너도 다른 사람들처럼 공상에 빠져있군."

"내가? 아니, 내가 무슨 공상을 한다는 거야?"

"우린 죽는 게 습관이고 여자들은 우리가 죽는 걸 보는 게 습관이 되었지. 오래전부터...그걸 모르겠어?"

"날 언제 보내줄 거야?" 농부가 물었다.

"잠깐만요. 그런데 조르조는 무엇을 하고 있던가요?"

"무얼 했을 것 같아? 앞을 응시하고 있었지."

"군인들이 그에게 계속 발길질을 하던가요?"

"더 이상은 안하더군." 남자가 대답했다. "그를 붙잡자마자 바로 발길질을 퍼부었을 테지만 길에서는 더 이상 안 했지. 그들은 어느 언덕에서라도 너희 파르티잔들이 불쑥 나타날까 봐 두려워했던 게야. 그들이 뱀처럼 소리도 없이 내려가더라는 얘기는 했지? 그러니 그를 가만히 내버려둘 수밖에. 하지만 일단 위험한 지역을 벗어나면 분풀이를 좀더 하려고 그에게 다시 달려들었을지도 모르는 일이지. 이제 가도 되나?"

밀턴은 지휘부를 향해 이미 달려가고 있었다. 튕겨져 나간 듯한 그의 동작에 놀란 프랭크가 소리치면서 뒤따라갔다. "이젠 왜 뛰는 거야?"

지휘부 입구에는 망고의 수비대원들이 잔뜩 들어서 있었다.

밀턴은 겹겹이 둘러싼 어깨 사이를 비집고 들어가 자신과 뒤를 바짝 따르고 있는 프랭크를 위한 자리를 뚫었다. 안에 들어서자 전화기를 붙들고 있는 파스칼의 주위로 또 다른 원이 둘러져 있었다. 그 무리들 사이로 끼어들어가 맨 앞줄에, 시체처럼 하얗게 질린 쉐리포 옆에 자리를 잡았다.

파스칼이 전화가 연결되기를 기다리는 동안, 프랭크가 중얼거렸다.

"사단 전체에 포로가 단 한 명이라도 있으면 내 목을 내놓겠어."

"적어 둬. 내가 붙잡히면 백장미 화환을 해달라고." 다른 누군가가 말했다.

사단 지휘부와 전화연결이 되었다. 전화선의 저쪽 끝은 부관참모 판이었다. 그는 내어 줄 포로가 없다고 바로 말했다. 그는 파스칼에게 조르조의 생김새를 알려달라고 해서 듣더니 그 역시 조르조를 기억한다고 했다. 하지만 포로는 없다고 되풀이하며 파스칼에게 여단의 여러 지휘관들에게 알아보라고 했다. 규정상 하급 지휘부에서 붙잡은 모든 포로는 사단 지휘부로 즉시 이송하게 되어있지만 혹시 모르니까 파스칼에게 레오와 모건, 디아즈한테 전화해보라고 하는 것이었다.

"레오는 포로가 없어." 파스칼은 수화기에 대고 말했다. 여기 바로 내 앞에 트레이조 여단에서 온 사람이 있는데, 레오에게 포로가 없다는 손짓을 하는군. 모건과 디아즈에게 전화를 해봐야겠어. 아무튼 판, 자네가 새로운 포로를 받으면 죽이지 말고 차로 즉시 내게 보내줘."

"모건에게 빨리 전화해." 파스칼이 전화를 끊자마자 밀턴이 말했다.

"디아즈에게 전화하겠어." 파스칼은 퉁명스럽게 대답했다.

밀턴은 쉐리포를 흘낏 쳐다보았다. 그는 안색이 잿빛이 되어 있었다. 그것은 조르조의 운명이 걱정되어서가 아니라, 그 안개 속에서 수백 명의 적들이 지나가는 줄도 모르고 자신이 맘 편하게 길 잃은 새 한 마리의 날개 짓에만 온통 정신이 팔려 있었다는 때늦은 공포감이 밀려왔기 때문일 거라고 밀턴은 생각했다.

"불쌍한 조르조." 쉐리포가 중얼거렸다. "얼마나 거지같은 밤을 보냈을까? 그가 얼마나 괴로울지 누가 상상이나 하겠어? 개암열매가 아직도 목에 걸려 있을 텐데."

"어쩌면 이미 모든 게 끝나버렸을 수도 있어." 밀턴의 어깨 너머에 있는 사람이 말했다.

"그만해." 전화벨이 울리는 동안 파스칼이 말했다.

디아즈가 직접 받았다. 없었다. 그도 포로가 없었다. "내 부하들은 한 달 전부터 아무것도 건지지 못하고 있어." 디아즈 역시 금발의 조르조를 아주 잘 기억하고 있었고 이 일에 대해 유감스러워 했지만 포로가 한 명도 없는 건 마찬가지였다.

밀턴은 처음 보는, 염소수염을 기른 파르티잔 하나가 알바 시 어디에서 그들이 '그 짓'을 하는지 두리번거리며 물었다.

프랭크가 대답했다. "여기저기서지 뭐. 묘지 벽에 세워놓고 하는 경우가 가장 많지만 철길의 비탈이든, 순환도로든, 어느 곳에서든지 한다고."

"모르는 게 낫겠어." 염소수염을 한 그가 말했다.

"나는 백장미." 라는 소리가 다시 들렸다.

이번엔 모건이 말하고 있었다. "우라질! 나도 포로가 없어. 조르조가 누구였지? 뱀 같은 하느님! 어떻게 일이 이렇게 돌아갈 수가! 사흘 전만 해도 한 명 있었는데 사단으로 보내야만 했어. 비에 젖은 병아리 같았는데 뜻밖에도 대단한 광대더라고. 뜻밖에도! 우리와 함께 보낸 하루 종일 우리를 배꼽잡고 웃게 만들었어. 토토와 마카리오* 흉내를 내는 것을 자네가 봤어야 해. 눈에 뵈지 않는 온갖 타악기를 연주하는 시늉을 하는 것도. 죽이지 말라는 당부를 하면서 나는 그를 사단으로 보냈는데 사단에서는 그 밤에 그를 묻어버렸어. 일이 어떻게 이렇게 돌아가는지, 뱀 같은 하느님! 조르조는 대체 누구였지?"

"잘 생긴 금발머리야." 파스칼이 대답했다. "다시 포로를 잡게 되면 죽이지 마, 모건. 사단에도 인도하지 말고 나한테 보내줘. 이미 판과 합의를 봤어. 차에 태워 나한테 보내."

전화를 끊고 파스칼은 사람들을 밀며 출구로 향하는 밀턴을 쳐다보았다.

"어디 가나?"

"트레이조로 돌아가." 반쯤 몸을 돌리며 그가 대답했다.

"우리와 식사나 하고 가. 지금 트레이조에 가서 뭐하게?"

"트레이조에 있으면 먼저 알게 될 거야."

"뭘 말이야?"

그러나 밀턴은 이미 밖으로 튀어 나간 뒤였다. 밖에는 코브라 주위로 한 무리의 사람들이 원을 그리며 닥지닥지 붙어 서있었다. 소매를 자신의 우람한 이두근까지 정성스레 접어올린 코브라는 상상속의 무대를 향해 몸을 구부렸다. "이보게들," 그가 말했다. "만약 저들이 조르조를 죽이면 내가 어떻게 할지 보라고. 내 친구, 내 동지, 내 형제인 조르조. 보라고들. 맨 처음으로 내 손에 잡히는 놈은... 그 놈의 피로 내가 손을 씻겠어. 이렇게." 그는 상상의 무대에 서서 몸을 구부리고 손을 담그더니 놀랄만큼 섬세하고 조심스럽게 두 손을 비볐다. "이렇게. 손만이 아냐. 팔도 그놈의 피로 씻고 싶다고." 그는 팔뚝과 이두근 위로 앞의 동작을 반복했다. "이렇게. 보라고들. 만약 저들이 내 형제 조르조를 죽인다면." 그는 손을 씻는 동작과 마찬가지로 깔끔하고 부드럽게 말하기 시작했지만 마지막 순간에는 폭발해서 고래고래 소리를 질렀다. "난 저들의 피를 원한다고! 겨드랑이까지 저들의 피에 잠기고 싶다고!"

밀턴은 그곳을 떠나 마을 중심에 있는 아치를 지나기 전까지는 멈춰 서지 않았다. 그는 멀리 베네벨로와 로디노 방향을 바라보았다. 안개는 사방으로 흩어져, 저 아래쪽 산들의 검은 이마 위에는 마치 우표 몇 장만이 붙어있는 것처럼 보였다. 비는 미세하고 규칙적으로 내리고 있어서 시야에 전혀 지장을 주지는 않았다. 다른 방향으로 고개를 돌려 그는 알바 쪽을 깊숙이 내려다보았다. 도시 위의 하늘은 다른 곳보다 어두웠고 완전히 보랏빛이었다. 훨씬 더 거센 비가 내린다는 징조였다. 포로가 된 조르조의 머리 위로, 아니 어쩌면 이미 시체가 된 조르조의 머리 위로 억수 같이 내리고 있었다. 그리고 풀비아에 대한 그의 진실 위로도, 영원히 그것을 지워버리려는 억수같은 비가 내리고 있었다. "나는 절대로 알 수 없을 거야. 난 알지 못하고 죽을 거야."

그는 등 뒤에서 누군가 곧장 자신을 향해 달려오는 소리를 들었다. 그냥 먼저 가버리려던 그를 프랭크가 따라잡은 것이다.

"어디 가는데?" 그가 숨을 헐떡였다. "설마 몰래 빠져나가는 거야? 나를 여기 혼자 두고? 오늘 당연히 조르조의 아버지가 오실 거야. 당신 아들과 맞바꿀 포로가 있는지 보시려고 말이지. 만약 자네가 가버리면 나 혼자 남아서 그 분을 맞아 이야기를 해야 되잖아. 하지만 난 내키지 않는단 말야. 이런 일은 이미 한 번 한 적이 있어. 톰의 형제들이 왔을 때. 다시는 하고 싶지 않아. 적어도 혼자서는 말이지. 밀턴, 제발 여기 나와 같이 있어줘."

밀턴은 그에게 베네벨로와 로디노가 있는 높은 지대를 가리켰다. "난 저기로 가야 해. 조르조의 아버지가 오셔서 혹시 나에 대해 물으시면..."

"너에 대해 안 물어보실 리가 있나!"

"내가 조르조와 교환할 포로를 잡으러 나갔다고 말씀드려줘."

"정말 그렇게 말씀드려도 돼?"

"그렇게 맹세를 해도 돼."

"어디로 잡으러 갈 건데?

비가 성기고도 무겁게, 동전처럼 납작한 방울이 되어 내리고 있었다.

"홈브레에게." 밀턴이 대답했다.

"로씨들에게 간다고?"

"우리 아쭈리들은 포로가 없으니까."

"하지만 그들은, 포로가 있다고 하더라도 너한테 절대로 안 내줄 거라고."

"빌려달라고 할 거야."

"빌려주지도 않을걸. 원래 악감정도 있거니와, 분수도 모르고 잘난 체 하는 사관들에, 우리만 물자를 공수 받고 저들은 못 받는 것 때문에 지금은 증오심이 더할 거라고..."

"홈브레와 나는 친구야." 밀턴이 말했다. "각별한 친구지. 너도 알잖아. 그에게 개인적으로 부탁할 거야."

프랭크는 고개를 저었다. "포로가 있고 너한테 넘겨준다고 치더라도... 아니, 그들도 포로는 없단 말야. 그들 손에 들어가면 포로가 포로일 수 있는 시간조차 없다니까. 그래도 있다고 치고 너한테 준다고 치자고. 그럼 그 다음엔 어떻게 할 건데? 여기로 바로 데려올 거야?"

"아니, 아니지." 밀턴은 손사래를 치며 말했다. "시간을 너무 허비하게 돼. 일단 아무나 첫 번째로 눈에 띄는 신부님을 붙잡아 먼저 보내고 격식은 최소한으로 해서 알바의 산 위에서 교환할 거야. 닉의 인원 두 명을 붙여달라고 해서 같이 갈 수도 있고."

빗방울은 그들의 머리 위에 떨어져 짓이겨지면서 군복을 흠뻑 적시고 있었다.

"게다가 비가 다시 본격적으로 내리잖아." 프랭크가 말했다.

"우린 지금 시간을 낭비하고 있어." 이렇게 말하고 밀턴은 아래쪽에 나있는 작은 길의 가장자리로 다리를 쭉 뻗으면서 내려갔다. 그의 발뒤꿈치가 진흙 속에 길고, 깊고, 번쩍이는 상처를 만들고 있었다.

"밀턴!" 프랭크가 불렀다. "나는 네가 빈손으로 돌아오리라 확신하지만, 만약에 포로를 붙잡는 데 성공해서 교환하러 간다면, 우리 고향 알바의 산 위에 도착했을 때 눈을 백 개는 달고서 사방을 주시해. 함정을 조심하라고. 속임수도 조심하고. 내 말 알아들어? 이런 식의 교환은 가끔 지옥 같은 함정이 되기도 한다는 걸 너도 알지?"

7

빗방울은 피부가 거의 느끼지 못할 정도로 미세했지만, 그 빗방울을 맞은 길의 진흙은 눈에 보일 정도로 빠르게 계속 부풀어 올랐다. 거의 4시였다. 길은 오르막이었다. 밀턴은 이미 홈브레 여단 관할의 순찰 범위 안에 들어가 있었다. 그는 가파르게 경사진 길을 오르며 눈을 크게 뜨고 귀를 바짝 긴장시킨 채 앞으로 나아갔다. 걸음을 옮길 때마다 얼마든지 총알이 휭하고 날아올 수도 있었다. 로씨들은 군복 입은 사람들을 무조건 수상하게 여겼고 영국군복을 독일군복으로 착각하는 빌어먹을 경향이 있었다. 밀턴은 경사면과 관목 지대, 그리고 특히 산중턱의 포도밭에 있는 공구 창고들을 바짝 경계하며 나아갔다.

커브길을 돌 때 밀턴은 갑자기 멈춰 섰다. 그의 앞에 파괴된 흔적이 없는 온전한 작은 다리 하나가 나타난 것이었다. '온전한 다리라. 지뢰를 설치했다고 아예 광고를 하는군.' 그는 물의 흐름과 다리의 상류와 하류의 황폐해진 검은 지대를 살폈다. 상류 쪽 개울은 험난한 양쪽 지형 사이에 끼어있어 거기까지 이르기가 쉽지 않았으므로 그는 하류 쪽으로 눈을 돌렸다. 그는 풀밭으로 내려간 뒤 개울 가로 접근했다. 그러나 개울에 도달하기 직전에 그는 멈춰 섰다. '아무래도 미심쩍단 말이야.

덫의 냄새가 나잖아. 개울 건너 사람들이 많이 다닌 흔적으로 다져진 오솔길은 훨씬 더 아래쪽에 있잖아. 사람들이 저 아래로 지나다니는 데는 그만한 이유가 있을 거야.' 밀턴은 좀더 하류로 내려가서 개울을 건넜다. 개울 중간 중간에 나 있는 바위를 디뎌가면서도 그는 종아리까지 적시지 않을 수가 없었다. 고동색 물은 얼음같이 차가웠다.

개울을 건너자 바로 앞으로 길이 나 있었지만 그 길로 오르는 경사면은 높고 가파르고 진흙으로 부풀어 번들거렸다. 진흙이 풀과 발을 디딜만한 뾰족한 부분들을 모조리 덮어버렸고 사람들이 오르내리면서 낸 조그만 길들조차 지워버렸다. 그는 극도의 집중력을 발휘하여 올라갔다. 그러나 네 걸음을 오르고 나서 미끄러져 밑으로 떨어졌다. 옆구리 한쪽은 완전히 진흙범벅이 됐다. 그는 진흙을 손으로 툭툭 털어내고 다시 시도했다. 중간쯤에서 그는 비틀거렸고 손으로 잡을 뭔가를 헛되이 찾으면서 허우적대다가 또 다시 굴러 떨어졌다. 그는 고래고래 소리를 지를 뻔했지만 이빨을 큰소리로 마주치며 황급히 입을 확 다물었다. 이미 완전히 진흙 범벅이었기 때문에 세 번째는 아예 팔꿈치와 무릎으로 오르막을 찍으면서 올라갔다. 길 가로 올라와 몸을 일으킨 그가 카빈총에 묻은 진흙을 닦기 시작했을 때 작은 산사태로 뭔가 구르는 소리가 들렸다. 시선을 멀리하여 둘러보다가 그는 도로 왼편에 있는 석회석 절벽의 갈라진 틈에서 보초 하나가 툭 튀어나오는 것을 보았다. 마을은 저 절벽 바로 뒤편에 있는 것이 틀림없었다. 수많은 굴뚝에서 나온 흰 연기가 하늘로 빠르게 오르면서 사라지고 있는 것이 보였기 때문이다.

보초는 길 한가운데에 다리를 벌리고 우뚝 섰다.

"무기를 내려, 가리발디!" 밀턴이 큰소리로 말했다. "나는 바돌리아노 파르티잔이다. 너희 쪽 지휘관 홈브레와 이야기를 하러 왔다."

그는 머스켓 총을 눈에 보이지 않을 만큼 미미하게 낮추고서 그에게 앞으로 오라는 표시를 했다. 이제 막 소년티를 벗은 듯한 그는 농부와 스키 선수의 중간 쯤 되는 복장에 베레모의 가운데에는 선명한 붉은 별을 달고 있었다.

"분명히 영국 담배를 갖고 있겠지?" 맨 먼저 그가 한 말이었다.

"그래. 그런데, 이 만나*도 거의 떨어져 가." 밀턴은 크레이븐 A. 담뱃갑을 한 번 흔들어 보이면서 그에게 내밀었다.

"그럼 두 개비만." 담배를 집으면서 그가 말했다. "담배 맛은 어때?"

"좀 달아. 그럼, 나를 데려다 줄 건가?"

그들은 마을로 올라갔다. 걸으면서 밀턴은 군복에서 진흙을 털어냈다.

"그거 미제 카빈총이지? 몇 구경짜리야?"

"8구경."

"그렇다면 탄환이 스텐 총에는 맞지 않겠군. 주머니에 굴러다니는 스텐 총 탄환 몇 개 가진 것 없나?"

"없어. 그런데 그걸 가지고 뭘 하려고? 넌 스텐 총이 없잖아."

"구할 거야. 아니, 근데 네가 스텐 총 탄환 몇 개 안 갖고 있다는 게 말이 돼? 너희들은 공수품을 받잖아."

"잘 보라고. 내가 갖고 있는 건 스텐 총이 아니라 카빈총이잖아."

"나 같으면," 청년이 말했다. "내가 만약 네가 가진 것 같은 선택권을 가질 수 있다면, 스텐 총을 택할 거야. 카빈은 연속 발사를 못하잖아. 내가 좋아하는 건 바로 연속발사란 말이지."

아래쪽 사면에 아무렇게나 지어놓은 집의 파손된 지붕이 길바닥 높이에 나타났다. 보초는 그쪽 방향으로 질러갔다.

"저게 지휘부 맞아?" 밀턴이 찬찬히 훑어보았다. "설마, 초소겠지."

청년은 대답하지 않고 비탈을 내려갔다.

"나는 지휘부로 가려고 한단 말야." 밀턴이 고집했다. "내가 홈브레의 친구라고 말했잖아."

그러나 청년은 이미 진흙이 끓어오르는 앞마당으로 뛰어들고 있었다. 그는 살짝 돌아보면서 말했다. "이곳으로 지나가게 되어 있어. 나는 모두 이곳으로 지나가게 하라는 네메가의 명령을 받았다고."

앞마당에는 파르티잔들이 예닐곱 명 있었다. 누군가는 똑바로 서있었고 누군가는 쭈그리고 앉아 있었지만 그들 모두가 진흙탕의 경계부분, 빗물이 똑똑 떨어지는 처마 안쪽의 벽에 기대어 있었다. 그 한 켠에는 닭장들로 막혀있는 반쯤 허물어진 현관이 있었고, 어두운 대기는 습기에 의해 발산된 닭똥 냄새로 오염되어 있었다.

그들 중 하나가 눈을 들어 변덕스럽고 간드러지는, 일부러 꾸민 목소리로 말했다. "오, 바돌리아노잖아! 이 친구들 신사로구만. 좀 보라고들. 저 치들이 얼마나 잘 무장하고 잘 갖췄는지."

"얼마나 진흙투성이인지도 좀 보지 그래." 밀턴은 그에게 태연하게 말했다.

"오호라, 저게 그 유명한 미제 카빈총이군." 두 번째 사람이 말했다.

감탄을 하느라고 질투할 겨를도 없이 세 번째 사람이 말했다. "저게 바로 콜트 총이야. 사진이라도 찍어둬. 저건 권총이 아니라 경기관총이라고. 홈브레의 라마 권총보다 더 크지. 톰슨 총과 같은 탄환을 쓴다는 게 사실인가?"

보초는 부서진 반죽통 파편과 두 개의 의자를 제외하고는 아무 것도 없는 커다랗고 텅 빈 방으로 그를 이끌었다. 안은 어두워서 잘 보이지 않았다. 청년은 손으로 더듬거려 석유램프를 켰다. 불빛은 희미했고 재채기를 하게 만드는 끈적한 검은색 연기를 뿜었댔다.

"네메가 곧 올 거야." 이렇게 말한 청년은 밀턴이 그 네메가란 사람이 도대체 누구냐고 묻기도 전에 다시 나가버렸다.

그는 절벽의 보초 근무지로 다시 돌아가지 않고 앞마당의 다른 이들에게로 갔다. 그들 중 하나가 사슬에 묶여있는 개를 겨누는 시늉을 했다. 밀턴은 조금 전에 지나가면서 그 개를 보지 못했다.

"원하는 게 뭔가?"

밀턴은 돌아보았다. 네메가는 나이가 들어보였다. 확실히 서른은 족히 된, 벙커 같은 이마에 조그만 창문 같이 난 눈과 입을 가진 얼굴이었다. 그는 계속되는 비에 종이 상자 같이 네모꼴로 빳빳하게 각이 져버린 비옷을 걸치고 있었다.

"홈브레와 이야기하고 싶어."

"무슨 얘긴데?"

"그에게 직접 말할 거야."

"홈브레와 말하고 싶어 하는 넌 대체 누구길래?"

"나는 바돌리아노 제2 사단의 밀턴이야. 망고 여단소속이지."
그는 파스칼의 여단 소속인 척 했다. 그쪽이 레오의 여단보다 더 크고 알려졌기 때문이었다.

네메가의 눈은 실제로 보이지 않을 만큼 작았다.

"장교인가?" 네메가가 그에게 물었다.

"장교는 아니지만 장교의 임무를 맡고 있어. 그런데 자넨 누구지? 자네야 말로 장교인가, 아님 사관이나 부사관?"

"우리가 자네들 바돌리아니와 편치 않은 관계라는 건 알고 있지?"

밀턴은 씁쓸한 마음으로 그를 응시했다. "이유가 뭔가?"

"자네들은 우리를 버리고 떠난 사람을 받아주었지. 발터라고."

"그게 다인가? 하지만 그건 우리 원칙 중의 하나야. 우린 자유롭게 들어오고 나가지. 물론 파시스트 검은 여단에 들어가지만 않는다면 말이야."

"우리가 자네들 주둔지로 그 자를 인도받으러 갔을 때, 자네들은 우리에게 그 사람을 돌려주지도 않았을 뿐더러, 사라져버리라며, 안 그러면 브렌 총으로 우릴 팰 기세였지 않았냔 말이야."

"어디서 벌어진 일을 말하는 거야?" 밀턴은 한숨을 내쉬었다.

"콧사노."

"우리는 망고 소속이야, 하지만 우리 역시 마찬가지로 행동했을 거야. 자네들은 더 이상 자네들에 대해서 상관하고 싶어 하지 않는 사람을 다시 원하는 오류를 범했어."

"오해 없이 분명히 해두자고." 손가락을 딱 하고 튕기면서 네메가가 말했다. "우리는 그 자에게는 관심 없었어. 우린 무기에 관심이 있었다고. 그는 머스켓 총을 가지고 떠났단 말야. 총은 여단에 속한 거지 그에게 속한 게 아니잖아. 그런데 자네들은 머스켓 총도 우리에게 돌려주려지 않았어. 자네들에게는 공수품이 넘치잖아. 받은 무기와 군수품이 넘쳐서 땅에 묻어야 할 정도지. 그런 자네들의 등 뒤에 숨은 발터가 뭐라고 했는지 알아? 그 머스켓 총이 원래부터 자신의 것이고 우리 여단에 들어올 때 자기가 갖고 들어온 거라고... 새빨간 거짓말이지. 무기는 여단에 속한 거야. 발터 같은 요소들은 한 다스가 도망가도 상관없지만 무기는 단 한 개라도 소홀할 수 없어. 발터를 보거든 전해. 절대로 길을 잘못 드는 일은 없어야 할 거라고, 우리 구역에서 멀찌감치 떨어져 돌아가라고 말이야."

"그에게 그렇게 전하지. 그가 누군지 물어보고, 그에게 가서 내 그리 전할게. 이제 홈브레를 좀 볼 수 있을까?"

"자네 홈브레를 알아? 내 말은 단지 명성을 들어서 아는 게 아니라 직접적으로 아느냔 말이지."

"베르두노 전투에서 우린 함께 했었어."

순간, 네메가는 깊은 인상을 받고 거의 매료된 것처럼 보였다. 밀턴은 베르두노 전투가 벌어질 당시는 네메가가 아직 산에 들어오기 전이었다는 걸 직감할 수 있었다.

"아하." 그가 말했다. "하지만 홈브레는 없는데."

"없다고? 아니, 홈브레가 없다고 말하려고 그 발터라는 친구와 초라해 빠진 머스켓 총에 대해 내게 그렇게 장황하게 이야기를 늘어놓은 거야? 도대체 홈브레는 어디 있어?"

"밖에."

"밖에 어디? 멀리 갔어?"

"강 저쪽에."

"미치겠군. 도대체 강 저쪽에는 뭐 하러 간 거야?"

"자네니까 말해주지만, 자동차 기름 때문에. 자동차 기름으로 쓸 용매를 구하러 갔단 말이야."

"오늘 저녁에 안 돌아오는 거야?"

"오늘 밤에 돌아온다면 그건 아주 일찍 오는 셈이 되는 거지."

"난 아주 급하고 중요한 일 때문에 왔는데 말이지. 자네들 파시스트 포로 한 명 있나?"

"우리? 우리한테는 포로가 있을 수 없지. 우린 포로를 잡는 그 순간에 바로 없애버리거든."

"더 이상 우리도 자네들보다 너그럽진 않아." 밀턴이 말했다. "포로가 없어서 자네들한테 이렇게 포로를 달라고 찾아온 게 그 증거지."

"이건 상당히 새로운 이야기군." 네메가 말했다. "그런데 우리더러 자네들에게 포로를 선물로 달라고?"

"대여지. 정상적인 대여. 자네들, 적어도 통제위원은 있겠지?"

"아직 없어. 지금으로서는 몬포르테 사단의 위원이 가끔 들를 뿐이지."

네메가는 석유램프의 불꽃을 키우러 갔다가 자리로 돌아오면서 말했다. "그런데 자네들, 포로를 가지고 무얼 하려고? 아, 포로를 자네들 중 한 명과 교환하려는 거군? 언제 잡혔나?"

"오늘 아침에."

"어디서?"

"알바를 바라보는 저쪽 경사면에서."

"어떻게?"

"안개 때문이지. 우리 쪽에는 우유 바다였어."

"자네 형인가?"

"아니야."

"그럼 자네 친구인가 보구만. 그런 일을 하려고 여기까지 진흙범벅이 되어 온 걸 보면 알 만 하지. 그런데 자네들은 여기저기 다니면서 포로를 붙잡을 능력이 안 되나?"

"물론 되지." 밀턴이 대답했다. "이미 그것 때문에 돌아다니고들 있어. 그리고 바로 그런 이유에서 자네들에게 확실히 포로를 갚을 수 있다는 거야. 하지만 그게 9월에 새알을 모으러 가는 것 같이 쉬운 일은 아니잖아. 며칠 걸릴 수도 있고, 무엇보다 아마도 바로 지금 여기서 우리가 토론을 벌이고 있는 동안 내 친구는 총살하는 벽으로 끌려갔을지도 모르지."

네메가는 천천히 그러나 심한 욕지기를 내뱉었다.

"그러니까 자네들은 포로가 없다고?"

"없어."

"조만간 난 홈브레를 다시 보게 될 거고, 그에게 내가 오늘 다녀간 얘기를 하지."

"자네 좋을 대로 뭐든지 얘기하라고." 네메가가 퉁명스럽게 말을 이었다. "나는 아무 문제없어. 난 자네한테 우리에게 포로가 없다고 말했고 그건 사실이니까. 하지만 기다려봐, 왜 우리에게 포로가 없는지 자네한테 말해줄 사람과 얘기하게 해줄 테니."

"소용없어..." 밀턴이 말을 채 끝맺기도 전에, 네메가는 이미 부서진 집 안으로 사라져서 파코, 파코 하고 부르고 있었다.

그 이름에 밀턴은 화들짝 놀랐다. 파코. 그가 아는 그 파코라면. 하지만 그럴 리가 없었다. 분명히 다른 파코일 것이었다. 그렇지만 파르티잔 중에 파코 전투의 이름을 딴 사람이 많을 리는 없지 않은가!

그는 네메가 지친 듯한, 점점 시들해지는 목소리로 다시 계곡을 향해 파코를 부르는 소리를 들었다.

밀턴은 파코를 생각했다. 여름이 시작될 무렵까지 파코는 네이베 수비대 소속이었다. 그런데 그 후 징발 문제로 자신의 지휘관 피에르와 다툰 뒤 사라졌다. 물론 누군가는 그가 스텔라로싸로 넘어갔을 거라고 생각했다. '하지만 그 파코일 리가 없어.'라고 밀턴은 결론지었다.

그런데 바로 그 파코였다. 변한 데 없이 여전히 뚱뚱하고 관절이 툭 불거진, 누런 이마 위로 몇 가닥 흘러내리는 붉은 머리카락과 화덕에서 빵을 뒤집는 삽 같은 손을 가진 바로 그 사람이었다. 들어오면서 그는 밀턴을 바로 알아보았다. 파코는 늘 사교성이 좋은 타입이었고, 밀턴도 한 때는 그랬었다.

"밀턴, 옛 친구여. 네이베를 기억하겠지?"

"물론이지. 하지만 그러고 나서 넌 가버렸잖아. 피에르 때문이었어?"

"무슨 소리!" 파코가 대답했다. "내가 피에르 때문에 갑자기 슬쩍 사라졌다고 모두들 믿고 있지만 사실이 아니야. 네이베가

싫었던 거야."

"난 싫지 않았지만."

"난 아니었어. 마지막에 가서는 도무지 적응이 안 돼서 밤에 눈도 안 감기더라고. 순전히 미신이겠지만 난 네이베의 위치가 마음에 들지 않았어. 두 지역으로 나뉜 것도 그렇고 철길이 마을 한가운데로 통과하는 것도 맘에 안 들었지. 한계에 다다르니까 시간을 알리는 종소리조차 더 이상 견딜 수 없더군."

"그럼 이제 가리발디에서는 어떻게 지내?"

"나쁘지 않아. 하지만 중요한 것은 로씨냐 아쭈리냐가 아니잖아. 중요한 것은 검은 여단을 있는 대로 다 죽이는 거지."

"맞아." 밀턴이 말했다. "파코, 혹시 홈브레에게 잡아 놓은 파시스트 포로가 있을까?"

파코는 즉시 고개를 저었다.

"영국 담배 한대 펴." 밀턴이 그에게 담뱃갑을 내밀면서 말했다.

"응. 맛을 보게 되어 기분 좋은데. 내가 바돌리아니에 있을 때는 영국군이 공수품을 뿌리기 전이었는데 말이야."

"홈브레가 밖에 나갔다는 게 사실이야?"

"강 저쪽에 있어. 부드러운 담배군. 여성용이야."

"그래. 그러니까 너희들은 포로가 없다는 거지?"

"네가 하루 늦었어." 파코가 낮은 소리로 대답했다.

밀턴은 절망해서 허탈한 미소를 지었다. "차라리 내게 말을 안 해주는 게 나았지, 파코. 그래, 누구였나?"

"리토리오 소속 상병이었어."

"그가 딱이었는데."

"말라깽이에, 롬바르디아 출신이었어. 포로 교환하려고 찾는 거야? 너희들 중에서는 누가 잡혀갔는데?"

"조르조." 밀턴이 말했다. "망고의 동지지. 네가 기억하려나? 잘 생긴 금발에 늘 말쑥하게 차려입은..."

"알 것 같아. 알 것 같아."

밀턴은 고개를 끄덕이고 어깨에 카빈총을 고쳐 멨다.

"바로 어제," 파코가 속삭였다. "바로 어제 우리가 그를 보냈어."

그들은 앞마당으로 다시 내려갔다. 아까 있던 대여섯 명은 어디로 갔는지 사라지고 없었다. 단지 사슬에 묶여 있던 개만 모습을 보였다. 개는 숨이 막힐 정도로 으르렁거리면서 그들을 향해 달려들었다. 날은 믿을 수 없을 만치 어두웠고, 미칠 듯한 바람이 마치 자기 꼬리를 물려고 뱅뱅 도는 것처럼 소용돌이치며 불었다..

파코가 그를 배웅했고 둘은 길에서 얼마간 함께 걸었다. "넌 내 맘에 드는 아쭈로였지." 그가 말했다.

어느 순간 파코가 다시 말했다. "어떻게 죽었는지 알고 싶어?"

"아니. 그가 죽었다는 것을 아는 것만으로도 내겐 충분해."

"그걸로 충분할 만 해."

"네가 그에게 그걸 한 거야?"

"아니, 난 단지 그를 데려가기만 했어. 여기서는 보이지 않는 어느 숲 속이었지. 도착하자마자 나는 곧바로 도망쳤어. 그걸 하는 사람이 그걸 덮어줘야잖아.* 맞는 말이지?"

"맞아."

"그가 두 마디 고함을 질렀는데, 뭐라고 소리친 줄 알아? '총통* 만세!'였어."

"지 맘이지 뭐." 밀턴이 말했다.

비는 더 이상 내리지 않았지만 비스듬히 부는 바람에 아카시아 나무들이 거의 악의를 품은 듯 신랄하게 물방울을 흩뿌리고 있었다. 밀턴과 파코는 몸을 부들부들 떨었다. 거대한 석회 절벽은 어둠 속에서 김을 내뿜었다.

파코는 밀턴이 더 이상 꺼려하지 않을 것으로 생각하고 말을 계속했다. "내가 그를 맡고 있었는데 말이지, 어제 아침 내내 그가 내게 그 빌어먹을 총통에 대해 짜증날 정도로 끊임없이 지껄이더라고. 11시 쯤 홈브레가 베네벨로의 신부를 모셔오기 위해 오토바이를 보냈지. 그 상병이 신부를 원했거든. 그런데 베네벨로 신부가 어제 아침에 얼마나 웃겼는 줄 알아? 내가 얘기해 줄게. 네가 들어도 웃길 거야. 오토바이 사이드카에서 내린 신부는 곧장 홈브레에게 달려가서 이렇게 말하더군. '너희들 포로의 고해성사를 들어주는 건 언제나 나야. 이거 이젠 그만둘 때도 됐잖아! 제발 부탁이니 다음번에는 로디노의 신부를 부르라고. 나보다 더 젊은 건 제쳐두고라도, 덜 먼 곳에 살잖아. 돌아가면서, 교대로라도 좀, 아이고 하느님 아버지 예수 그리스도!'"

밀턴은 웃지 않았다. 파코는 말을 이었다. "그러고 나서, 신부님과 그 상병은 지하 포도주 창고 계단 중간께로 내려갔지. 나와 줄리오라는 또 다른 친구는 만약 이상한 행동이라도 보이면 붙잡을 태세를 하고서 계단 꼭대기에 서있었고. 그들이 하는 말을 우린 하나도 못 알아듣겠더라고. 10분이 지나자 그들은 다시 올라왔고. 마지막 계단에서 신부가 그에게 말하더군. '내, 너와 하나님과의 관계는 정리를 해줬는데, 인간들과의 관계는 불행하게도 아무것도 해줄 수가 없구나.' 그러고는 도망치듯 가버렸어. 그 상병은 나와 줄리오와 남게 되었지. 심하게는 아니었지만 상병은 몸을 떨고 있었어. '이제 뭘 기다리는 거지? 나는 준비가 됐어.' 그가 말했지. 그래서 내가 '아직 때가 되지 않았어.'라고 말해줬어. '그 말은 나를 오늘 죽이지 않겠다는 말인가?' '오늘은 맞아. 하지만 당장은 아니야.' 그러자 그는 마당 한 가운데로 가서, 두 뼘이나 쌓인 진흙 위에 털썩 주저앉더니 두 손으로 머리를 감싸더군. 내가 그에게 말했지. '신부님이 더 멀리 가시기 전에 누군가에게 전할 편지를 쓰고 싶다면...' 그랬더니 그가 '누구한테 쓴단 말이야? 넌 내가 부모가 누구인지도 모르는 사람이란 걸 모르나 본데. 주워온 아이들의 대부에게라도 쓰란 말이야?' 그러자 줄리오가 '아하, 그렇군! 너희들 파시스트 공화국에는 부모도 모르는 자식들이 많긴 하지.' 라고 하고는 곧바로 잠깐 볼일이 있다며 내게 무기를 주고 가버렸어. '똥 누러 가는군.' 그 상병이 그를 쳐다보지도 않고 말했어. '너도 가고 싶냐?' 내가 물었지. '그러고 싶기라도 하면 좋을 텐데. 하긴, 그런다고 나한테 좋은 게 뭐겠어?' '그럼 담배나 하나 피워.' 그렇게 말하며 나는 그에게 담뱃갑을 내밀었지. 하지만 거절하더군. '안 피워. 넌 믿지 않겠지만 난 담배를 안 피운다고.' '그냥 피워. 별로 독하지도 않고 제법 좋은 거야.' '아니, 담배 안 피운다니까. 내가 담배를 피우면 기침을 끝도 없이 할 거야. 난 적어도 이 말만은 크게 외치고 싶거든.' '고함을 지른다고? 지금?' '지금 말고. 내가 죽는 순간이 오면.' '좋을 대로 소리 지르라고.' 내가 말했지. '총통 만세! 라고 외칠 거야.' 그가 내게 알려줬어. '좋을 대로 소리치라고.' 내가 말했지. '어쨌거나 여기서 그것 갖고 뭐랄 사람은 없으니까. 하지만 헛수고하는 거라는 걸 기억해 둬. 너희 총통은 엄청난 겁쟁이니까.' '푸하!' 그가 내게 그러더군. '총통은 위대한, 정말로 위대한 영웅이시지. 너희들, 너희들이 엄청난 겁쟁이지. 그리고 우리도, 총통의 군인인 우리도 엄청난 겁쟁이고. 만약 우리가 엄청난 겁쟁이가 아니라면, 만약 목숨을 부지하려고 애쓰지만 않았다면 지금쯤 우리가 너희들을 전부 다 죽여 버리고 너희들이 점령한 마지막 산 위에 우리의 깃발을 꽂았을 테지. 그러나 총통은, 그는 정말로 위대한 영웅이야. 나는 총통 만세! 라고 외치면서 죽을 거라고.' 그래서 내가 말했지. '너 좋을 대로 외치라고 내가 이미 말했잖아. 그러나 다시 말하지만, 내 생각에는 헛수고일 뿐이야. 그래도 나는 네가 훨씬 더 나은 방식으로 죽음을 맞이하는 거라고 확신해. 총통이 자신의 때가 되었을 때 죽음을 맞이하는 방식보다 말이지. 세상에 정의가 있다면, 그 때도 멀지 않았어.' 그러자 그가 말했어. '내, 너에게 다시 말하지만, 총통은 정말로 위대한 영웅이라고. 그런 영웅은 본 적이 없지. 모든 우리 이탈리아인들, 너희들과 우리들 모두 그런 영웅을 가질 자격이 없는 빌어먹을 인간들이라고.' '난 지금 이런 처지에 놓인 너와 논쟁하고 싶지 않아. 그러나 너희의 총통은 엄청난 겁쟁이라니까. 그런 겁쟁이는 본 적이 없다고. 난 그의 얼굴에 직접 대고 그렇게 말했어. 들어 봐. 예전에 그 당시의 신문이 내 수중에 들어온 적이 있어. 너희들에게는 좋았던 시절이었지. 한 페이지의 절반을 차지하는 사진이 실려 있더군. 난 한 시간 동안 곰곰이 살펴봤지. 그러고는 내가 그의 얼굴에 대고 그렇게 말했다고. 내가 이렇게 고집스레 얘기하는 건 네가 죽는 순간에 그 사람 만세라고 외치는 헛수고를 하는 걸 원치 않기 때문이야. 불을 보듯 뻔히 보인다고. 지금이 네 차례인 것처럼, 그의 차례가 되면 그는 남자답게 죽을 줄 모를 거야. 아니, 여자답게도 죽을 줄 모르겠지. 돼지처럼 죽을 거야. 눈에 훤히 보여. 그는 희대의 겁쟁이니까.' '총통 만세!' 그가 내게 소리쳤어. 하지만 두 주먹으로 머리를 감싼 채 기어들어 가는 목소리로 내는 소리일 뿐이었지. 난 인내심을 잃지 않고 그에게 그랬지. '그는 대단한 겁쟁이야. 너희들 중 가장 개같이 죽는 사람도 그와 비교했을 때는 신처럼 죽는 거지. 왜냐하면 그는 기가 막히게 엄청난 겁쟁이니까. 이탈리아가 생겨난 이래로 이제까지 존재한 가장 비겁한 이탈리아인이야. 이탈리아가 백만 년 간다 해도 그에 필적할 만한 비겁함은 앞으로 생겨나지 않을 거라고.' 그러자 그는 점점 더 잦아드는 목소리로 기어이 '총통 만세!' 라고 하더군. 줄리오가 돌아와 내게 말했어. '우리보고 서두르래.' 그래서 나는 상병에게 말했어. '일어서.' 그가 그러더군. '그러자고. 햇볕은 그만 쐬자고.' 그러고는 손가락처럼 굵은 비가 내리는 걸 그제서야 알아차리더군.

그들은 다리가 보이는 곳까지 왔다.

"여기서 그만 헤어져." 밀턴이 말했다. "또 다시 돼지처럼 진흙을 뒤집어써야 한다는 생각에 짜증이 날 뿐이야."

"왜?"

"다리 말이야. 지뢰가 설치되어 있지, 안 그래?"

"지뢰는 무슨. 우리가 어디서 폭탄을 구하겠어? 이제 뭘 할 건데?"

"동지들에게로 돌아가야지."

"네 친구를 위해선 무엇을 할 작정이야?"

밀턴은 주저했다. 그러고는 그에게 자신의 생각을 말해줬다.

파코는 큰 소리가 나도록 숨을 들이마시더니 말했다. "어느 쪽을 시도해볼 건데? 알바, 아스티, 아니면 카넬리 쪽?"

"아스티는 너무 멀어. 알바는 내 고향이고 만약 내가 잘못되면... 내 고향에서 잘못된다는 생각은 정말 끔찍해. 나를 보러오려고 장사진을 치겠지. 그리고 만약에 내가 일을 그르치면, 그래서 내가 도망가려고 총을 쏠 수밖에 없게 되면, 그들은 즉시 조르조에게 복수를 할 거야."

"그럼 카넬리로 가야겠군." 파코가 말했다. "하지만 카넬리에는 산마르코 파시스트 사단 전체가 진을 치고 있다는 걸 네가 나보다 더 잘 알지? 넌 지금 최악의 연못으로 낚시하러 가는 낚시꾼이 된 거라고."

"뒤에서 덮치면 어디든 마찬가지 아니겠어?"

8

밤 10시 경, 밀턴은 레오와 트레이조에 있는 대신에, 산토 스테파노와 카넬리를 굽어보는 거대한 산비탈에 위치한 외딴집에 있었다. 트레이조에서 걸어서 두 시간 걸리는 거리였다.

그는 머릿속에 기억되어 있던 그 집을 짙은 어둠 속에서 더듬대며 찾아냈다. 나지막한 그 집은 지붕 한쪽을 거대한 손으로 내려친 다음 제자리로 돌려놓지 않은 것처럼 한쪽으로 기울어져 있었고 협곡의 응회암과 같은 회색빛이었다. 너덜너덜한 창문들은 궂은 날씨에 흠뻑 젖은 판자들로 거의 모두 가려져있었다. 발코니도 있었는데, 이것 역시 상태가 나빠 여기저기 석유통을 펴서 덕지덕지 붙여놓았다. 건물의 측면은 허물어져 있었고 그 파편들이 야생 앵두나무 줄기 주변에 쌓여있었다. 그 집에서 유일하게 미소를 짓고 있는 부분은 지붕의 새로 수리한 부분이었지만, 그마저 못생긴 노파의 머리에 꽂은 붉은 카네이션처럼 속을 매슥거리게 했다.

밀턴은 담배를 피우면서 옥수수자루가 타는 가느다란 불꽃을 응시했다. 등 뒤에선 노파가 찬물이 든 양동이에 저녁식사 때 쓴 접시들을 담그고 있었다. 그는 이미 사복으로 갈아입고 있었다. 하지만 변변하게 껴입을 옷이라고는 없었다. 특히 자켓은 여름옷처럼 얇았고 몹시 마른 그의 몸을 두드러지게 했다.

그는 카빈총을 벽난로 한쪽에 세워두고 가까이에 있는 의자 위에는 권총을 올려놓았다.

노파는 그에게로 눈길도 돌리지 않고 말했다. "열이 있구나. 어깨를 으쓱거리지 말 거라. 열이 날 때 어깨를 으쓱거리면 더 안 좋아진단다. 미열이지만 암튼 열이 있어."

그는 아까 저녁을 한 입씩 먹을 때마다 기침을 하거나, 기침을 삭이려고 발작적으로 노력했다.

노파는 말을 이었다. "이번에는 너에게 형편없는 식사를 주었구나."

"오, 아니에요!" 밀턴이 활기차게 말했다. "달걀을 주신 걸요!"

"옥수수자루는 태워봤자 따뜻하질 않네, 그치? 하지만 장작나무는 아껴야 돼. 겨울이 아주 길 테니까."

밀턴은 어깨를 살짝 움직여 그렇다는 몸짓을 했다. "세상이 생겨난 이래로 가장 긴 겨울이 될 거예요. 이번 겨울은 여섯 달은 갈 겁니다."

"왜 여섯 달인데?"

"우리가 또 한 번 이런 겨울을 보낼 줄은 생각지도 못했어요. 그럴 줄 알았다고 누군가 제게 말한다면 저는 그 사람 면전에 대고 거짓말쟁이라고, 허풍선이라고 말해줄 거예요." 그는 노인을 향해 반쯤 몸을 돌리고서 말을 이었다. "저번 겨울에는 아주 멋진 양털 모피 자켓이 있었거든요. 근데 4월 중순에 그걸 버렸어요. 아주 멋진 자켓이었지만, 그리고 내 물건을 내다 버릴 때면 늘 마음이 저렸지만 말이에요. 제가 이 전쟁에 뛰어들기 전에, 더 어렸을 때 말이에요. 그때는 담배꽁초를 버릴 때조차도, 특히 밤의 어둠 속에 담배꽁초를 버릴 때에도 마음이 저렸어요. 꽁초의 운명이 제 마음을 아프게 했죠. 저는 그 모피 자켓을 무라차노 근처의 어떤 울타리 뒤에 버렸어요. 그 때는 다시 추위가 오기 전에 파시즘 정권을 두 번이라도 뒤집어 엎을 시간이 있다고 확신했죠."

"그럼 지금은? 도대체 언제쯤 전쟁이 끝날 것 같아? 도대체 언제가 되어야 이 모든 게 끝났다고 말할 수 있는 게냐?"

"5월이요."

"5월?"

"그래서 이번 겨울이 여섯 달 갈 거라고 말씀드린 거예요."

"5월이라!" 노인은 혼잣말로 되풀이했다. "물론 끔찍하게도 멀지만 너처럼 진지하고 잘 배운 청년이 말하는 거라면, 적어도 끝은 있구나. 다만 그 끝이 불쌍한 사람들을 대가로 한다는 게 문제지. 오늘 저녁부터 나는 5월부터는 우리네 남자들이 길바닥에서 죽는 일 없이, 옛날에 그랬던 것처럼 박람회에도 가고 시장에도 가고 그럴 수 있을 거라고 믿으련다. 청년들은 야외에서 춤을 추고 젊은 여자들은 기쁜 마음으로 임신을 하고 말이지. 우리 노인들은 무장한 이방인이 나타날까 봐 두려워하는 일 없이 농가 마당에 나가 있을 수 있고 말이야. 5월에, 그 아름다운 저녁이면 우리는 밖으로 나가서 멀리 마을들을 밝히고 있는 불빛들을 즐겁게 바라보며 즐길 수 있겠지."

노파가 평화로운 초여름날을 그리고 있는 동안, 고통스런 찡그림이 밀턴의 얼굴에 나타나 머물렀다. 풀비아 없이는 그에게는 여름이 아닐 테고, 그는 내년의 그 여름에 추위를 느끼는 이 세상에서 유일한 사람일 터였다. 그러나 만약에 풀비아가 해변에서 그를 기다리고 있다면, 그가 그 험난한 바다를 헤엄쳐 건너 도착할 해변에 풀비아가 기다리고 있다면... 그는 반드시 알아야 한다. 진실의 책을 사기 위해, 내일 반드시 저금통을 깨고 돈을 꺼내야만 한다.*

노파가 잠시 입을 다물고 지붕을 때리는 빗방울에 주의를 기울이고 있는 사이에 이 모든 것이 밀턴의 머릿속을 스쳤다.

잠시 후, 노파가 말했다. "하느님이 다른 곳보다 유난히 우리 집 지붕에 빗물을 더 쏟아 부으시는 것 같지 않니?"

노파는 밀턴의 앞을 지나, 바구니에 남아 있는 옥수수자루를 불길 속에 던져 넣었다. 깡마르고 기름진 머리에, 이가 다 빠지고 악취를 풍기며, 뼈만 남아 앙상한 두 손을 허리에 대고 불꽃 앞에 서 있는 그 노파를 보며 밀턴은 그녀의 아가씨 시절의 모습을 그려보려 애썼다. 하지만 그것은 거의 불가능한 일처럼 느껴졌다.

"그 애는 어떻게 됐니?" 그녀가 물었다. "오늘 아침 변을 당한 그 불쌍한 청년 말이야."

"모르겠어요." 그가 바닥으로 눈길을 돌리며 대답했다.

"네가 괴로워하는 게 보인다. 그 애를 위해 아무 것도 할 수 없었던 거야?"

"아무 것도요. 여단 전체에 교환할 포로 하나 없었어요."

노파는 두 팔을 내저었다. "포로들도 아껴둘 필요가 있다는 걸, 오늘 아침 같은 이런 경우를 위해 데리고 있어야 한다는 걸 이제 알겠니? 포로들이 있었잖니, 너희들한테... 몇 주 전에 포로 하나가 우리 집 앞 오솔길로 지나가는 걸 본 적이 있어. 피르포가 그를 무릎으로 치면서 앞으로 밀고 있더구나. 내가 마당에서 피르포에게 자비심을 좀 베풀라고, 모두가 자비심을 가져야 할 때라고 소리를 질렀어. 피르포는 화가 난 듯이 고개를 돌리더니 나에게 늙은 마녀라고 하더군. 내가 재빨리 숨어 버리지 않았다면 나에게 총이라도 쏠 기세더구나. 피르포는 내가 아마 백번도 더 먹여주고 재워줬을 게다. 포로들을 아껴둘 필요가 있다는 걸 이제 알겠니?"

밀턴은 고개를 저었다. "이 전쟁은 이렇게 밖에는 할 수 없어요. 우리가 전쟁을 지배하는 것이 아니라 전쟁이 우리를 지배하는 거죠."

"그럴 수도 있겠지." 노파가 말했다. "하지만 그러고들 있는 사이에 저 아래 알바에서는, 저 저주받은 곳이 되어버린 알바에서는 그 애를 이미 죽였을 게다. 우리가 토끼를 죽이듯이 그렇게 했을 게야."

"모르겠어요. 아직 그러진 않았을 거예요. 베네벨로에서 돌아오는 와중에 몬테마리노 길에서 제가 코모 수비대의 오토를 만났거든요. 오토 아세요?

"오토도 알지. 그 애도 내가 한 번인가 먹여주고 재워줬거든."

"오토는 아직 아무것도 모르고 있었어요. 그는 알바에서 가장 가까운 수비대 소속이거든요. 만약 조르조를 이미 총살했다면 오토가 알고 있었을 거예요."

"그렇다면 내일까지는 걱정할 게 없는 건가?"

"그런 뜻은 아니에요. 우리 쪽 사람들 중에서 가장 최근에 저 아래 알바에서 총살당한 사람은 새벽 2시에 그렇게 됐거든요."

노파는 두 손을 머리 쪽으로 들었지만 머리 위에 얹지는 않았다.

"그 애도 너처럼 알바 사람이지? 맞지?"

"예."

"친구였니?"

"우리는 함께 태어났어요."

"그럼 너는?"

"제가 뭘요?" 밀턴이 재빨리 말했다. "제가 그를 위해 무엇을 할 수 있냐고요?"

"너도 얼마든지 그의 처지에 놓일 수 있었다는 걸 말하는 게다."

"아, 네. 물론이죠."

"그런 생각이 드니?"

"예."

"그렇게 생각하면 마음이 좀 나아지지 않니?"

"아니오, 오히려 생각하기 전보다 더 나빠요."

"네 어머니는 아직 살아계시니?"

"예."

"어머니 생각은 안 하니?"

"하죠. 하지만 언제나 나중에 생각하는 걸요."

"뭘 하고난 뒤에 생각한다는 거니?"

"위험이 지나간 뒤에요. 위험한 일이 있기 전이나 겪는 동안
에는 어머니를 생각하지 않아요."

　노파는 한숨을 내쉬고는 다행스런 안도감을 보이는 미소를
보일 듯 말 듯 지었다. "나는 절망했었단다." 노파가 말했다.
"가끔은 나를 정신병원에 집어넣을까 봐 괴로웠었지..."

　"무슨 말씀이세요?"

　"내 두 아들 얘긴데," 미소를 좀더 지으면서 노파가 대답했다.
"둘 다 1932년에 발진티푸스에 걸려 죽었단다. 큰 아이는 스물
한 살 이었고 작은 아이는 스무 살이었어. 너무나 절망스럽고
완전히 넋이 나가버렸었지. 사람들은, 나를 사랑하는 사람들조
차도 그런 나를 입원시키려고 했을 정도였어. 하지만 지금 나
는 만족한단다. 세월이 흐르고 고통도 지나간 거겠지만 어쨌
든 나는 지금 만족스럽고 아주 평온하단다. 오, 내 가여운 두
아들은 얼마나 잘 지내고 있는지, 살아있는 인간들의 해악이

미칠 수 없는 피난처인 지하에서 얼마나 잘 지내고 있는지..."

순간 밀턴은 노파에게 조용히 하라고 한 손을 들어보였다. 그는 콜트 권총을 들어 문을 겨냥했다. "개가," 그가 노파에게 속삭이듯 말했다. "아무래도 뭔가 이상해요."

어지러운 빗소리에 섞여서도 밖에서 개가 나지막하게 으르렁대는 소리가 확실하게 들려왔다. 밀턴은 의자에서 몸을 반쯤 일으켰다. 그러면서도 권총은 계속 출입문을 겨냥하고 있었다.

"걱정 마." 노파가 한층 높아진 목소리로 말했다. "내가 저 짐승을 잘 알지. 개가 저러는 건 위험한 게 있어서가 아니라 저 자신한테 화가 나서야. 괴로운 걸 참을 줄 모르는 개야. 괴로운 걸 한 번도 참은 적이 없어. 어느 날 아침에 밖으로 나가서 저 개가 제 다리로 목을 매 죽은 걸 보게 된다 해도 나는 놀라지 않을 거야."

개는 아직도 화를 내고 있었다. 밀턴은 귀를 좀더 기울여보고 난 뒤 총을 내려놓고 다시 앉았다. 노파는 멀찌감치 부엌의 구석 자리로 되돌아갔다.

어느 순간 노파는 이상하다는 듯이 밀턴을 향해 몸을 돌렸다. 그러고는 그에게 무슨 말을 했느냐고 물었다.

"전 아무 말도 하지 않았는데요."

"분명히 뭐라고 했어."

"아닌데요."

"다 늙은이가 스무 살짜리 청년과 누구 귀가 더 밝은지 내기를 할 수는 없는 노릇이지만 분명 넷, 뭐라고 그랬는데... 저네 명 중 하나라고 했든가..."

"어쩌면 저도 모르게 그랬을지도 모르겠어요."

"1분도 채 안 됐어. 분명 네 명 어쩌고 했는데. 비슷한 무슨 생각을 하고 있었던 거 아니니?"

"기억이 안 나요. 여기서는 그 누구도 더 이상 정상이 아니잖아요. 단지 비만 여전히 그대로일 뿐이죠."

사실, 밀턴이 '그 네 명 중 하나'에 대해 너무 골똘히 생각하는 바람에 저도 모르게 입 밖으로 소리를 냈음이 분명했다. 그는 계속해서 생각하고 있었다. 그날 아침, 베르두노의 식당에서 진동하던 삶은 소의 허파 냄새가 뇌 속에서 다시 코로 내려오며 그는 그 생각을 떨칠 수가 없었다.

그것은 아쭈리와 로씨가 처음으로 연합하여 싸운 전투였다. 바돌리아니는 베르두노에서 수비대 임무를 맡고 있었고 프랑스 사람 빅토르가 지휘하는 로싸 여단은 근방 경사면을 점령하고 있었다. 알바 연대 소속의 파시스트 대대가 계곡 끝에 벌써 모습을 드러냈다. 보병 부대가 먼저, 기병부대는 마지막 순간에 나타났다. 보병 부대는 몸을 숨길 만한 보호물도, 측면 호위도 없이 어지럽게 무계획적으로 앞으로 전진해왔다. 이미 광장에 당도해 있던 빅토르는 쌍안경으로 보병부대를 오랫동안 지켜보다가 말했다. "마을이 무방비 상태라고 오인하게 해서 저들이 가까이 오도록 내버려두자고. 그러다가 저들이 길과 광장에 들어왔을 때 아 부 포르탕*, 그러니까 직사공격을 퍼붓는 거지. 그때서야 저들은 함정에 빠졌다는 걸 알아차릴 거야. 저들은 팔푼이들 아니면 주정뱅이들일 뿐이야. 그렇지 않나?" 우리들은 일단 작전회의를 하기 위해 식당 안으로 퇴각했다. 그곳에는 삶은 소 허파의 역겨운 냄새가 진동하고 있었다. 바돌리아니 지휘관 에도는 빅토르의 작전에 반대했다. 나중에 마을이 끔찍한 보복을 당할 게 뻔했기 때문이었다. 그는 여느 때와 같이 도시 밖, 넓은 들판에서 싸우는 것이 낫다고 했다. 그리고 전투가 어떤 식으로 끝나든 간에 마을만은 전투의 결과에서 자유로워야 한다고 했다. "저 사람은 놀라울 정도로 전형적인 아쭈로군." 당시에는 단지 파견대의 지휘관에 불과했던 홈브레가 밀턴에게 속삭였다. 밀턴과 몇몇 아쭈로들은 빅토르의 계획을 지지했으나 에도는 계속 자신의 생각을 고수했다. 정규군 장교 출신다운 사고를 가진 에도는 우리 파르티잔들이 최종적으로는 확실히 승리하겠지만 크고 작은 중간전투에서는 계속 패배할 수밖에 없다고 확신했다. 그러자 빅토르가 절반은 프랑스어로 또 절반은 이탈리아어로 말했다. "베르동은 자네들 관할이지만 나도 지금 이 마을 안에 있네. 난 후퇴하지 않겠어. 자네들은 얼마든지 밖에서 방어하게나. 나는 안에서 방어할 테니. 그리고 어쨌든 간에 베르동이 전쟁에 휘말리는 건 불가피할 걸세. 지금 내 군사력만으로는 저들을 마을 외곽에서부터 막아낼 수는 없을 테니까." 이 말에 결국 에

도도 설득되었고 빅토르의 뜻을 받아들였다.

파시스트군이 마을 안으로 들어오는 동안에는 찍소리 없이 있기로 합의되었다. 밀턴은 광장의 흉벽 뒤에 매복했고 그의 옆에는 바로 그 홈브레가 와서 쭈그리고 앉았다. 그들은 파시스트군이 터벅터벅 걸어 들어오는 것을 함께 바라보았다. 일부는 도로를 따라 올라오고 있었고, 나머지는 들판과 초원을 가로질러 오고 있었다. 겨우 일주일 전에 내린 눈으로 덮여있는 들판과 초원에서 병사들은 연신 미끄러지며 괴로운 행군을 하고 있었다. 장교들이 없었더라면 그들 역시 양떼처럼 모두 도로 위로 올라왔을 것이었다. 그들은 코앞에 당도했고 고지에 매복한 밀턴은 맑은 대기 속에서 그들의 얼굴을 확연히 볼 수 있었다. 턱수염과 콧수염을 기른 자, 수염이 없는 자, 자동소총을 가진 자, 머스켓 총을 가진 자... 밀턴은 고개를 돌려 마을 안의 배치를 살펴보았다. 화물 계량소 옆에 빅토르가 생테티엔 기관총을 가진 매복 부하들 중 덩치 큰 친구와 함께 있는 것이 보였다. 그 맞은편에는 아쭈리들이 미제 기관총으로 무장하고 있었다. 그들은 흉벽 뒤에서 좀더 있다가 포복 상태로 후퇴했다. 밀턴은 시청 건물의 주랑현관 아래 동료들에게로 가서 합류했고 홈브레는 무리에서 떨어져 단독으로 전매상 모퉁이 뒤로 몰래 빠져나갔다. 제일 먼저 모습을 드러낸 파시스트군인은 칫솔 모양의 짧은 수염을 기른 키 크고 덩치 좋은 하사관이었다. 그는 전매상 바로 앞에서 불쑥 나타났다. 홈브레는 모퉁이에서 몸을 조금 내밀어 그에게 총을 연발했다. 몸이 아니라 머리를 겨냥했고 하사관의 머리통 절반과 헬멧이 날아가는 것이 보였다.

홈브레의 사격은 전체 사격의 신호가 되었다. 파시스트들은 너무 놀란 나머지 정신을 차리지 못하고 채 몇 발도 응사하지 못했다. 빅토르의 생테티엔 기관총은 엄청난 화력을 내뿜어 더 큰 참사를 빚었다. 화물 계량소 앞길에는 열여덟 명이 쓰러졌고 각각의 몸에는 두 사람을 죽이고도 남을 만한 총탄이 박혀있었다. 돌로 포장된 화물 계량소 앞 내리막길로 피가 포도주처럼 시내를 이루어 흘러내렸고 그 위로 갈기갈기 찢긴 두뇌의 파편들이 둥둥 떠다녔다. 조르조 클레리치가 토를 하고 기절해버려서 중상을 입은 병사처럼 사람들이 그를 돌보아야 했던 것이 밀턴의 머리에 떠올랐다.

더 이상 총성이 들리지 않자 이번에는 온통 고함소리가 울려퍼졌다. 살아남은 파시스트과 집 안에 숨어있던 사람들이 내지르는 소리였다. 기겁한 파시스트들이 길에서 몸을 피하려고 근처 집들의 빗장을 부수고 들어가 침대 밑에, 빵을 넣어두는 뒤주 속에, 심지어는 노파들의 치마 밑에 들어가 숨었던 것이다. 헛간으로 들어가 여물 밑에, 가축들 사이에 숨는 자들도 있었다. 빅토르가 골목길 어딘가에서 말처럼 달리면서 고함치는 소리가 들렸다. "앙 나방! 앙 나방, 바타이용!"*

작전을 수행하던 밀턴은 어느 순간 자신도 모르게 완전히 혼자가 되었다. 군인들의 시체를 제외하고 주위에는 아무도 없었다. 그는 침묵이 흐르는 그 완전한 사막에서 전율했다. 그러다가 자기 쪽으로 다가오는 조심스런 발소리를 들었다. 그는 기둥 뒤에 매복하고 총부리를 겨누었다. 다행히도 홈브레였다. 그 두 친구는 형제애를 느끼며 서로에게 다가갔다. 어디선가 고함소리와 총성이 다시 들려왔다. 하지만 그것은 동료들이 승리를 자축하는 소리였다. 밀턴과 홈브레는 교회 가까이에 있었는데 갑자기 까치발로 도망가 숨는 사람들의 혼란스런 발자국 소리가 들리는 것 같았다. 홈브레가 밀턴에게 눈으로 너도 들었냐고 물었다. 밀턴은 턱으로 그렇다고 신호했다. "교회 안에 숨었어." 홈브레가 속삭였다. 그들은 조심스럽게 안으로 들어갔다. 교회 안은 어둡고 서늘했다. 그들은 세례당부터 뒤지기 시작하여 첫 번째 고해소로 옮겨갔다. 숨소리 하나 들리지 않았다. 홈브레는 성가대석을 흘낏 쳐다보았지만 그곳은 내버려두고 신자들이 앉는 좌석을 하나하나 수색하며 가운데 재단으로 다가갔다. 그 때 재단 뒤에서 군인 하나가 두 손을 들고 튀어나와 말했다. "우리 여기 뒤에 있어요." 계집아이 같은 목소리였다. 몹시 겁을 먹은 그로서는 자수하는 것이 오히려 맘편한 일이었을 것이다. 홈브레는 그에게 보일 듯 말 듯한 미소를 지었다. 그러고는 마치 어린애의 유치한 장난을 용서해주는 노인의 목소리 같은 낮고 부드러운 소리로 말했다. "몇 명이야, 밖으로 나와." 그러자 재단 뒤에서 나머지 세 명 역시 손을 들고 나왔다. 그들은 홈브레와 밀턴이 조용하고 초연한 태도로, 발길질도 주먹질도 모욕도 하지 않자 그제서야 안도의 숨을 내쉬었다.

그들은 교회에서 나왔다. 그 사이 태양은 두 배는 더 따뜻하고 밝게 빛나는 것 같았다. 네 명의 포로들은 눈을 껌뻑이면서 홈브레의 붉은 별과 밀턴의 파란 손수건을 끝없이 번갈아 바라보았다. 그들은 무기를 진작에 내다 버렸음이 틀림없었다.

밀턴은 아군 대부분이 이미 마을 밖, 산등성이를 향하여 가고 있음을 깨닫고 홈브레에게 서둘러 자신들도 합류하자고 했다. 밀턴과 홈브레는 마을에서 나와서 산비탈을 비스듬히 올라가 산꼭대기까지 4분의 3정도 되는 지점에 도달했다. 산은 그다지 높지 않았지만 흙이 다시 부풀어올라 있었고 산울타리는 커녕 나무 한 그루 없었다.

밀턴은 자신들보다 약 300미터 전방에 있던 아군 무리의 끄트머리에서 갑자기 어떤 움직임이 이는 것을 알아차렸다. 그 움직임은 갑작스런 경보와 필사적인 몸부림으로 대열을 완전히 뒤죽박죽 만들어놓았고 곧이어 밀턴의 귀에 수많은 말들의 말발굽소리가 쿵쾅쿵쾅 울렸다. 빅토르는 흐트러진 무리들을 재빨리 재정비하고는 현명한 판단으로 모두에게 신속히 능선으로 올라가 반대편 골짜기로 뛰어들라는 명령을 내렸다. 반대편 골짜기는 사람에게는 일종의 미끄럼틀에 불과한 것이었지만 말에게는 가파른 벼랑이나 다름없었다. 능선 꼭대기에 이른 그들은 빅토르의 명령대로 골짜기를 향해 구르듯이 뛰어들었고 다치지 않고 무사히 기마대의 추격을 피할 수 있었다. 그러나 능선에서 200보나 떨어져 있던 밀턴과 홈브레는 적들의 총구 앞에 노출되어 있었다. 그들은 날듯이 뛰어야만이 능선에 이를 수 있을 터였지만, 이미 사태를 파악한 네 명의 포로들이 협조해줄 리가 없었다. "뛰어!" 홈브레가 명령했다. "미친 듯이 뛰란 말야!" 그러나 그들은 계집애들처럼 뛸 뿐이었다. 밀턴은 아래쪽을 흘끗 돌아보았다. 선두에 선 말들이 옆구리에서 난로처럼 김을 뿜어대면서 산비탈을 올라오는 것이 보였다. 포로들의 대오는 약간 흐트졌고 그 중 제일 뒤처진 포로는 뒤따라오는 기마대의 선두에 선 말들로부터 불과 100미터 거리에 있었다. 그 포로는 기병들에게 손짓을 했다. 홈브레와 밀턴의 알록달록한 군복은 포로들의 회녹색 군복과 확연히 구분됐지만 기병들은 거리도 있거니와 달리는 말 위에서 자신들의 아군을 쏘게 될까봐 총을 발포하지는 못했다.

"어쩌지?" 홈브레가 소리쳤다. 밀턴은 "네가 결정해!"라고 외쳤다. 둘 다 머리카락이 바늘처럼 곤두서 있었다. 말들은 산비탈을 비스듬히 올라오며 80보 거리까지 간격을 좁혀왔다. 그러자 홈브레가 네 명의 포로들에게 한데 모이라고 서슬퍼렇게 고함쳤다. 홈브레의 기세에 눌린 포로들은 즉시 복종했다. 그들이 다발로 뭉쳐 서자 홈브레는 그대로 총알을 내갈겼다. 한 뭉텅이로 비탈을 구르던 그들의 시체는 제각각 흩어져 기병들 쪽으로 계속 굴렀다. 기병들의 무시무시한 고함소리가 들렸다. 홈브레의 갑작스런 행동에 얼어붙어버린 밀턴을 흔들어 깨우고 쏜살같이 달리기 시작하게 만든 것은 바로 그 무시무시한 고함소리였다. 기병들은 총을 쏘기 시작했다. 50보 정도의 거리에 불과했지만 그들을 맞춘다는 것은 여전히 쉽지 않은 일이었다. 밀턴과 홈브레는 죽을 동 살 동 능선으로 내달려 반대편으로 뛰어내렸다. 골짜기 아래에 도착한 그들은 고사리 잎 사이로 능선을 올려다보았다. 말들은 아직 그곳에 보이지 않았다.

밀턴은 여기저기 안 쑤시는 데가 없이 아픈 가슴을 문지르며 일어났다.

"여기서 자고 가지 그러니?" 노파가 말했다. "네가 내 지붕 밑에 있어도 난 성가실 게 아무 것도 없단다. 이 노인네의 느낌으로는 오늘 밤에는 아무 일도 없을 것 같고 이른 아침까지도 그럴 것 같은데."

콜트 권총을 총집에 이미 넣어 두었던 그는 이제 자켓 아래로 권총 혁대를 채우고 있었다. "감사합니다. 하지만 오늘 저녁에 산을 넘으려고요. 내일 아침에 넘어야 할 산을 앞에 두고 일어나고 싶지 않아서요."

벽 너머, 어둠과 빗줄기 너머로 밀턴은 높디높은 산이 눈에 선했다. 그 산 군데군데에 돌출된 거대한 젖가슴 같은 바위들이 마치 높은 파도가 정지해 있는 듯한 모습을 하고 있고 산은 그 파도로 밀턴을 집어 삼킬 듯이 노파의 집 위로 우뚝 솟아 있는 것 같았다.

노파는 고집했다. "내가 새벽 세 시에 깨워줄 수 있어. 나한 테는 전혀 성가신 일이 아니야. 나는 더 이상 잠도 거의 자지 않는단다. 눈을 뜨고 누워서 아무 생각도 안 하거나 죽음에 대해 생각할 뿐이지."

그는 손으로 몸을 더듬어 모든 것이 제대로 있는지 확인했다. 장전자 두 개, 그리고 권총 혁대에 붙은 주머니 속에 꺼내기 쉽 게 챙겨둔 탄환 열 개까지 확인하고는 그가 말했다. "아뇨, 산 정상에서 자려구요. 일어나면 내려갈 일만 남아있도록요."

"어디에 묵을지는 생각해 뒀니?"

"산등성이 바로 아래, 건초 두는 헛간을 알아요."

"이렇게 어둡고 비가 억수같이 오는데 확실히 찾을 수 있겠어?"

"찾을 거예요."

"그 집 사람들은 너를 아니?"

"아뇨. 하지만 그 사람들을 깨울 생각도 없어요. 개만 짖지 않 는다면요."

"거기까지 올라가는 데 시간이 엄청나게 걸리겠구나."

"한 시간 반이면 될 거예요." 그리고 나서 밀턴은 문을 향해 한 걸음을 떼었다.

"그럼 비라도 수그러들면 가든가..."

"비가 좀 수그러들기를 기다리면 아마 저는 내일 정오에도 여 기 있을 거예요." 그는 문을 향해 한 걸음 더 옮겼다.

"그렇게 사복을 입고 뭘 하러 가는 건데?"

"약속이 있어요."

"누구와?"

"해방 위원회 사람과요."

노파는 빛깔이 바랜 눈동자로 진지하게 그를 응시했다. "조심해라, 조심해. 한 목숨이라도 살아야지. 둘 다 죽는 것보다 낫지 아무렴."

밀턴은 머리를 숙였다. "남겨둔 제 무기와 군복을 부탁드려요." 그러고는 말했다. "일단 제가 쓴 침대 밑에 숨겨놨어요."

노파가 대답했다. "내일 아침에 일어나면 그것들을 바짝 마른 자루에 넣어서 우물 속에 내려놓을 게. 우리 집 우물 중간쯤에 네모난 구멍이 있어. 사슬과 긴 막대를 써서 자루를 거기에 집어넣을 거야. 내가 알아서 할게."

밀턴은 고개를 끄덕였다. "나머지는 아시겠지요. 만약에 두 밤이 지나도록 제가 돌아오지 않으면 한 가지만 해주세요. 자루를 이웃집에 주셔서 망고로 보내세요. 망고에서 자루를 파르티잔 프랭크에게 주면서 그에게 트레이조 여단의 지휘관인 레오한테 자루를 보내라고 해주세요. 그리고 혹시 무엇 때문이냐고, 어찌된 일이냐고 물으면 그저 밀턴이 와서 사복을 입고 떠났는데 다시 돌아오지 않았다고만 전하라고 해주세요."

노파는 집게손가락으로 그를 가리키며 말했다. "하지만 넌 두 밤이 지나면 돌아올 거지."

"내일 저녁에 저를 다시 보시게 될 거예요." 밀턴은 이렇게 대답하고 문을 열었다.

비가 무겁게 사선으로 퍼붓고 있었다. 산의 거대한 몸체는 어둠 속에 완전히 묻혀 보이지 않았다. 개도 짖지 않았다. 그는 머리를 낮게 숙이고 출발했다.

현관에서 노파가 소리쳤다. "내일 저녁에는 좀더 좋은 걸 먹을 수 있을 거야. 그리고 네 어머니를 더 자주 생각하렴!"

밀턴은 빗물과 바람에 밀려 이미 멀리 떨어져있었다. 맹목적으로 그러나 정확한 방향으로 밀턴은 앞으로 나아갔다. 오버 더 레인보우를 나지막이 부르면서.

9

산 위에 오른 밀턴은 벼랑 아래로 펼쳐진 산토 스테파노를 바라보았다. 날이 밝아 굴뚝들은 짙은 희뿌연 연기를 뿜어내고 있었지만 그 거대한 마을은 여전히 적막하게 말없이 누워있었다. 마을을 역으로 연결하는 긴 직선도로 역시 적막했고, 철교 너머로 훤히 보이는 카넬리로 가는 길도 산모퉁이까지 텅 비어있었다.

그는 손목시계를 슬쩍 쳐다보았다. 시계는 다섯 시 몇 분을 가리키고 있었지만 밤사이 시계가 늦어진 것이 분명했다. 적어도 6시는 되었다.

땅은 검고 흠뻑 젖어있었다. 크게 춥지는 않았다. 하늘은 회색이었지만 오랜만에 가볍고 넓어 보였다. 밀턴의 바지에는 허벅지까지 진흙이 튀어있었고 부츠는 아예 진흙으로 떡이 되어 있었다.

점처럼 얼룩덜룩 나 있는 덤불들을 돌아 밀턴은 곧장 산토 스테파노를 향해 내려갔다. 벨보 강은 그가 예전부터 알던 좁다란 다리로 건널 작정이었다. 바위들이 삐죽삐죽 돌출된 지대에 다다랐을 때 그는 어렴풋이 강줄기를 부분적으로 볼 수 있었다. 강물은 어둡고 흙탕물이었지만 범람하기까지는 아직 여유가 많아서 다리는 수면 위로 드러나 있었다. 그는 걸어서 강을 건넌다는 생각만으로도 열이 나는 것처럼 몸이 떨렸다. 그는 아팠다. 특히 허파 쪽이 고통스러웠는데, 금속으로 만들어진 연골 끝으로 두 허파가 서로를 할퀴어대는 것 같은 고통과 함께 두려움이 밀려왔다. 걸을 때마다 밀턴의 마음속에서는 완전히 쇠약해지고 비참한 느낌이 자라났다. "이런 상태로는 그 일을 할 수 없어. 시도해볼 수조차 없어. 거의 그럴 기회가 오지 않기를 바랄 지경이군." 그러면서도 그는 강 쪽으로 내려갔다.

간밤에 그는 강 유역의 헛간 위층에서 아주 푹 단잠을 잤다. 그는 갑자기 곯아떨어졌었다. 입 앞으로 조그만 구멍만 하나 남기고 건초더미에 몸을 묻은 채 밀턴은 온전한 헛간 지붕을 굉장히 격렬하게 그러나 감미롭게 때리는 빗소리를 듣고 있었다. 그러다가 꿈도 꾸지 않고 악몽도 꾸지 않고, 내일 해야 할 힘들고 끔직한 일로 방해받는 일도 전혀 없이 한순간에 잠으로 곯아떨어진 것이었다. 밀턴을 깨운 것은 닭 울음소리와 강하류 쪽에서 개가 낑낑대는 소리, 그리고 비의 침묵이었다. 그는 재빨리 건초더미 속에서 빠져나왔다. 천정이 낮은 통에 일어서지 못하고 엉덩이를 풀썩대며 움직여 가장자리로 간 밀턴은 그곳에 털썩 주저앉아 다리를 허공에 흔들거렸다. 그제서야 밀턴에게 자기 자신과 풀비아, 조르조, 그리고 전쟁에 대한 의식이 완전히 되돌아왔다. 그러자 뭐라 설명할 수 없는 끊임없는 전율이 발뒤꿈치까지 퍼지며 몸이 떨려왔다. 그는 어둠이 밝음에 좀더 저항을 해서 아침이 늦게 오기를 기도했다. 그러나 어느새 회색 물결로 자라나는 빛 속에 아직 잘 알아볼 수 없는 유령 같은 모습으로 농부가 헛간을 향해 진흙을 헤치며 다가왔다. 밀턴은 턱을 문질렀다. 그의 길고 듬성듬성한 턱수염이 내는 거의 금속성 소리가 주변 수 미터로 퍼졌다. 위를 올려다본 농부는 화들짝 놀랐다. "거기 위에서 밤을 보낸 거야? 뭐, 그 편이 나았겠군. 아무 일도 없었고 난 잠을 잘 수 있었으니까. 만약 자네가 내 지붕 아래 있는 줄 알았다면 난 한 숨도 못 잤을 거야. 하지만 이젠 내려와." 밀턴은 두 발을 모으고 마당으로 뛰어내렸고 쿵하고 땅에 착지하면서 널따랗게 진흙을 튀겼다. 밀턴은 고개를 숙이고 권총대를 만지면서 떨어진 자리에 그대로 있었다. "배고프겠다." 농부가 말했다. "그런데 변변하게 먹을 만한 게 없는데 어쩌나. 빵 한 덩이라면 내어줄 수도 있는데." "아니오, 괜찮습니다." "아니면 그랍파* 한 잔 마실래?" "맨 정신으로 어떻게...."

빵을 거절한 것은 실수였다. 밀턴은 그제서야 공복감과 어지러움을 느끼며 가파른 내리막길에서는 거의 몸의 중심을 잡지 못했다. 그는 카넬리가 보이는 곳까지 가기 전에 어느 외딴 집에 들러서 빵을 좀 얻는 게 좋겠다고 생각했다.

평지에 도착한 밀턴은 좁다란 다리를 향해 걸음을 재촉했다. 하지만 그는 자신이 너무 강 하류 쪽으로 가고 있었다는 것을 깨달았고 강 위쪽으로 50보 정도를 다시 올라와야 했다.

한쪽으로 기울고 물에 흠뻑 젖어 있는 다리를 통과하자 자갈이 많은 강둑이 나타났다. 그 너머의 마을은 여전히 완연한 침묵으로 꽉 차 있었다.

마치 살아있는 진흙 침대 위에 놓여있는 것처럼 돌들이 그의 발아래에서 흔들거리며 빠져나가는 널찍한 강둑을 걸어 나오면서도 그는 개미새끼 한 마리 볼 수 없었다. 고지에 있는 집들의 발코니에도 창문에도 노파 한 사람, 어린아이 하나 보이지 않았다. 그 집들은 저 너머에 있는 마을의 주 광장을 둘러싸고 서 있었다.

밀턴은 예전에 가본 적이 있는 골목길을 통해 광장으로 접어든 다음, 재빨리 광장을 가로질러 마을의 반대쪽으로 나가서 카넬리로 가는 길 오른편 들판으로 들어갈 생각이었다. 비록 그곳이 스텔라 로싸의 구역이고 십중팔구는 그들의 순찰대가 밀턴을 불러 세운다 하더라도 말이다. '누구냐, 어느 부대 소속이냐, 왜 사복 차림이냐, 우리 구역에서 뭘 하고 있는 거냐, 우리 암호를 아느냐...?' 그들은 꼬치꼬치 캐물을 것이었다.

그는 서둘러 골목길 입구를 향했다. 다 상한 쐐기풀 사이로 땅에 묻힐 듯 엎드려 강둑 위로 오르던 밀턴에게 귀가 터질 듯한 소리가 들려왔다. 그 소리는 엄청난 속도로 마을 앞의 직선 도로 끝을 집어삼키고 있었다. 그것은 여섯 대나 여덟 대 정도 되는 트럭의 대열이었다. 그런 엄청난 소리에도 마을에서는 아무런 비명소리도, 아무런 동요도 없었다. 그런데 갑자기 상류

쪽 강둑 위의 한 집에서 옷을 반쯤만 걸쳐 입은 한 남자가 튀어나와 벨보 강의 자갈밭 위로 돌진하는 것이 보였다. 너무나 힘껏 달리는 통에 남자의 뒤꿈치 밑에선 자갈들이 총알처럼 주변으로 튀었다. 남자는 재빨리 걸어서 강을 건너더니 산 아래에 줄지어선 나무들 속으로 순식간에 사라졌다.

트럭의 대열이 광장으로 진입하기 위해 속도를 늦추는 듯한 소리를 듣자마자 밀턴은 오던 길을 되돌아 벨보 강을 향해, 몸을 숨길 수풀이 많은 건너편 강변을 겨냥하여 내달았다. 그의 등 뒤에서 무언가가 폭발하는 소리가 들렸지만 그것은 단순히 창의 덧문이 쾅하고 닫히는 소리일 뿐이었다.

그는 강물로 뛰어들었다. 물은 얼음처럼 차가웠다. 그는 숨을 쉴 수가 없었고 아무것도 보이지 않았다. 그렇게 무턱대고 강을 건넌 밀턴은 땅에 올라오자마자 양치류 덤불 뒤로 몸을 던졌다. 정면으로 보이는 산은 아무도 없이 텅 비고 조용했다. 그는 마을을 살펴보기 위해 서서히 몸을 돌렸다. 얼마나 진흙 범벅이 되었는지 몸을 반쯤 비트는 것조차 버거웠다.

그들은 시동을 껐다. 군인들이 땅에 쿵쿵하고 내리는 소리가 들려왔다. 광장의 구석구석을 점검하러 뛰어다니는 소리, 장교들의 명령하는 소리도 들렸다. 그들은 카넬리의 산 마르코 부대였다.

바로 그 순간, 그들이 시야에 들어왔다. 왼쪽 마지막 집 모퉁이에서 한 분대가 장전된 기관총을 들고 나타나서는 벨보 강의 다리를 향하여 속보로 걸어왔다. 밀턴은 겨우 60보 정도 떨어진 다리 위의 기관총과 자신 사이의 거리를 최대한 벌리기 위해 기어서 뒤로 물러났다.

그들은 다리 중간의 난간에 자리를 잡고, 벨보 강 위로 보이는 피라미드 모양의 거대한 산 전경을 따라 천천히 몸을 회전하고 있었다. 그러다가 결국에는 밀턴이 내려왔던 산의 내리막길 마지막 커브를 향해 기관총을 겨누고는 자세를 잡았다. 곧이어 광장에서 장교 한 사람이 왔다. 그는 무기의 배치 방향에 대해 칭찬하는 것 같았고 군인들과 잡담을 하기 시작했다. 그가 병사들의 환심을 사려고 애쓴다는 것이 멀리에서도 보였다. 어느 순간 그 장교는 베레모를 벗고 한 손으로 금발 머리를 쓸어 넘겨 정돈하고는 다시 베레모를 눌러썼다.

그가 조르조의 몸값을 치르기에 딱 맞는 대가라는 생각이 밀턴에게 스쳤다. 그러나 그 장교가 그의 사정권에 들어올 리 만무했다. 그리고 그건 조무래기들이지만 똑같은 가치를 지닌 그의 병사들도 마찬가지였다. 군인들이 도착한 지 겨우 5분 밖에 안 되었지만 밀턴은 지금 상황이 무엇을 의미하는지 일찌감치 깨닫고 있었다. 목적지로 가는 도중에 사냥감을 미리 만난 것이라고 생각할 수도 있었지만 결과적으로는 단지 카넬리로 가는 자신의 길을 두 배로, 그것도 완전한 평지를 상당부분 오르막길로 바꿀 수밖에 없도록 만든 것에 불과할 뿐이었다. 그 길을 갈 생각만 해도 그는 자신이 거대한 바위를 돌아가야 하는 개미처럼 느껴졌다.

신발 속에는 물이 철벅거렸고 그것은 밀턴에게 심한 구토가 날 때처럼 발작이 되어서야 사라지는 전율을 일으켰다. 이윽고 목구멍에서 커다랗게 뭉친 기침 덩어리가 올라오는 것이 느껴졌다. 그러자 밀턴은 팔을 구부리고는 머리를 팔에 묻었다. 입을 진흙투성이의 팔에 대고, 가능하면 낮은 소리로 기침하기 위해서였다. 그는 폭발하듯이, 찢어지듯이 기침을 했다. 꼬리가 잘린 뱀처럼 몸을 들썩거렸고, 질끈 감은 두 눈에는 검은 바탕에 빨갛고 노란 빛들이 번쩍였다. 입술이 진흙투성이가 된 채, 밀턴은 고개를 들었다. 다행히 군인들은 기침 소리를 듣지 못한 듯했다. 그들은 담배를 피우면서 피라미드 같이 거대한 산을 한 층 한 층 눈으로 훑고 있을 뿐이었다. 그리고 그 장교는 어느새 광장으로 다시 돌아가고 없었다.

문득 자신이 구르고 요동치는 와중에 권총을 잃어버렸을지도 모른다는 공포가 그를 엄습했다. 숨을 죽이고 천천히 손을 허벅지로 가져가 권총집 위를 짚었다. 권총은 있었다.

교구 성당의 종탑에서 일곱 시를 알리는 종이 울렸다. 종소리가 계속 울리는 동안에도 민간인들은, 아무 것도 모르는 어린 아이도, 꼬부랑 할머니도, 불구자도, 그 누구도 모습을 보이지 않았다. 강을 향해 줄지어선 집들은 마치 묘지의 정면 같았다. 밀턴은 큰 광장을 가로지르고 있는 군인들과 광장에 있는 바 두 곳에서 여종업원들을 괴롭히면서 따뜻한 것을 마시고 있을 장교들을 상상했다. '너, 파르티잔들 중에 애인이 있지? 우리한테 얘기 좀 해보지 그래. 파르티잔들은 어떻게 사랑해주디?'

다리 위에 진을 친 그 병사들을 제외하고 다른 군인들은 시야에 들어오지 않았다 밀턴은 오랫동안 다리 위의 그들을 계속 주시했다. 그들은 끝도 없이 담배를 피우면서 주위를 경계하고 있었다. 지금 그들은 교회 방향, 그러니까 다리 하류 쪽 강둑 위의 무언가에 특별한 관심을 보이고 있었다. 밀턴도 그쪽으로 목을 빼고 무엇 때문에 그러는지 알아내려고 애썼지만 허사였다. 그런데 순간 병사들 중 하나가 웃음을 터뜨렸고 다른 병사들도 모두 그를 따라 웃었다. 그러다가 다른 하나가 갑자기 손가락으로 피라미드 산의 중턱을 가리키자 두 명의 사수가 기관총 뒤로 몸을 던지고는 사격자세를 취했다. 그러나 사격을 하지는 않았다. 잠시 뒤에 속았다는 것을 알아채고는 모두가 달려들어 손가락질을 한 병사의 등을 때렸다.

밀턴은 어떻게 해 볼 도리가 없었다. 기껏해야, 그들 중 하나가 다리 위 동료들의 시야에서 벗어나지 않는 가운데 볼일을 보러 강둑 위로 내려올 수도 있었다. 잘 하면 한 명이 대담하게도 적막한 산 길 입구 쪽으로 혼자 내려올 수 있을지도 모른다. 그러나 그런다 해도 밀턴은 아무 것도 할 수 없을 것이다. 일이 잘 풀려봤자, 단지 그를 죽이는 것뿐일 가능성이 컸다.

밀턴은 조심할 새도 없이, 심하게 기침을 한 뒤 산비탈이 시작되는 부분으로 엉금엉금 기어서 뒤로 물러났다. 그는 포플러나무숲으로 들어가자마자 갈대가 꺾일 때 나는 뿌드득 소리를 몸에서 내며 벌떡 일어서서 눈에 맨 처음 띈 오솔길을 따라 산을 다시 오르기 시작했다. 다리 위 기관총의 사정거리를 벗어나려면 아직 멀었지만 그 어떤 적도 거무스름한 산 옆구리 속에서 그를 구별해낼 수 없을 거라 판단되었기에 몸을 떨며 머리를 흔들면서 천천히 구부정하게 그러나 확실한 걸음으로 침착하게 산을 올랐다. 그러면서 크고 갈라진 목소리로 혼잣말을 했다. "저들이 내 길을 막아버렸어. 미치도록 먼 길로 돌아가게 만드는구나. 나는 몸도 아픈데. 집으로 가자, 집으로. 어차피 나는 절대 알지 못 할 거야. 그는 이미 총살당했어."

그의 가슴과 배, 그리고 무릎에 묻었던 진흙은 어느새 딱딱하게 굳어버렸다. 산을 오르면서 진흙의 일부라도 떼어내려고 애썼지만 손가락이 곱아서 말을 듣지 않았다. 그만두었다. 그는 지긋지긋한 진흙이 불러일으키는 구역질을 견뎌내려고 애쓸 수밖에 없었다.

다리 위의 군인들은 이제 허수아비처럼 보였다. 어느 정도 고지에 선 밀턴은 마을의 광장을 응시했다. 여섯 대의 트럭이 제1차 대전 전몰 용사비 앞에 세워져있었다. 그리고 백 명 남짓 되어 보이는 군인들은 천천히 그러나 쉴 새 없이 광장을 오가고 있었다.

산중턱에서 밀턴은 급작스레 올라가던 오솔길을 버리고 피라미드 같은 그 거대한 산을 향해 방향을 틀었다. "아직 그는 죽지 않았어! 난 진실을 모르는 채 이대로 있을 순 없어." 빗물과 산사태는 오솔길들을 모조리 지워버렸고, 튀어나온 모든 돌기들을 부숴 놓았다. 발목까지 푹푹 빠지며 부츠를 무겁게 만드는 수 킬로그램이나 되는 진흙을 떼어내지 않고서는 네 발자국 이상을 전진할 수 없었다. 그렇게 그는 피라미드 같은 산의 절반을 감고 있는 숲 지대를 향해 갔다. 그렇지만 그 길은 산토 스테파노에 들른 산 마르코 파시스트 부대를 피해 돌아가는 길의 서막에 불과했다.

나무들은 빗물에 검게 변해있었고 바람도 불지 않는데 물방울들이 소란스럽게 후두둑후두둑 떨어지고 있었다.

밀턴이 숲에 들어서는 순간 바스락거리는 발소리와 허둥대는 소리, 다급한 감탄사 조각들이 숲 속에 울려퍼졌다. 그들이 누군지 곧 알아챈 밀턴은 한 손을 앞으로 뻗으며 말했다. "겁내지 마세요. 저는 파르티잔입니다. 도망치지 마세요."

그들은 숲에 은신하며, 저 아래 산토 스테파노에서의 파시스트들의 움직임을 몰래 살피고 있던 대여섯 명의 농부들이었다. 모두 망토를 두르고 있었고 한 사람은 돌돌 만 담요를 어깨에 메고 있었다. 식량이 든 조그만 보따리도 각자 소지하여 만약 파시스트군에게 급습을 당한다 해도 멀리 도망가 하루 이틀은 버틸 수 있는 채비를 갖추고 있었다.

그들은 밀턴의 놀라운 진흙투성이 차림을 말없이 슬쩍 쳐다보면서 근방에 있는 자신들의 정찰자리로 돌아갔다. 베레모와 어깨가 물방울에 흠뻑 젖는 것쯤은 개의치 않는 듯했다. 그들 중 가장 나이가 많고 또한 상황을 가장 기분 좋게 견디고 있는 듯이 보이는 사람이 밀턴에게 물었다. 그는 머리와 콧수염이 새하얗고 유머러스한 눈을 가진 사람이었다. "애국자 친구, 언제 전쟁이 끝나는 건가?"

"봄에요." 밀턴이 대답했다. 하지만 목소리는 너무 갈라지고 가성으로 나왔다. 그는 기침을 한 번 하고 되풀이 말했다. "봄에요."

그들은 창백해졌다. 한 사람이 욕을 툭 내뱉더니 말했다. "대체 어느 봄을 말하는 거야? 3월의 봄이 있고 5월의 봄이 있는데."

"5월이요." 밀턴이 정확하게 짚어 말했다.

그들 모두 깜짝 놀랐다. 그 연장자는 밀턴에게 어쩌다가 그렇게 진흙투성이가 되었냐고 물었다.

밀턴은 까닭 모르게 얼굴이 붉어졌다. "내리막길에서 앞으로 꼬꾸라져 수 미터를 쭉 미끄러졌어요."

"그 날도 오긴 오겠지." 연장자는 밀턴을 지나치게 강렬한 눈길로 바라보며 말했다.

"물론 오겠지요." 밀턴은 이렇게 대답하고 다시 입을 다물었다. 그러나 연장자는 만족하지 못한 듯한, 결코 만족시킬 수 없을 듯한 탐욕스런 시선으로 고집스레 그를 응시했다. "물론 오겠지요." 밀턴이 되풀이했다.

"그렇다면," 연장자가 말했다. "자네들은 저들을 단 한 명도 용서해서는 안 돼. 그러길 바라."

"한 명도요." 밀턴이 말했다.

"그럼 우린 이미 통한 거군. 모두, 자네들은 그들 모두를 죽여야 돼. 그들 중 단 한 사람도 죽음을 면할 자격이 없으니까. 죽음은, 내 말해두겠네만, 그들 중 가장 덜 악질인 인간에게도 가장 온화한 벌이지."

"우리는 그들을 모두 죽일 겁니다." 밀턴이 말했다. "당신들과 우린 서로 같은 생각이에요."

그러나 연장자는 아직 말을 끝낸 것이 아니었다. "내가 말하는 모두는 정말로 모두야. 간호병도, 취사병도, 군목들도 말이야. 내 말 잘 들어, 청년. 내가 자네를 청년이라 불러도 괜찮겠지. 나는 푸줏간 주인이 내게 양을 사러 오는 것만 봐도 눈물을 흘리는 사람이야. 그렇지만 자네에게 그들 모두를, 마지막 한 사람까지도 죽이라고 하는 바로 그 사람이기도 하지. 지금부터 내가 자네에게 하는 말을 잘 새겨 둬. 그 영광의 날이 왔을 때, 자네들이 그들의 일부만 죽인다면, 연민에 사로잡히거나 피를 보는 것이 지겨워 구토가 난다면, 자네들은 끔찍한 죄악을 저지르는 거야. 그거야말로 진정한 배신일 걸세. 그 위대한 날에 겨드랑이까지 피를 묻히지 않는 사람이 있다면 그는 결코 진정한 애국자가 아니야!"

"걱정들 마십시오." 밀턴이 걸음을 떼며 말했다. "우리 모두 같은 생각입니다. 한 사람이라도 용서해줄 생각을 하기보다는…"

밀턴은 말을 끝맺지 않고 걸음을 옮겼다. 그가 그들의 시야에서 벗어나기 전에 그들 중 한 명이 평화롭게 말하는 것이 들렸다. "지금이 몇 월인데 아직도 눈이 안 내렸다는 게 이상하지 않아?"

숲이 끝나는 바로 그 지점에서 직선도로와 평행하게 이어지던 긴 벼랑길이 산의 능선을 따라 점점 완만해지면서 바로 역 맞은편으로 이어졌다. 밀턴은 그 길을 따라 역으로 내려간 다음, 역을 돌아 넓은 들판으로 들어갈 요량이었다. 거기서, 줄지어 선 뽕나무들 뒤로 몸을 숨기면서 철교가 오른편에 있는 산의 돌출부에 도착하면 그 뒤가 바로 카넬리였다. 밀턴이 생각하기에 그렇게 움직이면 그들의 본거지인 카넬리로 언제고 돌아올 산토 스테파노 부대의 트럭 대열을 또 다시 마주칠 개연성은 피할 수 있을 것 같았다.

그는 주머니를 뒤져 담배 두 개비를 꺼낸 다음 비교했다. 한 개비는 가운데가 꺾여 두 동강이 나 있었고, 다른 개비는 담뱃잎이 빠져나가 홀쭉한 상태였다. 그는 담뱃잎이 빠진 개비를 집어 입술 사이에 물었다. 하지만 성냥을 그어 불을 켤 만한 아주 작은 마른자리조차 찾을 수가 없었다. 물론 콜트 권총 자루의 오톨도톨한 뺨받침이 있었지만 거기에 대고 성냥을 긋고 싶진 않았다. 그는 섭섭함에 피식하고 웃으며 담배를 주머니에 다시 넣고 벼랑을 향해 전진했다.

밀턴은 자신이 움직이는 길과 평행으로 달리는 철길을 끊임없이 눈으로 좇으면서 행군했다. 녹슨 철길은 흠뻑 젖은 풀포기들로 군데군데 덮여 있었다. 휴전협정일로부터 기차들은 이 철길을 건드리지도 않았다. 철길이 밀턴에게 '9월 8일*'이라고 말하는 것 같았다. 아마 영원히 그렇게 말하고 있을 것 같았다.

집으로 돌아갔을 때가 눈에 선했다. 변장을 하고 꾀죄죄한 몰골로 너무나 피곤하지만 눕고 싶은 마음도, 앉고 싶은 마음도 들지 않았던 9월 13일의 그 후텁지근한 잿빛 아침이 다시 떠올랐다. 밀턴의 어머니는 믿기지 않는듯 그를 만져보고, 주워 입은 남루한 옷을 벗겨 멀리 던져버리고, 그의 얼굴에서 먼지를 털어주었다. "로마에서 오는 거니?" 어머니가 말했다. "로마에서 네가 돌아왔구나! 이 조그만 알바에서 일어나는 지옥 같은 일들을 보면서 나는 로마는 얼마나 더 끔찍할까 상상했단다. 네가 살아돌아오다니. 너 같은 아이가, 언제나 생각이 구름 속에 둥둥 떠다니는 아이가..." 하지만 그는 살아 돌아왔다. 사실, 테르미니 역*으로 가는 그 괴물같은 열차에 몸을 싣는 그 순간부터 단 한 번도 자신이 살아 돌아오지 못할지도 모른다는 의심을 해본 적이 없었다. 그 자신은 운이 좋을 것이라는 것을, 군대의 끝도 없는 비참함 속에서도 자신은 운이 좋을 것이라는 것을 알고 있었다.

"그런데... 토리노에서 온 아가씨는요?" 밀턴은 그의 어머니가 풀비아를 지칭할 때면 빼놓지 않고 쓰는 그 호칭으로 물었다. 소심하면서도 아이러니하고 어쩌면 어떤 예감이 깃든 호칭이었다. "자주 봤어." 어머니가 그에게 대답했다. "입대하지 않은 청년들과 함께 시내에 자주 오더구나." 그러고는 어머니는 시선을 내리깔고 이렇게 덧붙였다. "토리노로 돌아갔단다. 사흘 전에 말이야." 그 말에 밀턴은 더듬대며 의자를 찾았다.

산토 스테파노의 종탑에서 약하게 한 번 종을 쳤지만 밀턴은 그것이 여덟 시 반을 알리는 것인지 아홉 시 반을 알리는 것인지 알 수 없었다.

돌출부의 발치에서 밀턴은 열 시를 알리는 종소리를 들었다. 카넬리의 종탑에서 울리는 소리가 분명했다.

하늘은 연기 한 줄기, 얼룩 하나 없이 맑게 개었고 이제는 완전히 흰색이었다. 비는 그쳤지만 나무와 관목의 잎들이 단조롭게 후두둑후두둑 빗소리를 냈다.

응회암이 진흙을 덧칠한 석판처럼 깔린 오솔길은 미끄럽기 그지없었다. 더구나 카넬리에서 멀리 떨어져 정찰을 나왔을 수도 있는 순찰대의 행동반경 내에 자신이 이미 들어와 있다는 것을 알고 있었기 때문에 밀턴은 천천히 조심스럽게 올라갔다. 갑작스럽게, 당장에라도 위험이 닥칠 수 있는 상황임에도, 밀턴은 담배 생각이 간절했다. 그러나 여기 위쪽 지대에서도 성냥을 그어 불을 켤 만한 마른자리를 1제곱센티미터도 찾아볼 수 없었다. 그는 콜트 권총 자루의 오톨도톨한 뺨받침을 다시 떠올렸지만 그런 식으로 자신의 권총을 홀대하고 싶은 마음은 여전히 들지 않았다.

게다가, 정확히 바로 그 순간에 ―그는 오르막길을 3분의 2이상 올라온 지점에 있었다― 돌출부 뒤편에서 산토 스테파노에 들렀다가 카넬리로 돌아가는 트럭대열의 요란한 소리가 들려왔다. 그 소리로 판단해 보건데, 트럭들은 구멍이 숭숭 뚫린 길을 전속력으로 달리고 있음에 틀림없었다. "저들은 꽤나 훌륭하군." 서글픔을 느끼며 밀턴은 생각했다. 쿵쾅대는 소리는 골짜기 밑에서 곧 그쳤지만 밀턴은 산을 오르기를 잠깐 멈추고서 적들의 소리가 자신에게 안겨다준 전율이 등줄기를 타고 완전히 빠져나가기를 기다렸다. 그는 온몸을 약간 흔들어 전율을 털어내고 다시 출발했다.

그는 자신이 산꼭대기 가장자리에 얼굴을 내밀 때쯤이면 이미 트럭의 대열은 그들의 숙영지로 완전히 들어간 상태일 것이라고 계산했다. 밀턴은 산 마르코 부대가 예전에 카사 리토리아*였던 곳에서 숙영하고 있다는 것은 알고 있었지만 카넬리에 한 번도 가 본 적이 없었던 터라 그 곳의 위치가 어디인지는 알지 못했다. 그러나 반은 농지이고 반은 공장인 이 거대한 마을에서 그 곳을 왠지 첫눈에 알아볼 수 있을 거라는 확신이 들었다. 그는 그 숙영지를 결승점이 아니라 피할 수 없는 기준점으로 생각했다.

밀턴은 산꼭대기 바로 아래까지 숨을 참으며 좀더 빠르게 산을 올랐다. 산꼭대기에서 마을을 자세히 내려다볼 심산이었다. 그러나 정작 산꼭대기는 뭉툭해져 있었고, 야생 엉겅퀴가 여기저기 자라나 어수선하고 넓은 공터처럼 변해있었다. 그는 좌우를 살피면서 몸을 웅크린 채 그곳을 가로질렀다. 눈에 보이는 유일한 집은 200보 정도 아래쪽에 얼키고설킨 젖은 초목 더미 위로 거무스름한 지붕만을 겨우 드러내고 있었다.

그는 산꼭대기에서 불안정한 자세로 미끄러져 내려와 가시나무 덤불 뒤에 쭈그리고 앉아 저 아래 카넬리를 내려다보았다. 먼저 전경을 재빨리 주욱 훑어본 다음 경사면을 올라가는 골목길과 작은 길들을 탐색하고, 그리고 혹시 임무수행중인 순찰대는 없는지 꼼꼼히 살폈다. 아무도, 아무것도 없었다. 그는 계속해서 마을을 눈에 익히는 데 집중했다.

마을은 완전히, 부자연스러우리만치 황량하고 고요했다. 아주 조그만 마을에서도 들려올 법한 웅성임조차 들리지 않았다. 이렇게 마을이 쥐 죽은 듯이 고요한 것은 산토 스테파노에서 돌아온 트럭 대열이 방금 막 지나간 탓이라고 밀턴은 생각했다. 유일한 생명의 신호는 굴뚝의 통풍관에서 피어오르는 하얀 연기뿐이었다. 흰 연기는 한없이 낮은 하늘의 흰색 바탕속에 금방 숨어들었다.

밀턴은 카사 리토리아의 위치를 찾아내었다. 벽토가 떨어져 나간 선명한 붉은 색의 거대한 육면체 건물은 창문들 절반이 흙주머니와 널빤지로 막혀있었다. 건물에는 작은 탑이 하나 딸려 있었는데 그 위에는 보초 하나가 쌍안경을 들고 있을 가능성이 충분히 있었다. 그러나 그 보초는 밀턴이 있는 비탈의 맞은 편, 그러니까 로씨들이 들끓고 있는 산들에 온통 신경을 쓰고 있을 터였다.

밀턴은 숙영지 안뜰을 들여다보려고 애썼다. 측면의 높은 담장 때문에 길게 펼쳐진 적막한 안뜰 끝에 텅빈 주랑 현관이 있다는 것밖에는 알 수가 없었다.

그는 자신이 있는 비탈이 시작되는 부분에 위치한 거주 지역을 살펴보려고 몸을 길게 뺐다. 조용하고 황량한 그곳은 활동을 멈춘 거대한 제재소를 제외하고는 온통 농지였다.

밀턴은 무엇을 할지 몰라 한숨을 내쉬었다. 단추를 푼 권총집에 한 손을 대고 있을 뿐 그는 지금 무엇을 할지 몰랐다. 둥근 언덕 너머로 갈대밭이 보였다. 한달음에 달려가 갈대 사이로 마을을 다시 살폈다. 달라진 건 없었다. 다만 굴뚝에서 연기가 더 짙게 뿜어져 나오고 있을 뿐이었다.

마을 쪽으로 좀더 내려가는 것 외에는 달리 방도가 없었다. 산중턱에는 포도밭이 있었고, 포도밭 한 가운데에는 공구 창고가 있었다. 밀턴은 기둥 네 개 위에 지붕을 얹었을 뿐인 그 허름한 창고를 두 번째 목표로 삼기로 했다. 그러나 창고로 향하는 오솔길은 너무 곧고 경사가 급한데다가 숙영지의 탑과 나란해서 밀턴을 망설이게 했다. 결국 그는 오솔길을 포기하고 유향 수지*처럼 빽빽하고 유황처럼 누런 진흙에 발목까지 잠겨가며, 잔가지와 철사 줄들을 헤치면서 줄지어선 포도나무 사이를 통과하여 창고에 도달했다. 그는 지붕을 받치는 기둥들 중 하나에 몸을 숨기자마자 비참하게 혼란스러워하면서 고개를 흔들었다. "이건 내 방식이 아니야." 그는 혼잣말을 했다. "이건 전혀 내 방식이 아니야. 이런 상태로 있는 걸 나처럼 싫어하는 사람을 딱 하나 알지. 아니, 나보다 더 싫어하지. 바로 조르조가 말이야."

그러나 밀턴은 조금 더 내려가자고 스스로를 다독였다. 평지로 이어지는 비경작지와 접한 마지막 포도밭 가장자리에 있는 녹청을 입힌 통이 그의 눈에 들어왔다. 마을의 순찰대가 나타나 도망가야 할 경우를 생각해서라도 좀더 아래쪽으로 내려가는 것이 그에게 유리했다. 그 경우에는 오른편이든 왼편이든 상관없이, 아무튼 비탈을 다시 오르지 않고 옆으로 도망갈 생각이었다. 지나온 비탈은 이제 그에게는 마치 진흙을 씌운 까마득한 벽처럼 보였다.

그는 권총을 쥐고 비탈을 마저 내려왔다. 오솔길에서 참새 한 마리가 날개를 퍼덕이면서 느긋하게 날아갔다. 순간 마을에서 우르르쿵쾅 하는 둔탁하고 넓게 퍼지는 이상한 소리가 메아리쳤다. 카넬리에는 없는 커다란 철강 공장에서나 날 법한 소리였다. 그러나 소리는 그것으로 그만이었다. 마을은 여전히 아무런 동요도 없었다. 숙영지는 직선거리로 100보도 채 되지 않는 거리에 있었다. 완연한 침묵 속에서 밀턴은 벨보 강물이 숙영지 뒤쪽에 쌓여있는 바위에 부딪치며 내는 소리를 들은 거라고 생각했다.

그는 위에서 눈여겨 보았던 그 통 뒤로 가서 쭈그리고 앉아 권총을 한쪽 허벅지 위에 올려놓고는 차가운 시멘트 지지대를 팔로 감싸안았다. 거기서 그는 산토 스테파노로 가는, 크고 작은 구멍이 숭숭 뚫린 도로를 띄엄띄엄 볼 수 있었다. 거대한 제재소는 밀턴이 있는 내리막의 마지막 자락에서 그가 계산했던 것보다 훨씬 더 왼쪽으로 떨어져 있었다. 몹시 유감스러운 일이었다. 급박한 상황이 닥치면 잡동사니 더미들로 인해 훌륭한 임시 피난처가 되고 또한 나중에 미로 같은 탈출로가 되어줄 그 제재소로 숨어들 속셈이었기 때문이다.

밀턴에게 수비대와 트레이조 마을, 그리고 인간 레오에 대한 향수가 아프도록 밀려왔다.

그리곤 오른편에서 끊임없이 이어지는 윙윙대는 소리가 들려왔다. 밀턴은 그쪽에 포도밭이 짧은 급경사를 이루며 집 한 채와 연결된다는 것을 알아챘다. 보이지 않는 굴뚝 환기통에서 연기가 돌돌말린 실타래처럼 피어오르고 하얀 하늘은 이내 그것을 삼켜버리고 있었다.

그는 권총을 움켜쥐었다. 그러나 윙윙대는 소리는 도로의 맨 끝에 위치한 집의 발코니 문이 삐걱거리는 소리일 뿐이었다. 그 집에서 한 여인이 나오더니 벽에 걸쳐둔 도마를 들고 주변은 쳐다보지도 않고 곧장 다시 안으로 들어갔다. 개 짖는 소리, 닭 우는 소리는 물론, 참새 한 마리의 날개짓 소리조차 들리지 않았다.

바로 그 순간, 밀턴은 오른편에서 어떤 검은 그림자의 끝자락이 자신에게 와닿는 것을 곁눈질로 알아차렸다. 그는 통 뒤로 온몸을 둥글게 말고는 그림자의 주인을 향해 권총을 겨누었다. 그러다가 화들짝 놀라면서 금세 권총을 내렸다. 그림자의 주인은 더러워빠진 검은 옷을 입은 노파였다. 20보 정도의 거리에 있던 그 노파는 해가 사라진 하늘 밑에서 말 그대로 그림자 귀신처럼 보였다.

노파는 그에게 무슨 말인가를 하고 있었지만 밀턴은 단지 노파의 자주 빛 얇은 입술의 움직임만 알아볼 수 있었다. 노파의 뒤를 따라 포도밭 가장자리까지 온 암탉 한 마리가 줄지어 선 포도나무 아래의 진흙을 헤집고 있었다. 노파는 치마를 걷어붙이고 포도밭으로 들어와서는 남자들이 신는 부츠를 신은 발로 철벅철벅 진흙 속을 걸어 밀턴이 있는 쪽으로 다가왔다.

노파는 지지대에 이르러 멈춰 섰다. "너는 파르티잔이구나. 우리 포도밭에서 뭘 하는 거야?" 노파가 말했다.

"저를 쳐다보지 마시고 말씀하세요." 밀턴이 낮은 목소리로 말했다. "멀리 허공을 보시면서 말씀하세요. 여기 위쪽까지 군인들이 다니나요?"

"군인들 못 본 지 일주일 됐다."

"조금 더 크게 말씀해주서도 돼요. 보통 몇 명이서 다니나요?"

"대여섯 명이지 뭐." 노파가 하늘을 향해 얼굴을 돌리면서 말했다. "한 번은 큰 뭉텅이로 지나갔어. 모두들 철모를 쓰고 말이야. 하지만 대여섯 명이 붙어다니는 경우가 대부분이야."

"서로 흩어지진 않고요?"

"이번 여름에, 9월까지는 말이지, 우리 과일을 훔치러 오곤 했지. 하지만 9월이 지나고는 더 이상 오지 않았어. 그런데 너는 우리 포도밭에서 뭘 하는 거니?"

"겁내지 마세요."

"겁나지 않아. 나는 너희들 편이야. 장성한 내 조카들 모두 파르티잔으로 가있는데 내가 어떻게 너희들 편이 아닐 수 있겠니? 네가 내 조카들을 알지도 모르겠구나. 모두 스텔라 로싸에 들어가 있는데."

"저는 바돌리아노예요."

"아하, 그렇다면 너는 영국군으로 변장한 사람들 소속이구나. 그런데 왜 너는 방랑자 같은 옷으로 변장했지? 우리 포도밭에서 대체 뭘 하고 있는 거야?"

"마을을 보고 있어요. 탐색하고 있다고요."

노파는 숨이 가빠 허우적댔다. "공격이라도 하려고? 너희들 설마 미친 건 아니겠지? 아직 너무 이른 시간이야!"

"저를 쳐다보지 마세요. 허공을 쳐다보세요."

노파는 하늘을 처다보면서 말했다. "너희들은 다시 뺏기지 않고 확실하게 죽 지킬 수 있는 게 아니면 무엇이든 저지르면 안 돼. 해방된다면야 우리는 더할나위없이 좋겠지만 한 번에 완전히 해방돼야지. 안 그러면 저들이 돌아와서 우리에게 보복하고 말 거야."

"우린 공격할 생각이 눈곱만큼도 없어요."

"지금 생각해보니," 그녀가 말했다. "네가 공격을 준비하려고 왔을 리는 없구나. 너는 바돌리아노인데, 카넬리를 공격한다면 그건 스텔라 로싸일테니까. 카넬리는 스텔라 로싸가 맡고 있지."

"맞아요." 밀턴이 말했다. "부탁 하나만 들어주세요. 제가 어제 저녁부터 아무 것도 못 먹었거든요. 집에 가서서 빵 한 덩이만 주세요. 여기까지 오시느라 다시 진흙을 묻히실 필요도 없어요. 포도밭 초입에서 제게 빵을 던져주시는 걸로 충분해요. 제가 잽싸게 빵을 집을 게요. 걱정 마세요."

종탑에서 열한 시를 알리는 첫 번째 종이 울렸다.

노파는 종이 마저 울릴 때까지 기다렸다가 말했다. "집에 갔다가 돌아오마. 하지만 개한테 하듯이 네게 빵을 던지지는 않겠어. 가서 빵과 라드로 샌드위치를 만들어주마. 너한테 던져서 주면 샌드위치가 공중에서 다 벌어지지 않겠니. 그리고 네가 개도 아니고 말이야. 너희들은 모두 우리 자식이야. 우리는 너희들을 그런 사람들로 생각하고 있어. 우리 곁을 비우고 있는 아이들 대신으로 말이야. 내 두 아들은 러시아에 가 있어. 언제쯤 내게 돌아올지 누가 알겠니. 그런데 너는 아직 내게 여기서, 바로 우리 포도밭에 숨어서 지금 대체 무얼 하고 있는지 내게 말해주지 않는구나."

"저들 중 하나를 기다리고 있어요." 밀턴이 노파를 쳐다보지 않고 대답했다.

노파는 갑자기 턱을 높이 쳐들었다. "여기로 지나간다니?"

"아뇨. 그러니까, 그냥 보고 있는 거예요. 거주 지역 밖으로 한 명 나와 준다면 모두를 위해 좋은 일이지요."

"죽이려고?"

"아뇨. 산 채로 필요해요."

"저들이 죽어야 우리가 잘 지내지."

"알아요. 하지만 죽은 자는 제게 필요 없어요."

"무엇을 하려고?"

"허공을 바라보세요. 포도밭에 관심이 가있는 척 하세요. 제 동료와 교환하려고요. 어제 아침에 제 동료가 붙잡혔는데, 만약 교환을 안 하면..."

"가엾어라. 여기 카넬리 감옥에 있니?"

"알바에 있어요."

"난 알바가 어딘지 알아. 그런데 너는 포로를 잡으려고 왜 여기 카넬리까지 온 거야?"

"제가 알바 출신이거든요."

"알바에는," 노파가 말했다. "한 번도 가본 적은 없지만 어딘지는 알아. 기차를 타고 한 번은 가볼 만도 했었는데."

"걱정 마세요." 밀턴이 말했다. "먹을 걸 제게 주시면 저는 할머니 포도밭에서 사라질 거니까요. 도로 위쪽으로 자리를 옮길 거예요."

"기다려." 노파가 말했다. "먹을 걸 가져다 줄 때까지 기다리렴. 네 말을 들어보니 무시무시한 일을 하려고 하는구나. 그런 일을 뱃속이 꼬르륵거리면서 할 수는 없지."

노파는 벌써 줄지어 선 포도나무를 따라 멀어져 가고 있다. 진흙이 노파의 옷자락 위까지 튀었다. 노파는 돌아보며 그에게 한 번 더 눈길을 던지고 비탈을 내려갔다.

10분, 15분, 20분이 지났지만 노파는 돌아오지 않았다. 밀턴은 노파가 돌아오지 않을 것이라고 결론지었다. 노파는 우연히 밀턴과 부딪히게 되었고 그에게 쓸데없는 이야기를 늘어놓고 나서 거북한 상황에서 발을 뺀 것이라고, 그리고 밀턴에게 그런 자신을 해꼬지할 시간도 의지도 없다는 걸 잘 알고 있는 것이라고 생각했다. 그는 그런 확신으로 자리를 뜰 생각이었다. 단지 어디로 가야할지 알기만 했다면.

그런데 열한 시 반을 알리는 종소리가 울리는 순간에 노파는 굵은 라드 조각을 끼운 커다란 빵을 등 뒤에 숨긴 채 다시 나타났다. 밀턴은 입 크기에 맞게 빵의 두께를 줄이기 위해 힘을 주어 빵을 납작하게 눌러야했다. 그는 우걱우걱 빵을 씹었다. 라드 조각은 매우 두껍고 속이 꽉 차 있어서, 굵은 빵을 뚫고 나서도 두꺼운 라드와 이빨이 거의 부딪히다시피 하는 느낌이 들었다.

"이제 그만 가세요. 감사합니다." 한 입을 베어 문 뒤 그가 말했다.

하지만 노파는 포도나무에 맨 줄을 지탱하는 막대에 기대어 그의 앞에 쭈그리고 앉았다. 밀턴은 끌어올려 실로 묶은 검은색 모직 양말 위로 드러난 노파의 말라빠진 잿빛 허벅지를 보지 않으려고 눈길을 멀리 돌렸다.

"뭐 하시는 거예요? 전 더 이상 아무것도 필요 없는데요."

"그런 말 하긴 아직 일러. 네가 관심을 가질 만한 게 있단다. 내 사위가 너한테 얘기를 하러 나오려고 했지만 그냥 집안에 있으라고, 내가 얘기하겠다고 설득했지."

"뭔데요?"

"우리는 스텔라 로싸에 가있는 우리 조카들의 고참한테 오래 전부터 이 얘기를 해주고 싶었어. 하지만 이제 지금은 너에게 더 요긴할 것 같구나. 너는 지금 당장 급하니까 말이야."

"도대체 뭔데요?"

"네게 필요한 파시스트를 잡을 실마리를 주겠다는 거지."

밀턴은 통 가장자리에 샌드위치를 내려놓았다. "제대로 이해하셨으면 해요. 저는 군인을 찾고 있어요. 민간인 파시스트가 아니고요."

"알아, 그러니가 내가 군인을 일러주겠다는 것 아니니. 하사 관이야."

"하사관이라..." 흥미가 발동한 밀턴은 노파의 말을 따라했다.

"이 하사관이," 노파가 계속했다. "우리 동네로 자주 온단 말이야. 거의 매일 그리고 언제나 혼자 오지. 여자 때문에 오는 거야. 그 여자는 양재사인데 우리 이웃이야. 하지만 불행하게도 우리의 적이지."

"어디 사는데요? 어서 제게 그 집을 가르쳐주세요."

"내가 너한테 그 여자가 우리의 적이라고 했지. 너한테 설명을 좀 하고 싶구나. 우리가 너한테 이렇게 알려주는 것이 그 여자를 괴롭히기 위해서가 아니라 오로지 네가 네 동료를 구하는 걸 도와주기 위해서라는 것을 말이야. 그걸 분명히 해두자꾸나."

"네."

"물론 우리한테, 특히 내 딸한테 한 그 모든 못된 짓거리들이 있지만 말이야. 더러운 여자야. 넌 벌써 알아들었겠지. 지금 하사관과 하는 짓은 예전에 했던 짓에 비하면 아무것도 아니지. 스무 살이 되기도 전에 세 번이나 낙태를 했다면 말 다했지. 카넬리에서, 아니 주변 모든 지역에서 제일 더러운 여자야. 세상을 다 돌아다녀도 그렇게 더러운 여자를 또 찾아볼 수 있을지 모르겠어."

"그런데 어디 사는데요?"

밀턴이 물었지만 노파는 고집스럽게 자신의 이야기를 계속했다. "그 여자가 우리 사위한테 꼬리를 쳤었지. 사위는 이 지역 사람이 아니라 사정도 모르고서는 우리가 아니라 그 여자를 믿으려고만 했었어. 그 여자한테 속지말라고 그렇게 얘기했었는데도 말이야. 하지만 이제는 드디어 알아들었고 내 딸과 전보다 더 잘 지내고 있어. 그 더러운 여자가 우릴 망치려고 하기 전보다 말이지."

"네, 네. 그런데 어디..."

"그 여자는 순전히 악의에서 그랬던 거야. 어쩌면 이 근방에서 자신만이 진짜 더러운 여자라는 사실을 견딜 수 없었기 때문에 저 같은 인간을 하나 거짓으로 지어낸 건지도 모르지. 그러나 어디까지나 지어낸 이야기일 뿐이야."

밀턴은 초조해서 손가락을 떨다가 샌드위치를 통 안으로 떨어뜨렸다. "제게는 댁의 일도 양재사도 전혀 중요하지 않아요. 아시겠어요? 제겐 그 하사관이 중요해요. 그가 그 여자를 자주 찾아오나요?"

"올 수 있을 때마다 매번. 우리는 몇 시간이고 창가에 있어. 그자가 그 여자를 찾아오는 때를 전부 알아차리고 적어둘 수 있도록 말이야. 우리는 그런 식으로 희생을 하고 있지."

"허공을 바라보세요." 밀턴이 말했다. "하사관은 보통 언제 거길 가나요?"

"거의 언제나 저녁에 가. 여섯 시 경에. 하지만 가끔은 점심을 먹고 1시쯤 도착할 때도 있어. 상관들에게 잘 보인 게 틀림없어. 외출이 굉장히 잦고 자유롭더라고. 그 사람처럼 외출이 자유로운 사람은 본 적이 없어."

"하사관이라." 밀턴이 말했다.

"그자가 하사관이라고 알려준 건 내 사위야. 나는 계급을 구별할 줄 모르거든. 만약 그가 너한테 걸려들면 너는 굉장히 조심해야 돼. 그는 아주 단호한 얼굴에, 군복 밑으로도 부푼 근육이 드러나는 놈이거든. 그리고 언제나 권총을 장전한 채 마을을 돌아다녀. 한 번은 내가 그를 마주쳤는데 아카시아 나무들 사이로 숨을 겨를도 없었지. 권총을 이렇게, 주머니에서 반쯤 밖으로 나오도록 쥐고 있더군."

"권총만 가졌던가요?" 밀턴이 물었다. "기관총을 가진 모습은 본 적이 없나요? 그 왜, 총신에 구멍들이 나있는 것 있잖습니까?"

"기관총이 뭔지는 잘 알고 있어. 하지만 그자는 언제나 권총만 갖고 다녀."

밀턴은 저려오기 시작하는 다리를 문지르고는 말했다. "만약 그자가 1시에 지나가지 않으면 6시까지 기다리면 되겠군요. 아니면 내일까지 기다려야 할 수도 있구요."

"오늘 저녁 내로 확실히 지나갈 거야. 1시 경에도 잠깐 빠져나올지 모르지."

"그렇다면 어서 제게 그 집을 가르쳐주세요."

밀턴은 고양이처럼 노파의 옆을 비집고 앉아서 노파의 집게 손가락이 가리키는 방향을 바라보았다. 최근에 외관을 도회적으로 개조한 듯이 보이는 조그마한 시골집이었다. 큰 도로 너머로 20보 정도 떨어진 그 집 앞에는 진흙이 한 뼘 정도 쌓인 작은 안마당이 있었고 대문과 현관문 사이에 매끄럽고 큼지막한 돌 몇 개가 흩어져 놓여 있었다. 뒤쪽으로는 방치된 채소밭이 딸려있었다.

"그자는 저 집에 갈 때 언제나 도로를 지나가나요? 들판을 통해 가지는 않고요? 보니까 숙영지에서 들판을 통해 집 뒤쪽으로 올 수도 있을 것 같은데요."

"언제나 도로를 지나가. 적어도 요즘은. 완전히 진흙투성이가 되어 그 여자의 집에 도착하고 싶진 않을 테니까."

본능적으로 밀턴은 권총을 확인했다. 노파는 보일듯 말듯 아주 조금 뒤로 물러나더니 가쁜 숨을 몰아쉬기 시작했다.

"지금 지나간다는 보장은 없어." 노파가 말했다. "거의 언제나 저녁에 간다고 한 내 말을 기억해라. 그가 매번 거기 가서 머무는 시간도 정확히 말해줄 수 있어. 기껏해야 30분이지. 그 여자는 언제나 준비가 되어있을 테니까. 그 둘은 늘 발정 나 있는 두 마리 개들이지."

"할머니 댁 포도밭 너머에는 뭐가 있나요?"

"조그만 황무지. 보이지?"

"그 다음에는요?"

"아카시아 나무들이 우거져있어. 땅이 저렇게 오르락내리락하지만 않으면 너도 아카시아 나무들 꼭대기를 볼 수 있을 텐데."

"그 다음에는요?"

"큰 도로가 나오지." 길을 눈앞에 그리며 더 잘 묘사하기 위해 노파는 두 눈을 지그시 감았다. "큰 도로가 나와." 노파는 되풀이해 말했다. "아카시아나무들은 바로 도로와 붙어있어."

"좋습니다. 아카시아나무들이 그 집이 있는 곳까지 나 있나요?"

"무슨 뜻인지 모르겠구나."

"제가 아카시아 나무숲의 끝에 가면 그 집 맞은편에 있게 되는 거냐구요?"

"거의 정면이지. 살짝 왼쪽으로 치우쳐있게 될 거야. 네가 아카시아 숲 끄트머리에 가서 자리를 잡는다면 말이지."

"아카시아 나무숲 끄트머리에는 뭐가 있어요?"

"오솔길이 하나 나있어."

"아카시아 나무들과 같은 높이에요?"

"1미터 정도 뛰어내려야 할 거야."

"그 오솔길은 큰 도로로 이어지고요. 맞죠? 오솔길의 반대쪽은 어디로 향하나요? 산꼭대기로 이어지나요?"

"맞아. 우리 산의 꼭대기로 이어져."

"오솔길은 좌우가 막혀있나요 아니면 훤하게 뚫려있나요?"

"좌우가 막혀있기도 하지."

"아카시아나무숲으로 가겠어요." 밀턴이 말했다. "봐서 괜찮으면…" 그러고는 포도나무 줄 아래로 지나갈 준비를 했다.

노파가 그의 어깨를 붙잡았다. "기다려. 만약 일이 잘못되면 어떻게 할 거니? 만약 일이 잘못되면, 너한테 이런 얘기를 한 것이 우리였다고 말할 거니?"

"걱정 마세요. 저는 송장처럼 입을 다물고 있을 거니까요. 하지만 잘 될 거예요."

10

　그는 아카시아 숲의 끝자락을 향해 뱀처럼 소리 없이 미끄러지듯 기어갔다. 타이밍은 기가 막혔다. 위치도 이상적이었다. 밀턴이 기어가면서, 성큼성큼 걷고 있는 하사관을 5초 정도 앞지르고 있었던 것이다. 두 사람이 부딪히는 일은 수학적으로 오솔길이 큰 도로와 만나는 지점에서 일어날 것이었고 하사관은 1제곱센티미터 넓이 만큼의 등을 보이는 것만으로도 자신의 존재 전체를 밀턴에게 드러내줄 것이었다. 아무런 방해만 없다면, 세상이 딱 5초 동안만 멈추어서 오로지 그 두 사람만이 자유롭게 움직이도록 내버려둔다면.

　일은 그가 눈감고도 할 수 있을 정도로 쉬웠다.

　밀턴은 무릎을 구부려 몸을 움츠린 다음 펄쩍 뛰어올라 공중에서 몸을 왼쪽으로 절반쯤 비틀었다. 그러고는 큰 도로와 하늘 전부를 거의 가릴 정도로 너무나도 넓은 하사관의 등 한복판에 권총을 찔렀다. 반동 때문에 하사관의 뒤통수가 거의 밀턴의 입에 부딪힐 뻔 했고, 남자가 무릎을 꿇으며 항복하자 뒤통수는 곧 밀턴의 눈 밑으로 떨어졌다. 밀턴은 그를 일으켜 세운 다음, 다시 한 번 그의 등을 권총으로 쳐서 아카시아 숲 뒤의 오솔길로 함께 숨어들었다. 그러고는 사타구니의 온기가 느껴지는 그의 주머니에서 총을 낚아채어 자신의 주머니에 집

어넣었다. 밀턴은 혐오감을 느끼며 그의 상체를 더듬은 다음
그를 위쪽으로 밀었다.

"머리 뒤로 손을 깍지 껴!"

아카시아 숲을 지나자마자, 마을 방향으로 불그스름한 진흙
을 쌓은 둑이 윤곽을 드러냈다. 둑은 오솔길 위로 마지막 노을
빛을 반사하고 있었다.

"빨리 걸어. 미끄러지지 않게 조심하고. 조금이라도 이상한
행동을 보이면 쏠 거다. 네가 미끄러져도 마찬가지구. 보이지
않을 테지만 난 지금 손에 콜트를 들고 있다. 콜트를 쏘면 몸
에 어떤 구멍이 생기는지 알지?"

남자는 폭이 넓고 신중한 걸음걸이로 걸었다. 길은 이미 오
르막이었고 경사는 점점 가팔라졌다. 남자는 밀턴보다 키는
조금 작았고 덩치는 거의 두 배였다. 그러나 자신의 생각을 그
에게 말해주고 싶어 안달이 난 밀턴은 그 이상 자세히 살펴보
지는 않았다.

"내가 너한테 무슨 짓을 할지 알고 싶겠지." 밀턴은 그에게 말
했다.

하사관은 부들부들 몸을 떨었고 아무 말도 하지 않았다.

"잘 들어. 걸음을 늦추지 말고 내 말을 주의 깊게 잘 들으라
고. 무엇보다도 나는 너를 죽이지는 않을 거야. 알아들었어?
너를 죽이지 않을 거라고. 알바의 네 무리들이 내 동지 하나를
붙잡아갔고 그를 총살하려하고 있어. 그래서 너를 그와 교환

할 작정이야. 서둘러야 해. 그러니까 너는 알바에서 교환될 거란 말이야. 알아들었어? 무슨 말을 좀 해 봐."

그는 대답하지 않았다.

"무슨 말을 좀 해보라니까!"

그는 뻣뻣한 채로 고개는 끄덕이지도 않은 채, 두 번쯤 그래, 라고 중얼댔다.

"그러니까 장난치지 말라고. 너한테 좋을 것 없어. 네가 처신을 똑바로 하면 넌 내일 정오에 알바에서 자유의 몸이 될 거라고. 알아들었어? 말해."

"그래, 그래."

밀턴이 말을 하고 있는 동안, 하사관의 귀는 개들이 멀리서 부르는 소리를 들었을 때 그러듯이 쫙 퍼지면서 너울거렸다.

"만약 내가 너를 쏜다면, 그건 너 스스로 자초했기 때문일 거야. 알아들어?"

"그래, 그래." 그의 고개는 거의 붙박인 듯 뻣뻣하기만 했다. 그러나 눈동자는 사방으로 굴리고 있는 게 틀림없었다.

"바라지 마." 밀턴이 말했다. "너희 순찰대를 마주치길 기대하지 말라구. 왜냐하면 그럴 경우에는 내가 너를 쏠 테니까 말이야. 순찰대가 보이는 순간 나는 너를 쏠 거다. 그러니까 그걸 바라는 건 죽기를 바라는 것과 같은 꼴이 돼. 말 해."

"그래, 그래."

"그래, 그래 말고 다른 말 좀 해봐."

산등성이 아래쪽에서 개가 짖었다. 경계심 때문이 아니라 쾌활함에서 나온 짖음이었다. 그들은 벌써 산비탈의 거의 3분의 1지점에 와있었다.

"그럴 일은 없겠지만," 밀턴이 말했다. "혹시 행인이 지나가면 너는 재빨리 길가 쪽으로 붙어라. 그 사람이 너를 스치는 일조차 없도록 말이야. 그래야 너한테 그 사람을 붙잡고 어떻게 해보겠다는 최악의 생각이 애초에 들지 않겠지. 알아들었어?"

그는 머리를 끄덕였다.

"그건 자신이 죽으러 간다는 걸 아는 사람에게나 들 수 있는 생각이야. 하지만 넌 죽으러 가는 게 아니야. 미끄러지지 않도록 조심해. 나는 로쏘가 아니다. 바돌리아노야. 이 말을 들으니 조금 안심이 되지, 안 그래? 내가 너를 죽이지 않겠다는 말을 이젠 믿고 있기를 바란다. 우리가 아직도 카넬리에 너무 가까이 있고 너희 순찰대와 마주칠 가능성이 여전히 있기 때문에 하는 소리가 아니야. 좀더 멀리 가면 너한테 더 잘 대해 주겠어. 이따가 보면 알 거다. 내 말 들었어? 그러니 떨지 마. 이성적으로 생각해봐. 네가 떨 이유가 뭐가 있어? 등 뒤에 대고 있는 권총 때문에 충격을 받아 그런 거라면 지금쯤이면 그 충격을 극복할 때도 지났잖아. 그런데 너, 산 마르코 부대의 하사관인 거야, 아닌 거야? 오늘 아침에 산 스테파노에서 으스대며 활보하던 인간들 중에 너도 있었지?"

"아니야!"

"목소리 높이지 마. 내겐 중요치 않은 일이야. 그리고 그만 좀 떨어. 뭔가 말 좀 해보라고."

"무슨 말을 하라는 거야?"

"그 말만 해도 낫군."

오솔길은 급하게 오른쪽으로 꺾였고 밀턴은 자신이 잡은 남자의 얼굴을 살펴보기 위해 남자의 옆으로 갔다. 하지만 머리 뒤로 손을 깍지 낀 남자의 팔꿈치가 밀턴의 얼굴 높이에 뻗어있었기 때문에 그리고 걷고 있는 그의 몸이 물결치듯 흔들리는 바람에 밀턴은 단지 그의 회색 눈동자의 희미한 빛과 작고 오똑한 코만을 볼 수 있었을 뿐이었다. 짜증이 나지는 않았다. 사실, 관심도 없었다. 밀턴은 남자를 데려갈 알바의 파시스트 사령부에 아무런 관심이 없는 것처럼 남자의 얼굴에도 관심이 없었다. 그가 진짜 하사관인지조차 관심이 없었다. 특정한 군복을 입고 있는 남자인 것만으로 충분했다. 그러나, 얼마나 대단한 남자인지, 얼마나 대단한 군복인지! 밀턴은 탄탄하고 육중한 그의 몸을 만족스럽게, 거의 부드럽게 찬찬히 살펴보았다. 그러자 밀턴은 처음으로 그 군복이 우호적으로 느껴졌고, 자신이 정해놓은 목표점을 향하여 걷고 있는 남자의 군화조차도 친근하게 느껴졌다. 자신이 얼마나 대단한 교환 화폐를 거머쥐었는지, 이 화폐는 얼마나 대단한 구매력을 보여주는지! 밀턴은 이 남자와 같은 하사관이라면 파시스트 사령부가 조르조를 세 명이라도 팔 것이라고 생각하고 있는 스스로에게 놀랐다. 하지만 그와 동시에, 이 남자가 분명히 사람을 죽인 적이, 정확히 말하자면 분명히 총살을 집행한 적이 있다는 것을 생각하며 또한 소스라쳤다. 그는 사수에 걸맞는 모든 면모를 갖추고 있었다. 그에게 총살 당했을 소년들의 여위고 어린아이 같은 얼굴들이, 어쩌면 가슴뼈가 뱃머리처럼 밖으로 튀어나와 있을지도 모를 그들의 벗은 상체가 밀턴의 눈에 선하게 떠올랐다. 아아, 그것은 모른 체 할 수 없는 엄연한 사실이었다. 그러나 밀턴은 그에게 묻지 않을 작정이었다. 묻는다면 일단 남자는 필사적으로 부정을 할 터였다. 콜트 총으로 압박한다면, 어쩌면 그는 사람을 죽인 것은 맞지만 정규적인 전투 중에 죽인 거라고 고백할지도 몰랐다. 하지만 밀턴의 그러한 질문은 분명히 상황을 복잡하게 만들어 망고로 가는 걸음을 지체시킬 뿐일 터였다. 무엇보다 풀비아에 대해 아는 것이 중요했다. 그것이 절대적인 우선권을 갖고 있었다. 아니, 오로지 그 진실만이 홀로 존재했다.

"순찰대 생각은 머리에서 지워버려." 밀턴은 그에게 거의 최면을 거는 듯한 부드러운 목소리로 말했다. "순찰대가 돌아다니지 않기를 기도해. 나는 너를 죽이지 않을 거다. 너를 보호할 거야. 너한테 손가락 하나도 대지 못하게 할 거다. 우리 쪽에는 파시스트들한테 데인 사람들이 있어. 그들은 너를 두들겨 패고 싶어 하겠지만 결국 너를 가만히 내버려둬야 할 거야. 너는 오로지 한 가지 일에만 필요하니까. 내 말이 믿어지나? 말해 봐."

"그래, 그래."

"너는 어디 출신이야?"

"브레샤."

"너희 중엔 브레샤 출신이 많지. 이름이 뭐야?"

그는 대답하지 않았다.

"나한테 이름을 말하고 싶지 않다? 내가 자랑하고 다닐까봐 겁이 나나? 나는 네 얘기를 절대로 안 할 거야. 지금도, 그리고 20년 후에도. 오늘 일을 자랑하는 일 따위는 절대 안 할 거야. 너도 너만 알고 있으라고."

"알라리코." 하사관이 재빨리 말했다.

"몇 기로 입대했나?"

"23기."

"내 동료와 같은 기수이군. 이점에서도 우연의 일치를 보이는데. 입대하기 전에는 무슨 일을 했어?"

그는 대답하지 않았다.

"학생이었나?"

"무슨, 아니야!"

둑이 급작스럽게 낮아지더니 이제는 거의 사라지고 없었고 오솔길은 아무것도 가려지지 않은 채 산비탈 위로 훤하게 드러났다. 밀턴은 저 아래 카넬리를 흘낏 쳐다보고는 자신이 생각했던 것보다 멀리 와있지 않다는 것을 알았다. 낮아지는 둑 너머로 마을이 떠오르는 발판 위에 있는 것처럼 그의 눈밑으로 올라왔다.

"안쪽으로 들어와. 둑 쪽으로 바짝 붙어서 걸으라고."

또 한 번 심하게 꺾이는 커브길이 나왔지만 밀턴은 이번에는 남자의 얼굴을 다시 살펴보지는 않았다. 오히려 그러지 않겠다는 뜻으로 눈을 내리깔았다.

하사관이 숨을 헐떡였다.

"이제 절반 이상 왔어." 밀턴이 말했다. "기뻐하라구. 구원에 점점 더 가까이 가고 있으니까. 내일 정오에 너는 자유의 몸이 될 거고, 돌아가 우리에게 다시 총부리를 겨누겠지. 그리고 너와 내가 입장이 바뀔지 누가 알겠어? 바로 너와 내가 말이야. 우리가 하고 있는 이 전쟁의 꼬락서니를 봐서는 배제할 수 없는 일이지. 당연히 넌 나를 포로 교환으로 살려 주지는 않겠지, 그렇지?"

"아니, 아니야!" 하사관은 숨이 넘어가게 말했다. 부정이라기보다 애걸이었다.

"그렇게 기겁할 필요없어. 내가 널 나보다 더 잔인한 사람으로 간주하는 건 아니야. 각자가 상대방에게서 최대한의 것을 얻어가는 거야. 나는 포로교환을 얻어갈 거고, 너는 내 목숨을 가져가겠지. 그럼 우린 완전히 비기는 거야. 그러니까..."

"아니, 아니야!" 그가 되풀이했다.

"그만 두자. 정신을 딴 데로 돌리려고 농담한 거야. 지금을 생각하자고. 나는 너를 보호할 거라고 말했다. 우리가 도착하자마자 네게 먹을 것과 마실 것을 줄게. 담배도 한 갑 선물로 줄게. 영국 담배. 너한테는 새로운 거겠지. 면도할 것도 줄게. 나는 네가 말쑥한 모습으로 알바 사령부로 가길 바라. 알아들었지?"

"손 좀 내리게 해줘."

"안 돼."

"꽁꽁 묶인 것처럼 손을 옆구리에 딱 붙이고 있을게."

"안 된다니까. 조금만 더 참으면 편하게 해줄게. 오늘밤에 너는 침대에서 자게될 거야. 우리는 짚단 위에서 자지만 너는 침대에서 자게 될 거야. 내가 손수 문 앞에서 보초를 서겠어. 네가 자는 동안 사람들이 너한테 해코지 못하도록 확실히 해두는 거지. 그리고 내일 아침에는 포로교환을 위해 내 동료들 중에서도 최고들이 우리를 호위할 거야. 내가 최고들을 선택할 거야. 두고 보라고. 나는 너를 함부로 대하고 있지 않아. 말해봐. 내가 너를 함부로 다루고 있어?"

"아니, 아니야."

"내가 고를 최고의 사람들이 어떨지 이따가 보라고. 나는 그들에 비하면 오히려 거친 편이지."

그들은 산마루에 거의 다다랐다. 밀턴은 시계를 흘낏 쳐다보았다. 몇 분만 있으면 두 시였다. 다섯 시까지는 망고에 도착해 있을 것이었다. 그는 저 아래 카넬리를 슬쩍 쳐다보았다. 짧은 현기증이 일었다. 밀턴은 그것이 피로 때문인지 허기 때문인지, 아니면 일을 성공했다는 안도감 때문인지 알 수 없었다.

"너와 나는 이제 된 거야." 그가 말했다.

그 말에 하사관은 뚝하고 멈춰서더니 신음했다.

밀턴은 다시 정신을 차리고 권총을 고쳐 쥐었다. "도대체 뭘 알아들은 거야? 네가 잘못 이해했나본데. 떨지 말라고. 나는 너를 죽이지 않겠다니까. 여기서도 다른 어디에서도 말이야. 나는 너를 절대로 죽이지 않을 거라고. 같은 말을 되풀이하게 만들지 마. 내 말을 믿어? 말해."

"그래, 그래."

"다시 걸어."

그들은 손을 짚어가며 힘겹게 산마루의 공터 위로 올라서서 그곳을 가로지르기 시작했다. 밀턴에게는 그 공터가 아침보다 훨씬 넓게만 느껴졌다. 밀턴은 아침에 보았던 외딴 집도 슬쩍 쳐다보았다. 그 집은 여전히 고요하고 닫혀있고 무관심해보였다. 하사관은 이제 맹목적으로 걷고 있었다. 야생 엉겅퀴들을 피하지도 않고 진흙 속을 성큼성큼 걸어갔다.

"기다려." 밀턴이 말했다.

"싫어." 그가 멈춰서면서 대답했다.

"제발 좀 그만해, 응? 내가 잠시 무슨 생각을 하고 있었는데 말이야, 들어 봐. 우리 쪽 수비대가 있는 마을 하나를 지나가야 할 텐데 당연히 그곳에도 파시스트들에게 원한이 많은 사람들이 있거든. 특히 너희들에게 형제를 잃은 우리 동료 두 명이 있어. 꼭 너희 산 마르코 부대가 그랬다는 건 아니야. 그렇지만 그 동료들은 너의 심장을 파먹으려고 할 거라고. 그러니까 우리는 그 마을은 건너뛸 거야. 마을을 우회해서 내가 아는 협곡으로 지나가는 거지. 그런데 너, 제발 나를..."

그때 하사관이 손가락에서 우두둑하는 끔찍한 소리를 내면서 뒤통수의 깍지를 풀었다. 하얀 하늘에 그의 두 팔이 퍼덕였다. 그렇게 허공에 매달린 그는 꼴사납고 무시무시했다. 남자는 산마루 가장자리를 향해 옆으로 몸을 날리더니, 활처럼 몸을 굽히고 벌써 아래쪽으로 뛰어내리려 하고 있었다.

"안 돼!" 밀턴이 고함쳤다. 동시에 콜트 권총이 발사됐다. 마치 방아쇠를 당긴 건 밀턴의 손가락이 아니라 그 고함소리인 것 같았다.

하사관은 무릎을 굽히고 털썩 주저앉았다. 머리는 납작하게 눌리고 작고 오똑한 코는 하늘에 박은 채, 몸은 완전히 쪼그라들어 더 이상 움직이지 않았다. 밀턴에게는 땅은 온데간데 없고 그 모든 일이 하얀 하늘에 매달린 채 일어나는 것처럼 보였다.

"안 돼!" 밀턴이 고함을 질렀다. 그러고는 남자의 등을 삼키고 있는 커다란 붉은 얼룩을 겨냥하여 다시 총을 쏘았다.

11

지금 막 비가 그쳤다. 거센 바람이 진흙 속에 파묻힌 자갈들을 긁어내어 도로 위로 시내를 이루어 흐르게 만들었다. 빛이 거의 물러간 사방은 회오리바람 때문에 앞이 더욱 보이지 않았다.

두 남자가 20보 정도 되는 거리에서 서로 마주보고 있었다. 상대가 누군지 분간하려고, 그리고 상대방보다 먼저 움직이려고, 그 둘은 손을 권총집에 가까이 둔 채 앞을 뚫어져라 응시하고 있었다. 돛처럼 펄럭이는 보호색 비옷을 입고 외딴 집 모퉁이에서 튀어나온 남자는, 커브 길에서 나와 우뚝 멈춰서서 한 그루 나무처럼 바람에 물결치듯 흔들리며 서 있는 다른 남자를 향해 천천히 권총을 겨누었다.

"가까이 와." 권총을 겨누고 있는 남자가 말했다. "두 손을 높이 들고 손뼉을 쳐. 손뼉을 치란 말야" 그는 자신의 목소리가 바람소리에 묻히지 않도록 더 큰 소리로 반복했다.

"너 파비오 아니야?" 상대가 물었다.

"그럼 너는?" 파비오가 권총을 약간 내리면서 "넌 누구야? 넌.... 밀턴?"

두 사람은 더 이상 1초도 기다릴 수 없다는 듯이 정신없이 서로를 향해 달려갔다.

"여긴 웬일이야?" 트레초* 수비대의 부지휘관인 파비오가 물었다. "이쪽 지역에서 너를 못 본 지 수백 년은 된 것 같아. 우린 산 하나를 사이에 두고 살면서도 서로 만나지 못한 채 이렇게 세월이 흐르다니 말이야... 그런데 웬일로 사복차림이야?" 진흙을 온통 뒤집어쓴 밀턴의 옷을 분간해내려고 눈에 힘을 주면서 파비오는 물었다.

"사적인 일로 산토 스테파노에서 오는 길이야."

그들은 바람 때문에 최대한으로 목소리를 높였고 상대방이 되묻지 않도록 일부러 자주 반복해 말했다.

"오늘 아침에 산토 스테파노에 산 마르코 부대가 있었어."

"그 소릴 지금 나한테 하는 거야? 목숨을 건지려고 죽을동살동 벨보 강을 건너뛴 나한테?"

밀턴의 말을 들은 파비오는 배꼽을 잡고 웃었다. 회오리바람이 그 웃음을 마치 깃털처럼 소용돌이쳐 휘감아 올리며 순식간에 저 멀리로 날려버렸다.

"혹시 무기 없는 사람 있어, 파비오?"

"무기 없는 사람 없는 부대도 있나?"

"그렇다면 이걸 줘." 밀턴이 하사관의 베레타 총을 그에게 내밀었다.

"그러지. 그런데 왜 총을 줘버리는 거야?"

"총이 또 생겨서."

파비오는 권총을 손바닥에 놓고 무게를 달아보고는 자신의 총과 비교했다. "이 총 정말 멋진데. 내 것보다 신형이야. 밝은 데서 다시 살펴봐야겠어. 하지만 일단은..." 그는 하사관의 권총을 총집에 찔러 넣고 자신의 권총은 주머니에 스르륵 밀어 넣었다.

"내게 총이 또 생겼거든." 밀턴이 반복해 말했다. "그런데 파비오, 조르조에 대해 뭐 좀 새로운 소식 있어?"

"뭐라고?"

"저 헛간에 들어가서 얘기하자." 밀턴이 길 가에 있는 오두막 집을 가리키며 소리쳤다.

"저기는 절대 안 돼. 안에 옴이 오른 놈 세 명이 있단 말야. 옴이 올랐다고!"

파비오는 바로 옆에 있는 밀턴에게 하는 말이 아니라 길가 도랑에 누워있는 누군가에게 말하듯이 바람에 등을 돌리고 몸을 반쯤 굽힌 채 말했다. "이렇게 바람이 거세지만 않다면 저들이 신음하는 소리가 여기서도 들릴 거야. 욕을 하고 신음을 하고 곰처럼 벽에 등을 대고 몸을 긁고 있어. 나는 저 안에는 더 이상 들어가고 싶지 않아. 저들이 몸을 긁어달라고 난리거든. 나무토막이나 쇠조각을 내밀면서 그걸로 몸을 긁어달라고 난리지. 손톱으로는 더 이상 느껴지지도 않는다는 거야. 5분 전에는 디에고가 나를 거의 목 졸라 죽일 뻔 했다니까. 나한테 쇠빗을 하나 주더니 그걸로 몸을 긁어달라고 하더라고. 당연히 거절했지. 그랬더니 디에고가 달려들어 내 목을 조르더라고."

"조르조 얘기를 하자." 밀턴이 소리쳤다. "네 말은 그가 아직 살아있다는 거야?"

"우리가 아는 건 아무것도 없어. 그게 바로 그가 아직 살아있다는 뜻일 거야. 만약 그를 총살했다면 알바에서 누군가가 와서 우리한테 알렸을 거야."

"악천후 때문에 안 온 것일 수도 있잖아."

"그런 엄청난 소식 때문이라면 누군가 이런 악천후라도 감수했을 거야."

"네 생각에는..." 밀턴이 말을 하려는데 지금까지 분 그 어떤 바람보다 거센 돌풍이 한바탕 일어 그들을 덮쳤다.

"저기, 뒤쪽으로!" 파비오가 고함을 치면서 밀턴의 팔꿈치를 잡고 트레초 입구에 서있는 조그만 봉헌소로 함께 돌진했다.

"네 생각에는," 피신을 하자마자 밀턴이 다시 말을 시작했다. "그가 아직 살아있다는 거지?"

"나는 그렇다고 생각해. 그에 대해 아직 새로운 소식이 없으니까. 그는 아마 재판을 받을 거야. 그의 부모님이 당연히 주교에게 중재를 하게 하겠지. 그럴 경우 재판을 건너뛰는 경우는 없었어."

"언제 그를 재판할 것 같아?"

"그건 모르겠어." 파비오가 대답했다. "우리쪽 사람 하나가 붙잡힌 지 일주일 뒤에 재판을 받긴 했었어. 물론 재판소 밖으로 나오자마자 총살당했긴 하지만 말이야."

"난 확실하게 알아야겠어." 밀턴이 말했다. "파비오 네가 말하는 건 아무것도 확실한 게 없잖아."

파비오는 머리를 내밀어 밀턴에게 거의 이마를 맞대었다. "밀턴 너, 정신이 나간거야? 그럼 내가 어떻게 너한테 확실한 걸 말해줄 수 있겠어? 아님 혹시 내가 포르타 케라스카*를 봉쇄하고 있는 초소에 가서 손에 베레모를 벗어들고…"

밀턴은 그의 말을 자르려고 한 손을 저었지만 파비오는 개의치않고 말을 이었다. "손에 베레모를 벗어들고 '실례합니다만, 파시스트 여러분, 저는 파르티잔인 파비오라고 합니다. 죄송하지만 제 동료인 조르조가 아직 살아있는지 여쭤봐도 될까요?' 라고 말하길 바라는 거야? 너 정신 나갔지, 밀턴? 그런데, 조르조에 대해 알아보려고 여기까지 온 거야?"

"물론이지. 너희가 알바에 더 가까이 있잖아."

"이젠 어떻게 할 건데? 트레이조로 돌아갈 거야?"

"너희 숙소에서 자려고. 내일 알바에 접근해서 아이를 들여보내 소식을 알아보려고 해."

"그래, 여기서 자고 가."

"하지만 보초를 서고 싶지는 않아. 난 오늘 새벽 네 시부터 돌아다니고 있는데다가 어제도 하루 종일 걸었거든."

"아무도 너한테 보초를 서라고 하지 않을 거야."

"그럼, 너희들이 어디서 자는지 가르쳐줘."

"우리는 흩어져서 잠을 자." 파비오가 설명했다. "알바가 너무 가까이에 있는데다가 이제는 저들이 밤에도 움직이거든. 흩어져서 자야 저들이 우리를 급습하더라도 피해를 최소한으로 줄일 수 있으니까." 파비오는 봉헌소에서 살짝 몸을 내밀어 물속에서 흔들리는 나뭇가지처럼 바람 속에 흔들리는 팔로 나지막하고 길쭉한 집 한 채를 밀턴에게 가리켰다. 그 집은 어둠 속에서 차례차례 일렁이는 밀밭 너머, 트레이조 위쪽 산의 발치에 자리 잡고 있었다. "끝내주는 헛간이 있어." 파비오가 덧붙여 말했다. "짐승도 많고 모든 창문에 유리창이 붙어 있지."

"네가 보냈다고 하면 돼?"

"그럴 필요 없어. 우리 부대 사람들이 있을 거니까."

"내가 아는 사람이 있어?" 사람들과 함께 있을 생각에 괴로워진 밀턴이 물었다.

파비오는 머릿속으로 한사람씩 떠올려보고는 그 중 나이 많은 마테가 있을 거라고 말해주었다.

어둠이 내리고, 수많은 나무들은 미친 듯이 바람에 흔들리는 소리를 내고 있었다. 오솔길은 거의 보이지 않았지만 밀턴은 굳이 오솔길을 찾으려 하지 않고 종아리까지 진흙을 묻히며 밀밭을 곧장 가로질렀다. 절대로 가까워지지 않는, 유령 같이 어슴푸레한 그 집을 뚫어지게 바라보면서 그는 제자리에서 터벅터벅 걷고 있는 것만 같았다.

진흙투성이의 밭보다 바닥이 약간 더 단단한 마당에 마침내 도착했을 때 그는 멈춰 서서 진흙을 조금이나마 털어내려

고 했다. 트레이조 산의 검은 정면이 그에게 레오를 떠올리게
했다. '그에게 이미 하루를 속인 셈이 됐는데 내일 또 한 번 더
그르게 생겼군. 세상이 무너진다면 얼마나 좋을까. 레오는 얼
마나 화가 나있고 또 얼마나 걱정하고 있을까. 화난 거나 걱
정하는 것은 둘째 치고 나중에 얼마나 나한테 실망할까. 나는
아무 것도 할 수가 없구나. 정말이지 안타깝다. 그는 내게 무
슨 말로 칭찬을 해야 할지 몰라 하기까지 했었는데. 골똘히 생
각하더니 결국 생각해냈었지. 고전적인 말이었는데. 자기 자신
을 포함해서 모두가 정신이 나갔을 때에도 너만은 냉정함과 맑
은 정신을 유지하고 있었다고... 그래서 나보고 대단하다고 그
랬었지.'

그는 씁쓸한 기분으로 헛간 문으로 다가가 문을 확 밀어젖혔다.
"에이!" 목소리 하나가 들려왔다. "살살 좀 해. 우린 심장이 약
하단 말이야."

그는 헛간의 열기에 목이 턱 막히고 아세틸렌*의 반사광 때
문에 눈이 부셔서 문지방에서 우뚝 멈춰 섰다.

"너는 밀턴이잖아!" 같은 목소리가 말했다. 밀턴은 그것이 마
테의 목소리라는 것을 알아챘다. 맨 먼저 그의 눈에 들어온 것
은 마테의 굵은 윤곽선과 부드러운 눈이었다.

커다란 헛간은 들보에 매달아 놓은 두 개의 카바이드 램프
불빛으로 밝혀져 있었다. 여섯 마리의 황소가 여물통에 붙어
서있었고, 양 우리 안에는 열 마리 남짓 되는 양들이 들어있

었다. 마테는 헛간 한 가운데에 있는 짚 꾸러미 위에 앉아있었다. 두 명의 다른 파르티잔들은 여물통 위에 앉아서 가까이 다가오는 황소들의 주둥이를 무릎으로 끊임없이 쫓아내고 있었고 다른 한 사람은 꼴을 넣어두는 뒤주 안에서 자고 있었는데 뒤주의 널빤지 벽에 기대어 쩍 벌린 그의 두 다리만이 덜렁보였다. 부엌으로 통하는 문 앞에는 노파가 아이용 의자에 앉아 실톳대로 실을 잣고 있었다. 노파의 머리카락은 본인이 잣고 있는 실을 갖다붙인 것마냥 서로 흡사해보였다. "안녕하세요, 할머니?" 밀턴이 노파에게 말했다. 노파 옆에는 어린 아이가 자루 위에 무릎을 꿇고 앉아 나무통을 엎어놓고 그 위에서 숙제를 하고 있었다.

마테가 짚 꾸러미를 손으로 탁탁 치면서 옆으로 오라고 밀턴을 불렀다. 그는 쉬는 중이었는데도 모든 무기를 몸에 지니고 있었고 군화 줄조차 풀어놓고 있지 않았다.

"나 때문에 겁 먹은 건 아니겠지." 밀턴이 앉으면서 말했다.

"진짜야. 나는 이미 심장이 약해졌다니까. 심장을 졸이는 이런 일은 잠수부 일보다 못하다고. 네가 문을 대포를 쏜 것처럼 활짝 열어젖혔잖아. 게다가, 네 얼굴이 지금 어떤지 알아? 말 좀 해봐. 얼마나 오랫동안 거울을 못 본 거야?"

밀턴은 손으로 얼굴을 훔쳤다. "너희들 뭐하고 있었어?"

"아무것도 안했어. 5분 전까지는 마노 델 솔다토*를 하다가, 5분 전부터는 나는 여기서 이렇게 생각에 잠겨 있지."

"무슨 생각?"

"이상하게 보이겠지만 독일에 포로로 잡혀있는 우리 형 생각이야. 여기 불꽃 옆에서, 다른 모든 것을 제쳐두고 나는 바로우리 형을 생각하고 있었지. 네가 아는 사람들 중에는 독일에잡혀간 사람 없어?"

"친구 몇 놈과 학교 동기생들이 잡혀갔어. 9월 8일 때문이지?네 형은 그리스나, 유고슬라비아에 가 있었나?"

"무슨 소리," 마테가 말했다. "알렉산드리아에 있었어. 집에서엎어지면 코 닿을 데 있었는데 도망치지 못했어. 우리는 로마에서 트리에스테에서, 별별 곳에서 오는 사람들을 보았지만 알렉산드리아에서 오는 형은 못 보았지. 우리 어머니는 9월 마지막 날까지 문간에서 형을 기다렸어. 상황이 어찌 돌아갔는지누가 알겠어. 형은 아둔한 사람이 전혀 아니야. 우리 형제들 중에서 단연 제일 영리하지. 모든 처세, 모든 배짱을 우리한테 가르쳐준 것도 바로 그 형이야. 그것들은 파르티잔 생활을 하면서 아직도 나한테 쓸모가 있다니까. 뭐, 우리 형 얘기는 접어두고, 내 말은 독일에 붙잡혀간 우리 사람들에 대해 우리가 생각을 좀더 해야 한다는 거야. 너도 그들에 대한 얘기는 한 번도 들어본 적 없지? 그들에 대해 기억하는 사람은 하나도 없어. 하지만 내 말은 그들을 좀더 생각해야 한다는 거야. 그들을 위해서도 우리가 좀더 가속페달을 밟아야한단 말이야. 안그래? 그들은 철조망 뒤에서 무시무시한 생활을 하고, 끔찍한 배고픔에 시달리고 있을 게 틀림없어. 환장할 노릇이지. 단 하루가 그들에게는 중요하고 결정적일 수 있어. 우리가 하루라도 덜 저 상태로 두지 않을 수 있다면, 누군가는 죽지 않을 수도 있고 또 누군가는 미치지 않을 수도 있겠지. 가능한 한 빨리 그들을 돌아오게 해야 해. 그러고 나서 우린 그 동안에 일어난 모든 것을 서로 이야기하겠지. 우리도 그들도. 그들에게는 저항할 수 없었던 일밖에는 이야기거리가 없겠지. 그리고 저항한 일들을 떠벌리는 우리의 이야기를 듣고 있어야 하겠지. 그것만으로도 그들에게는 너무나 슬픈 일이야. 네 생각은 어때, 밀턴?"

"그래, 맞아." 그가 대답했다. "그런데 나는 독일에 붙잡혀간 사람들보다 훨씬 더 못한 어떤 사람을 생각하고 있었어. 아직 살아있다면 그는 차라리 독일편을 들 거야. 그에게는 차라리 독일이 산소 같을 거야. 조르조 얘기 들었어?"

"비단 파자마의 그 조르조?"

"왜 그를 비단 파자마라고 부르는데?" 리카르도가 끼어들었다. 여물통에 걸터앉은 두 사람 중 하나였다.

"설명해주지 마." 밀턴이 쉿 하며 마테에게 말했다.

"네가 신경 쓸 일이 아냐." 마테가 리카르도에게 말했다. 그러고는 밀턴에게 목소리를 낮춰 말했다. "어쩌겠어? 나는 그가 잡혔다는 말을 들었을 때, 짚단 위에서 자려고 비단 파자마를 입던 그의 모습부터 떠오르던걸 뭐."

"저들이 그를 어떻게 할 것 같아?" 밀턴이 물었다.

마테는 눈을 휘둥그레 뜨고 밀턴의 얼굴을 쳐다봤다. "왜, 너는 무슨 생각을 하길래?"

"일단은 그를 재판하겠지."

"아, 그래." 마테가 말했다. "아마 그럴 거야. 아니, 분명히 그럴 거야. 조르조 같은 친구들은 일단 언제나 재판을 하지. 너를 잡아간다 해도 마찬가지일테고. 너한테도 재판을 할 거야. 오히려 조르조보다도 너한테는 더 확실히 그러겠지. 너희들은 대학생이잖아. 너희들은 세련된 물고기이자, 열어볼 만한 멋진 상자잖아. 너희들한테는 재판을 할 거야. 너희들한테는 재판을 하고 싶어 하지. 내 말 알아들어? 반면에 나 같은 사람들한테는, 뒤에 있는 저 두 사람도 마찬가지고 말야, 우리한테는 흥미가 없지. 우리 같은 사람은 잡자마자 벽에 집어 던지고는 아직 몸이 반쯤 공중에 떠 있을 때 벌써 총질을 해대지. 그러나 밀턴, 이런 차이 때문에 내가 너를 유별나게 생각하는 건 아니라는 점은 분명히 해두자고. 당장 죽든가 사흘 뒤에 죽든가, 무슨 차이가 있겠어?"

"파시스트 하느님." 소년이 말했다.

할머니가 실톳대로 겁을 줬다. "또 한 번 그런 소리 했다가는! 파르티잔들 가운데서 참 좋은 거 배운다!"

"이거 못하겠어요." 소년이 노파에게 숙제를 가리키며 말했다.

"한 번 더 해봐. 그러면 할 수 있을 거야. 선생님은 너희가 할 수 없는 것은 숙제로 내주시지 않는단다."

여물통 위의 두 사람 중 다른 하나인 핑코가 말했다. "어제 아침 마네라 분기점에서 붙잡힌 사람에 대해 얘기하는 거야?"

"어제 아침이 아니야." 밀턴이 지적했다. "그저께 아침이야."

"네가 틀렸어." 마테가 밀턴을 슬쩍 쳐다보며 말했다. "어제 아침이었어."

"어쨌든 그 사람 얘기를 하고 있는 거야?" 핑코가 하던 말을 계속 고집했다. "글쎄, 그 사람 붙잡힌 상황이 좀 묘하단 말야."

밀턴이 짚 꾸러미 위에서 몸을 돌렸다. "무슨 소리야?" 그러고는 조르조를 비난하고 있는 저 몹쓸 이방인을 눈이 튀어나올 듯이 뚫어져라 응시했다. 밀턴에게는 그가 풀비아를 직접적으로 모욕하고 있는 것처럼 느껴졌다. "무슨 소릴 하고 싶은 거야?"

"내 말은, 조르조가 블래키처럼 마지막 순간까지 저항하거나 난니처럼 자기 입 속에 바로 총을 넣고 쏘아버리는 타입은 아니었다는 거지."

"안개가 꼈었어." 밀턴이 대답했다. "안개 때문에 그는 이도 저도 아무것도 할 수 없었던 거야. 안개 때문에 상황파악을 할 시간조차 없었단 말이야."

"핑코," 마테가 말했다. "너는 입을 다물 좋은 기회를 놓쳤어. 어제 아침에 얼마나 어마어마한 안개가 끼었었는지 벌써 기억 못하는 거야? 파시스트들은 그와 부딪힌 것처럼 나무나 풀 뜯고 있는 소와도 부딪힐 수 있었어."

"안개 속에서는," 밀턴이 한술 더 떴다. "그게 사람인지 다른 무엇인지 알 수가 없었다고. 단지 어렴풋한 형체만 보일 뿐이었지. 하지만 내 장담하건데, 그는 사나이다웠어. 만약 그가 실제로 할 수만 있었다면 난니처럼 자기 입 속에 총을 넣고 쐈을 거야. 그가 나한테 한 번 증명해보인 적이 있었다고. 작년 10월 얘긴데, 우리 중 그 누구도 아직 파르티잔에 들어오지 않았을 때, 아니 파르티잔이란 것이 무엇인지 반쯤은 미스테리였을 때였지. 그해 10월에 도시가 어땠는지 다들 나만큼 기억하지? 그라치아니 포고문*은 길 모퉁이마다 붙어있지, 독일군들은 사이드카를 타고 여전히 돌아다니지, 골수 파시스트놈들은 다시 고개를 들기 시작하지, 변절한 경찰들 하며..."

"나는," 펑코가 끼어들었다. "나는 그 변절한 경찰들 중 하나를 무장해제시켰지..."

"내 말을 끝까지 들어." 밀턴이 이 사이로 으르렁거리며 말했다.

당시에는 집집마다 청년들을 다락이나 포도주 저장고에 꼭꼭 숨겨 두었다. 잠시 자물쇠를 열어준다해도 가족에 대한 책임감을 운운하면서 집밖으로 나가기만 해도 그건 존속살인이나 진배없다고 호들갑을 떨던 때였다. 그 10월의 어느 날 저녁, 숨어서 갇혀 지내는 것을 더 이상 견디지 못한 밀턴과 조르조는 클레리치 가家 하녀를 첩자 삼아서 극장갈 약속을 잡았다. 극장에서는 비비안 로망스가 나오는 영화를 하고 있었다.

"그 여배우 기억난다." 리카르도가 말했다. "입이 바나나 같이 생겼었지."

"그 영화를 어디서 했는데?" 마테가 꼼꼼하게 물었다. "에덴 극장에서, 아니면 코리노 극장에서?"

"코리노 극장에서. 나는 담배 암거래를 하고 있던 우리 이웃 집에 담배 사러 나간다고 어머니한테 거짓말을 했지. 조르조 도 부모님께 그 비슷한 이야기를 꾸며댔을 거야."

그들은 가장 외딴 갓길을 택해 극장으로 갔었다. 두려움 따 위는 없었지만 마음 가득 양심의 가책을 느끼며 걸었다. 도중 에 고양이 한 마리 마주치지 않았고 무엇보다 폭풍우가 몰려 오고 있어서 그들을 당황하게 했다. 아직 비는 오지 않았지만 번개가 수없이 그리고 너무도 낮게 내리쳐서 매순간 길들이 온통 보랏빛으로 물들었다. 극장에 도착한 그들은 이미 로비에 서부터 극장 안이 거의 텅 비어 있을 거란 것을 알았다. 매표 원이 그들에게 안 된다는 듯 얼굴을 찌푸리면서도 표를 내주 었다. 그들은 극장 2층으로 올라갔다. 안에는 다섯 명의 사람 들이 있었고 모두 비상구 근처에 앉아있었다. 밀턴은 2층 난간 으로 몸을 내밀고 극장 아래층을 슬쩍 내려다보았다. 열다섯 명 쯤 되는 관객들이 있었다. 거의 모두가 신분증도 없고 징병 의 악몽도 없는, 아직 어린 소년들인 것이 분명했다. 찬바람이 들어오고 밖에서 천둥이 시끄럽게 몰아쳤지만 비상구들은 활 짝 열려있었다.

"영화 내용이 뭐였는데?" 리카르도가 물었다.

"그건 중요하지 않아. 다만 제목이 '눈먼 비너스'였다는 것만 말해두지."

영화의 2부가 끝나기 전에 극장 2층에는 그들 둘만 남았었다. 몇 명 안 되던 다른 관객들은 앞서 다 봤던 영화를 또 한 번 보고 있었던 것이었다. 새로 도착한 사람은 아무도 없었다. 밀턴과 조르조는 자리를 옮겨 2층 난간 위에 앉았다. 극장 아래층을 시야에 확보하기 위해서였다. 그것은 1, 2층 간의 일종의 상호 안전과 연대를 위한 것이었다. 갑자기 로비에서 고함치는 소리와 이리저리 뛰어다니는 소리가 들려왔고 아래층의 사람들이 비상구로 돌진했다. "시작이군!" 밀턴이 조르조에게 말했다. "빌어먹을 비비안 로망스 같으니라구!" 밀턴은 비상구로 몸을 날렸지만 문은 밖에서 빗장을 걸어 잠궈 놓은 상태였다. 어깨로 문을 힘껏 밀어보았지만 겨우 흔들리기만 할 뿐이었다. 아래층에서는 난리법석이 일어나기 시작했다. 아니, 점점 소동이 커지고 있었다. 사람들은 고함을 지르고 뛰어다니고 문을 쾅쾅 두드리고 머리로 벽을 들이받았다. "2층으로 올라온다!" 밀턴이 조르조에게 소리치고는 일반 출입구를 향해 내달았다. 밀턴은 그들을 앞질러 계단 위로 간 다음, 바깥쪽 발코니로 나가 4미터 아래 뒤뜰로 뛰어내릴 요량이었다. 그러나 이미 늦었다고, 계단을 네 칸씩 뛰어올라오고 있는 파시스트들의 밥이 될 거라 자포자기하면서도 밀턴은 출입구를 향해 돌진했다. 마구잡이로 돌진하던 밀턴의 눈에 난간 위에 올라탄 조르조가 이미 허공으로 몸을 기울이고 있는 것이 보였다.

"너희들 중 코리노 극장에 가 본 적이 있는 사람은 알겠지만 2층과 1층 사이의 높이가 10미터는 족히 된다구. 그런데도 조르조는 아래층의 그 철제 의자들 위로 몸을 박살내려하고 있었어. '안 돼!' 하고 나는 그에게 소리쳤지. 하지만 그는 대답도 하지 않았어. 나를 쳐다보지조차 않았지. 조르조는 파시스트들이 들이닥칠 순간을 포착하려고 문을 뚫어지게 보고 있었어. 그런데 한순간에 아래층에서는 모든 게 잠잠해지는 거야. 아무 일도, 내 말은, 파시스트는 애초에 그 모습조차 보인 적이 없었다는 거지. 겨우 매표소에 좀도둑이 든 것뿐이었어. 매표원이 소리를 질렀고 극장의 잡역부들이 달려왔고 뭐, 그랬던 거였어. 그것도 모르고 모두가 파시스트들이 잡으러 온 줄 알고 지레 겁을 먹었던 거야. 하지만 엄연한 사실은 남아있지. 증거 말이야. 파시스트의 얼굴을 보자마자 조르조는 곧바로 죽으러 뛰어내렸을 거란 사실이지."

잠시 침묵이 흐르고 나서 마테가 말했다. "조르조는 스스로 목숨을 단축시키고 있을 거야. 만약 그들이 벌써 그의 목숨을 그렇게 만들지 않았다면 말이지. 나는 감방에 있는 그가 눈에 훤히 보여. 자신에게 일어났던 일을 돌이켜보면서 분노와 절망으로 벽에 머리를 찧어 박살내고 말 사람이지"

다시 침묵이 흐르고 나서 소년이 노파에게 말했다. "소용없어요. 저는 이 작문 숙제를 못하겠어요."

노파는 한숨을 내쉬고서 파르티잔들을 향해 말했다. "너희들 중에 선생님 좀 해 줄 사람은 없는 게야?"

마테가 밀턴을 가리켰고 밀턴은 기계적으로 짚더미에서 몸을 일으켜 소년에게 다가가 몸을 숙였다.

"저 친구는 선생님 이상이에요." 마테가 노파에게 속삭였다. "거의 교수급이죠. 대학에서 온 친구란 말이에요."

그러자 노파가 말했다. "훌륭하신 분이 이 저주받은 전쟁 때문에 여기 이런 누추한 곳까지 오셨구먼."

"주제가 뭐니?" 밀턴이 물었다.

"나무는 우리의 친구..." 소년이 더듬더듬 읽었다.

밀턴은 얼굴을 찌푸리며 몸을 일으켜 세웠다. "난 할 줄 몰라. 미안하지만 너를 도와줄 수가 없어."

그러자 소년은 "선생님이라면서요.... 어휴, 파시스트 하느님! 도와줄 수 없으면 왜 온 거예요?"

"나는.... 주제가 다른 건 줄 알았지."

밀턴은 헛간의 한쪽 구석으로 가서 짚 꾸러미를 발로 툭툭 차서 풀어헤치기 시작했다. 그는 잠을 자야했다. 그는 10분 안에 곯아떨어지기를 바랐다. 그 하사관이 그의 마음을 괴롭히지는 않았다. 하사관은 저 혼자 죽은 것이었고 그와는 아무런 상관이 없었다. 게다가 그는 하사관의 얼굴조차 제대로 보지 않았었다. 자지 못하면 끝장이었다. 그의 몸은 너무나 쇠약해지고 흐느적거리고 완전히 기진맥진해 있었다. 그는 자신이 나뭇잎보다도 더 얇은 것처럼, 그것도 마치 물에 젖은 나뭇잎처럼 느껴졌다.

계속 여물통 위에 쭈그리고 앉아 있던 리카르도가 큰 소리로 말했다.

"마테, 정확히 나이가 몇이야?"

"많아." 마테가 대답했다. "스물다섯."

"많긴 많군. 거의 곯았구만."

"바보같이!" 마테가 말했다. "그런 뜻으로 말한 게 아냐. 내가 산전수전 다 겪었다는 뜻이었어. 사람 죽는 걸 너무 많이 봤지. 인내심이 부족한 탓에 죽고, 여자 때문에 죽고, 담배 때문에도 죽고, 파르티잔을 한답시고 거들먹거리다 죽고."

밀턴은 짚더미 위에서 몸을 꿈틀댔다. 여전히 두 손을 눈에 갖다 댄 채였다. '내일. 아, 내일 나는 뭘 하지? 포로를 잡으러 또 어디로 간단 말인가? 하지만 다 틀렸어. 하사관이 죽은 뒤, 모든 것이 끝장났어. 그런 기회는 딱 한 번 밖에 오지 않는 거야. 도대체 그 바보 같은 녀석은...! 누군가 그의 시체를 발견했을까? 어쩌면 여전히 저 위 어둠 속, 죽은 그 자리에 혼자 그대로 있을지도 모르지. 도대체 왜, 왜? 순찰 범위 안에서는 꼬드기다가도 일단 멀리 벗어나면 내가 자신을 죽일 거라고 생각했던 거야, 그 자식... 바보 같은 녀석! 아아, 또 어디서 포로를 찾아다닐 거라는 계획도 없이... 나는 내일을 어떻게 보내야 한단 말인가?'

밀턴은 두 손으로 귀 부분을 틀어막고 있긴 했지만 다른 사람들이 하는 이야기가 잘 들렸고 그 때문에 끔찍하게 괴로웠다.

핑코가 병이 든 늙은 여선생을 대신하기 위해 새로 부임한 마을의 젊은 여선생에 대한 이야기를 꺼내고 있었다. 핑코도, 리카르도도 그녀를 좋아했다.

"그 불쌍한 여선생은 가만 내버려 두라고들." 노파가 말했다.

"왜요? 우린 그녀에게 나쁜 짓을 하려는 게 아니라고요. 그녀에게 좋은 일을 하려는 거란 말이에요." 그러고 나서 핑코는 웃었다.

"두고 봐," 노파가 말했다. "이런 짓들이 끝에 가서 어떻게 되는지, 두고 보라고들."

"두고보자는 사람 안 무서운 거 몰라요?" 리카르도가 말했다. "두고 보기엔 우린 아직 너무 젊다구요."

"여선생들은 말이야..." 마테가 말했다. "너희들, 여선생들을 조심해야 해. 대부분 파시즘에 심취한 족속들이니까. 총통이 그녀들에게 무슨 짓을 했는지는 모르겠지만 그녀들 중 십중팔구는 파시스트야. 대표적인 사례를 하나 대줄까?"

"그럼 어서 얘기해 봐."

"손톱 끝까지 파시스트인 여자인데," 마테가 계속했다. "무솔리니의 자식을 낳기를 꿈꾸는 여자들 중 하나였어. 게다가 그 돼지 같은 그라치아니에게 반해있었지."

"잠깐만," 핑코가 말했다. "젊고 예뻤어? 우선 그걸 알아야 한다고."

"삼십 대였고," 마테가 정확히 짚어주었다. "아름다운 여자였지. 좀 덩치가 있고 좀 남자 같았지만 몸매가 좋고 적당한 곳에 살이 있는 여자였어. 무엇보다도 피부가 놀라울 정도였지. 진짜 실크 같았다니까."

"다행이군." 핑코가 말했다. "만약 늙고 못생겼으면 세상에서 제일 흥미로운 사건이었데도 내가 들을 이유는 없으니까."

"그녀가 우리에 대해 나쁜 소리를 하고 다닌다는 게 알려지자... 잠깐만. 내가 그 당시에는 스텔라 로싸에 있었단 사실을 말하는 걸 잊었군. 우리는 몸바르카로의 산에 있었어. 높은 산이라고 할 수 있지. 막스라는 통제위원 밑에 스페인 전쟁에 참전했었던 알론소라는 수하가 있었어. 알론소는 자신이 무슨 군대표였다고 주장했는데, 그의 계급이 뭐였는지는 모르지만 그가 진짜로 스페인 전쟁에 참전했던 것만은 분명했지. 그가 내뱉는 세 단어 중에 한 단어는 스페인어였으니까. 우리가 스페인어를 알아들을 리는 만무하지만 그가 허세를 부리는 건 아니라는 것쯤은 알 수 있잖아. 그가 스페인 전쟁에 참전했는지 아닌지는 중요하기도 하고 중요하지 않기도 한 거였지만, 정말로 중요한 것은 그가 살인을 하는 부류였다는 거야. 나는 그가 그러는 것을 봤어. 그러나 보지 못했다 하더라도 나는 그가 죽이고 싶어 하고 죽일 줄 아는 자라는 것을 알 수 있었어. 그의 눈을 보면, 손을 보면, 또 입을 보면 누구라도 그것을 알 수 있지."

주위에서 공감을 표하는 웅얼거림이 일었다. 그러고 나서 마테는 말을 이었다. "내가 말한 그 여선생은 우리 베이스캠프로부터 10킬로미터 거리에 있는 벨베데레에 살면서 그곳에서 아이들을 가르치고 있었어. 아무튼 그녀가 우리에 대해 나쁜 소리를 하고 다닌다는 게 알려지자 —그런데 보잘 것 없는 그 바보 같은 여자가 입을 열기만 하면 그게 족족 우리 귀에 다 들어왔거든— 막스가 그녀에게 첫 경고장을 보냈지. 착하고 분별력있는 우리 동료 하나가 그녀에게 경고장을 가져갔는데 그녀는 그의 얼굴에 대고 웃으면서 온갖 모욕을 퍼부었어. 여선생이 어디서 그런 말들을 배웠나 싶을 정도의 상소리를 해댔지. 그나마 상대가 여자라서 참아준 거였어. 그 후, 사람들이 전하기를, 그녀가 광장에서 파시스트들이 밀고 올라와 기관총으로 우리를 모조리 없애버려야 한다고 말했다는 거야. 우린 그 말을 그냥 흘려 넘겼어. 그런데 그 다음번에 그녀가 파시스트들이 화염방사기를 들고 올라와야 한다고, 그래서 우리가 모두 구이가 된 걸 본 뒤에는 죽어도 여한이 없을 거라고 말했다는 소문이 들려왔지. 그러자 막스가 그녀에게 두 번째 경고장을 보냈어. 먼저 번 친구보다 더 거친 사람이 그녀에게 경고장을 가져갔는데 그도 역시 똑같은 대접을 받았지. 그는 마주대고 욕을 하면서 물러났지만 그 자리에서 그녀를 죽이지 않은 게 용할 정도였지. 너희들, 알겠지? 정말 희한한 인간이었어. 좋게 말해 재미있는 인간이라고 할 수 있을지 모르겠지만 그건 남을 안좋게 말할 줄 모르는 사람 얘기지. 암튼 상황은 그렇게 계속되었어. 아니, 악화되었지. 그러던 어느 날, 우리가 벌판에서 돌아오고 있던 저녁이었는데 말야. 우리는 춥고 배고팠어. 그리고 출동 임무의 목적이었던 연료를 한 방울도 찾지 못한 채였지. 그런데 막스가 벨베데레에서 트럭을 세우는 거야. 여선생의 아버지가 문을 열었고 우리가 온 목적을 대번에 알아차린 그는 바닥에 엎어져서는 데굴데굴 굴렀어. 우리는 그를 타넘고 들어갔지. 그는 밑에서 우리의 다리를 감아 잡으려고 난리였어. 그의 부인도 와서는 우리 앞에 무릎을 꿇었어. 그녀는 우리가 무조건 옳다면서 빌었지. 우리가 딸을 죽이지 않도록 말야."

노파가 일어서더니 손자에게 말했다. "자, 어서. 자러갈 시간이야."

"싫어요, 싫어요. 전 이야기를 더 듣고 싶어요."

"자러 가야지, 당장!" 그러면서 노파는 실톳대 자루로 부엌문을 가리켰다. 그리고 파르티잔들에게 밤인사를 하고는, "내일 아침에 살아서 일어나길 바라자꾸나."라고 말했다.

마테는 노파와 손자가 나가기를 기다린 뒤 말을 이었다. "우리가 딸을 죽이지 않도록 말야. 여선생은 그들의 외동딸이었고 그녀가 교사자격증을 딸 때까지 그들은 별별 고생을 다했다는 거야. 어머니는 앞으로는 자신이 책임지고, 다른 건 아무

것도 안 하고, 밥도 안 하고 딸을 감시하겠다고, 어린 아이에게
하듯이 딸의 입을 틀어막겠다고 했어. 정신을 차린 아버지도
자신이 선량한 시민이고 1차 세계대전에서는 훌륭한 군인이었
으며, 조국 이탈리아에 자신이 받은 것 이상으로 끝없이 보답
해왔다고 말했지. 그렇게 그는 우리에게 딸의 잘못된 생각을
만회하려고 자신이 믿을 만한 사람이라는 걸 내세우며 애걸복
걸했지. 그러나 막스는 어쩔 수 없다고, 너무 늦었다고 대답했
어. 막스는 그의 딸에 대해서 신물이 날 정도로 참아주었다고
말했지. 그 순간에 그녀가, 그 여선생이 튀어나오는 거야. 집안
구석 어딘가에 숨어있었던 게 틀림없었어. 하지만 자신의 연
로한 부모님들의 울부짖음을 더 이상 견디지 못했던 거지. 게
다가 그녀는 많은 남자들보다도 더 용기가 있는 여자였어. 그
녀는 모습을 드러내자마자 온갖 모욕들을 토해내기 시작했어.
맨 먼저 그 모욕을 받은 사람은 막스였지. 그녀는 침도 뱉었어.
하지만 여자들이 대부분 그렇듯이 그녀도 침을 뱉을 줄 몰라
서 침이 자신의 티셔츠 위로 떨어졌지. 스페인 사람 알론소가
내 옆에, 그리고 막스 바로 뒤에 있었는데 넌지시 속삭이기 시
작했지. '총살해, 총살해, 총살해.' 시계처럼 또각또각 말이야.
알론소는 막스의 목덜미에 대고 속삭였고 막스는 거의 설득된
것처럼 머리를 끄덕끄덕 하고 있었어. '나를 어디 한번 총살해
봐, 이 흉악한 것들아!' 여선생이 고래고래 소리 질렀어. 살벌한
것과는 거리가 먼 동료 하나가 내게 다가오더니 말했어. '마테,

여기서 저 여자를 죽일 거야. 진짜 죽이고 말거야. 나는 그러고 싶지 않아. 너무 하잖아. 분별력 없는 여자한테는 사실 너무한 거 아냐.' '그렇지,' 내가 대답했지. '그런데 저 빌어먹을 스페인 사람이 계속 저러면서 우리 모두를 몰아대잖아.' '아닌 게 아니라,' 그 동료가 말했어. '막스를 한 번 봐. 이미 완전히 넘어간 게 아닌지 한 번 보라고.' 그러는 동안 졸병 파르티잔 하나가 막스의 앞을 지나 여선생에게로 가서 말했어. '화염방사기로 우리를 죽였으면 좋겠다고 그랬다며? 화염방사기라니, 그 따위 소리는 하는 게 아니지!' 여선생이 그의 얼굴을 똑바로 쳐다보며 비웃었기 때문에 그는 한 걸음 더 나아가서 그녀의 따귀를 때리려고 손을 들었어. 하지만 막스가 그의 손을 공중에서 붙잡고는 말했어. '멈춰, 저 여자에게 본때를 보여주자. 그냥 가르쳐서는 일만 그르치겠어.' '총살해, 총살해.' 이미 확신을 한 알론소가 계속 속삭였지. 그 동료가 다시 나를 향해 말했어. '마테, 나는 저 여자를 총살하는 걸 못 보겠어. 하느님, 맙소사! 어떻게 좀 하자.' 그래서 나는 그에게 알론소가 내게 아무 짓도 못하게 막아달라고 말하고는 앞으로 나섰지. 나는 한 손을 들고 발언을 요청했어. '넌 뭘 원해?' 온통 땀에 젖은 막스가 내게 말했어. '내 생각을 말하고 싶어. 민주적으로 말이야. 그러니까, 위원동지, 나 같으면 저 여자를 총살하지 않겠어. 결국 이성적으로 생각하지 못하는 한낱 여자에 불과하잖아. 벌로, 벌 받아야 할 건 받아야 하니까, 티토* 추종자들이 독일군과

놀아난 슬라브 여자들에게 한 것처럼 저 여자에게도 그렇게 하자는 거지. 머리를 빡빡 깎이잔 말야.' 막스는 눈으로 사람들을 한번 둘러보고 대다수의 사람들이 나와 의견을 같이 한다는 것을, 아니, 오히려 나에게 안도와 감사의 눈길을 던지는 것을 봤지. 하지만 알론소는 분노로 하얗게 질리더니 내 신발에 침을 뱉고서 '라테로!'* 라고 내게 소리쳤어."

"라테로라니, 무슨 말이야?" 핑코가 물었다.

"나도 몰라, 무슨 뜻인지 물어보지도 않았어. 그러나 나는 그 말 때문이 아니라 내 신발 위의, 폐에서 나온 그 더러운 조각 때문에 화가 치밀었지. 나는 그의 가슴을 머리로 받았어. 알론소는 얇은 종잇장처럼 흐느적거리더군. 나는 그에게로 몸을 날리고 그의 얼굴 가죽에 내 신발을 닦았지. 내가 몸을 일으켰을 때 막스는 아무 말도 하지 않았고 여선생은 비웃음을 흘리고 있었지. 알아들어? 비웃음을 흘리고 있었다고. 하지만 막스가 '좋아. 총살시키진 않는다. 모든 걸 고려해봤을 때 총알도 아깝지. 마테가 말한 대로 머리를 빡빡 깎이기로 하지.' 라고 말하자 그제야 웃음을 멈추었어. 그녀는 두 손을 머리에 대더니 곧 손을 떼었어. 빡빡 머리가 된 전율을 벌써 느끼듯이 말야. 폴로라는 이름의 친구가 일을 맡아 여선생의 어머니에게 가위를 달라고 했어. 그 노파는 완전히 넋이 나간 상태였어. 우리가 자신의 딸을 총살시키지 않은 것은 기뻤겠지만 이번엔 그녀의 딸이 당할 모욕에 어안이 벙벙했겠지. 그래서 노파는 폴로의 말을 듣지 않았어. '어서요, 이모.' 폴로가 노파의 옆구리를 치면서 말했어. '머리카락은 다시 자라지만 목숨은 아니잖아요.' 그러는 동안에 사람들이 여선생을 붙잡아 의자 위에 기마자세로 눌러 앉혔어. 치마가 위로 올라가 허벅지 절반이 드러났지. 핑코, 네게는 아마 그 허벅지가 맘에 들었을 거야. 넌 실하고 육감적인 걸 좋아하니까. 꼭 싸이클 선수들 허벅지처럼 튼실한 허벅지를 가졌더군. 폴로는 벌써 가위를 손에 쥐고 있었지만 여선생은 폴로가 일을 할 수 없도록 머리를 격렬하게 흔들어댔어. 결국 폴로는 두 명을 불러 그녀의 머리를 움직이지 못하게 잡고 있도록 해야 했지. 가위가 크고 날이 뭉뚝해서 자르는 데 애를 먹었어. 아무튼 폴로가 머리카락을 자르자 두개골이 드러나기 시작했지. 너희들, 절대로 여자 머리 깎는 데 가있지 마라. 머리통을 절대로 보지 말라고. 상상조차 하지 마. 이 세상에서 제일 못생긴 감자란 말야. 빡빡 깎은 머리통의 인상이 나머지 몸 전체로 퍼져나가지. 그런데 끔찍하긴 해도 머릿속에 콕 박혀 떠나지 않는 자극적인 영상이기도 하거든. 우리 모두는 최면에 걸린 것처럼 꼼짝도 않고 있었어. 여선생은 더 이상 반항하지 않았지만 더 이상 나오지도 않는 쉰 목소리로 여전히 우리를 모욕하고 저주했지. 우리 중 누군가는 몰래 밖으로 나가서 트럭으로 돌아갔지. 여선생은 계속해서 무언가 의미있는 몸짓을, 아니면 그저 괴로운 몸짓을 몇 번 했고 치마는 더욱 위로 올라가서 이제는 스타킹 밴드부분이 드러났어. 막스가 땀을 닦으며 폴로에게 서두르라고 말했어. 폴로는 가위가 안 든다고 불평하면서 그 일을 맡은 것에 대해 저주했지. 그의 손가락은 가위의 압력에 눌려 보라색이 되었어. 여선생은 기진맥진해서 이제는 계집아이처럼 신음소리만 낼 뿐이었지. 소파 위에서 두 손으로 머리를 감싼 채 웅크리고 앉아있던 여선생의 아버지는 아무 말 없이 손가락 사이로 바닥에한줌 한줌 떨어지는 딸의 머리카락을 바라보았지. 그녀의 어머니는 성모 그림 앞에 무릎을 꿇고 앉아 기도하고 있었어. 더이상 무슨 말을 중얼거리지도, 울지도 않더군. 여선생의 머리는 차마 눈뜨고 볼 수 없었지. 우리들 대부분이 슬그머니 나가버렸어. 나도 밖으로 나갔어. 그런데, 밖으로 먼저 나갔던 놈들이 어떡하고 있었는 줄 알아? 도로 가장자리에 줄지어 서서 마을을 등지고서 골짜기를 바라보고 있더라고. 이미 어두웠지만나는 그들이 하는 짓거리를 잘 볼 수 있었지.

"뭘 하고 있었는데?" 핑코가 물었다.

리카르도가 그에게 딱 하고 손가락을 튕겼다. 마테는 핑코의얼굴을 보며 눈을 부릅 떴다.

"뭘 하고 있었는지 말해줘." 핑코가 되풀이했다.

"엄청 점잔빼는군, 핑코. 하지만 그래봤자 소용없어. 내 말 들어, 핑코. 빵이나 드셔."

긴 침묵이 이어졌다. 온기는 줄어들면서 흩어지고 있었다. 대부분의 짐승들은 잠이 들어 약하게 숨을 내쉬었다. 이윽고 리카르도가 말했다. 그는 핑코를 향해 들릴락 말락하게 속삭였다. "나는 신념이 하나 있지. 전쟁 중이 아니면 죽이지 않는다는 거야. 만약 내가 냉정하게 사람을 죽인다면 나도 똑같은 식으로 죽임을 당하고 말거야. 이게 바로 내 유일한 신념이지."

그러고 나서, 바깥세상이 온통 길게 진동하는 것이 느껴졌다. 다음 순간 빗물이 지붕을 후두둑 후두둑 때리더니 순식간에 억수같이 퍼붓기 시작했다. 마테는 흡족한 듯 노인처럼 두 손을 비볐다. 잠을 자려고 누우면서 그는 짚 위에 엎드린 밀턴을 흘깃 쳐다보았다. 밀턴은 이미 잠들어 있었다. 비록 온몸마디마디를 떨면서 손발로 짚을 호미질하고는 있었지만.

사실, 밀턴은 자고 있지 않았다. 풀비아의 빌라를 지키고 있던 여자 관리인에 대해 다시 생각하고 있었다. 그는 정신이 혼미해짐을 느꼈다. '하지만 혹시 내가 완전히 실수한 거라면? 내가 과장한 것은 아니었던가? 내가 제대로 이해했나, 제대로 해석한 건가? 난 정신이 혼미하다. 하지만 다시 집중해야만 해. 관리인이 뭐라고 했지? 풀비아와 조르조에 대해 정말 그 말을 했나? 혹시 내가 꿈을 꾼 건 아닐까? 아니, 아니다. 관리인은 그 말을 했어. 이런 말도 했고 또 저런 말도 했지. 그녀가 그 말을 할 때 생겼던 입가의 주름이 지금도 눈에 선하게 보이는데. 자, 그렇다면 혹시 내가 잘못 이해한 것은 아닐까? 그녀의 말에 내가 혹시 다른 의미를 부여한 것은 아닐까? 아니야, 의미는 바로 그것이었어. 그것이 가능성 있는 유일한 의미였어.

어떤... 특정한... 친밀한... 관계. 잠깐, 그런데 관리인이 스스로 거기까지 말한 건가, 아니면 내가 그녀를 거기까지 말하게 만든 건가? 내가 너무 지나쳤던 건 아닌가? 아니, 아니다. 그녀는 분명하게 말했고 나는 제대로 이해한 거다. 하지만 그녀는 왜 내가 알기를 바란 거지? 보통 이런 일은 당사자들에게는 함구하는 법인데. 그녀는 내가 풀비아를 사랑했고 또 사랑하고 있다는 것을 알고 있었어. 다른 사람도 아닌 그녀가 그것을 몰랐을 리가 없어. 내가 풀비아를 사랑한다는 건 빌라를 지키던 개도 알고 담벼락도 알고 앵두나무의 잎들도 알고 있었는데 말이야. 하물며 그녀가, 내가 풀비아에게 한 이야기들의 적어도 절반을 들었을 그녀가 그걸 몰랐을 리 없어. 그렇다면 그녀는 내가 환상에서 깨어나 눈을 뜨고 이제 그만 마음을 편히 가지길 바랐던 것일까? 왜? 호감 때문에? 물론 그녀는 나에 대해 약간의 호감을 갖고 있었지. 하지만 호감만으로 그런 얘기를 해 준단 말인가? 그녀는 자신의 그 말들이 총검처럼 나를 관통한다는 것을 알았어야 했다. 갑작스럽게 그럴 만한 무슨 필요성이 있었던 것인가? 어쩌면 그 순간이 적당한 때라고, 나한테 덜 위험한 순간이라고 생각한 건지도 모른다. 그녀는 내가 소년에 불과했을 때에는 그것을 얘기해주려 하지 않았지. 하지만 나를 다시 보게 되면서, 내가 이미 남자가 되었고 전쟁이 나를 남자로 만들었고 이제는 내가 견딜 수 있을 거라고 생각했음에 틀림없다... 아아, 그래. 잘도 견뎠군. 정말이지, 벌거벗은 어린아이처럼 아무런 방어도 하지 못한 채 나를 관통하는 고통을 견뎌야 했지. 나는 그녀가 진지하게, 진정성을 가지고 말한 것이기를 바라고 싶다. 그저 의미 없이 대략적으로 한 몇몇 말들 위에 내가 의심과 번민의 세계를 건설하도록 만든 것이 아니기를. 그런데 바로 그렇게, 어쩌면 풀비아는 그저 의미 없는 몇몇 말들 위에 내가 사랑의 세계를 건설하게 만든 것인지도 모른다... 그만, 그만, 그만하자. 나는 내일 무엇을 할지, 어디로 갈지, 무엇을 해결해야 할지 몰라 괴로웠지만 이제는 그렇지 않다. 내일 무엇을 할지 알겠어. 풀비아의 집으로 되돌아가 관리인을 다시 만나는 거다. 나에게 했던 말을 순서대로 정확히 다시 반복하게 하는 거다. 그러는 내내 나는 눈을 깜빡이지도 않고서 그녀의 두 눈을 보고 있겠어. 그녀는 내게 모든 것을 다시 말해야 할 거고, 거기에 더해 지난번에 내게 말하지 않았던 것들도 말해야 할 거다.'

12

오전 아홉 시 정각이었다. 하늘은 온통 흰 양떼 같은 구름으
로 덮여있고, 군데군데 회색금속 빛깔의 틈이 벌어져 있었다.
그리고 그 틈들 중 하나에, 길게 빨아먹은 캐러멜 같은 투명한
조각달이 있었다. 그런 하늘의 제일 아래층은 곧 떨어질 비로
무겁게 짓눌리고 있음이 역력했다. 하지만 첫 폭우가 쏟아지기
도 전에 일은 끝이 날 거라고 중위는 생각했다.

중위는 알라리코 로쪼니* 하사의 빈소로 꾸미고 있는 하사관
저를 지나 안뜰 가운데로 갔다. 그 곳에서 중위는 조사를 맡
은 하사에게 고개를 끄덕였다.

"벨리니와 리초가 안뜰에 있으면," 하사의 인사를 받고난 중
위가 말했다.

"벨리니는 밖에 나갔습니다. 사역반과 함께 도축장으로요."

그렇다면 더 어린 리초가 먼저겠군. 둘 다 아직 열다섯 살도
되지 않은 건 마찬가지지만, 하고 중위는 생각했다.

"리초를 내게 데려와."

"주방이나 지하실 어딘가에 있을 겁니다. 혹시 누가 걔를 봤
는지 물어보겠습니다." 하사가 말했다.

"소문낼 필요 없어. 네가 직접 그를 찾아. 안뜰에... 하적할 게
있다고 해."

하사는 이마를 찌푸리고 장교를 좀 다르게 쳐다봤다. 둘 다 마르케 주州 출신이었기 때문에 하사는 중위에게 최소한의 속마음을 털어놓을 수는 있었다. 중위는 그에게 말해도 좋다고 눈으로 대답했다. 그러자 하사는 곁눈질로 사령부 창문을 슬쩍 쳐다보고는 말했다. "나도 로쬬니의 원수를 갚는데 동의해. 내가 그의 원수를 갚고 싶어 하지 않는다면 말도 안 되지. 하지만 저 산에서 제멋대로 활보하고 다니는 거만한 거물급 개자식들 중 하나에게 복수를 하고 싶단 말야..."

"어쩔 수 없어."

"그 둘은 어린 소년들이라고. 그 둘은 심부름꾼이었어. 놀이를 하는 줄로 알았던 어린 소년들일 뿐이야."

"어쩔 수 없어." 중위가 되풀이했다. "사령관이 그렇게 명령했으니까."

하사는 주방 쪽으로 갔다. 중위는 장갑을 휙 잡아당겨 벗었다가 천천히 다시 꼈다. 그는 아무 말도 하지 않았었다. 사르데냐 출신의 대위가 입을 떼지 않았기 때문이기도 했다. 둘 다 발뒤꿈치를 척 붙였었다. "창녀 하나 때문에 죽임을 당했어." 사령관이 그렇게 말했다. "동정할 가치도 없지. 하지만 복수는 해야지. 그것도 즉시! 지금 내 수중에 있는 적들에게 복수하는 거다. 어떻게 죽었든 간에, 내 병사가 죽으면 그 원수는 반드시 갚는다." 그 말에 두 사람은 뒤꿈치를 척 붙였었다. 하지만 임무를 떠맡은 건 중위였다. 사르데냐 출신의 대위는 오후에 카넬리 시 전체에 붙일 전단을 작성한다며 위층에 남았다.

부대의 마스코트인 이리 사냥개가 주둥이를 땅에 스치면서 측대보*로 안뜰을 가로질러 갔다. 중위는 진흙 속을 또각또각 걸어오는 리초의 발소리를 듣고 이리 사냥개의 걸음을 눈으로 좇는 것을 멈추었다. 리초는 위장복 반바지에 배급식을 뚝뚝 흘린 자국과 땀 얼룩이 묻은, 누더기가 다 된 티셔츠를 입고 있었다. 머리카락은 아주 길어서 뒤쪽으로 묶었는데 미친 듯이 머리를 긁지 않고는 한 순간도 지나치질 않았다.

"차려 자세로 있어" 하사가 리초에게 말했다.

"그냥 둬." 중위가 나지막이 말했다. 그러고는 리초에게 "나와 함께 안뜰을 좀 걷지."라고 했다.

"그런데 중위님, 내려 놓을 짐은 어디 있나요?" 소년이 손바닥에 침을 퉤하고 뱉으며 물었다.

"짐은 없어." 중위가 목구멍에서 겨우 올라오는 소리로 말했다.

몇 걸음 안 가 중위는 리초의 턱이 부어오른 것을 알아차렸다. "맞았나?"

영악하고 순종적인 리초의 눈에 고통스럽고도 재미있다는 듯한 한줄기 섬광이 스쳤다. "맞기는요," 리초가 대답했다. "많이 부푼 것 같긴 한데 치통일 뿐이에요. 아이고, 사람들이 나를 때리지 않았어요. 오히려 제게 진통제를 준 걸요."

"아프냐?"

"이제 거의 안 아파요. 진통제가 듣기 시작하나 봐요."

안뜰에는 그 둘과 지금은 뛰어다니는 마스코트 개를 제외하고는 텅 비어 있었다. 개는 주둥이를 여전히 땅에, 급류가 흐르는 시내 쪽의 담장 가까이에 대고 있었다. 중위는 그 담장 뒤로 하사가 오고 있다는 것을 알고 있었다. 벌써 도착해 있을 수도 있었다.

"그런데 내려 놓을 짐은 어디 있어요?" 리초가 다시 물었다.

"짐은 없어." 중위가 이번에는 분명한 목소리로 대답했다.

군인 세 명이 주랑현관에서 나와, 머스켓 총을 수평으로 쥔 채 리초의 등 뒤에서 다가오고 있었다.

"참, 그런데 아저씨들은 저와 벨리니를 한 번도 외출시켜 준 적이 없었잖아요." 리초가 이마를 긁적이며 말했다.

"내 말 잘 들어." 중위가 말했다.

리초는 주의를 모았지만 이내, 그의 등 뒤에 와서 멈춰선 세 명의 군인들을 향해 홱하고 몸을 돌렸다.

"그런데 이 사람들은...?" 리초가 노인같이 찌푸린 얼굴로 묻기 시작했다.

"그래. 너는 이제 그만 가야해." 중위가 황급히 말했다.

"죽는 거예요?"

"그래."

소년은 한 손을 가슴에 갖다 댔다. "나를 총살하는 거군요. 대체 왜요?"

"네가 사형선고를 받았던 것 기억하지? 물론 기억할 거야. 오늘, 형을 집행하라는 명령이 떨어졌다."

리초는 다급하게 말했다. "하지만 저는 아저씨들이 그 선고에 대해서 더 이상 생각조차 하지 않는다고 믿었는데요. 벌써 4개월 전의 일이잖아요."

"불행하게도 지울 수는 없는 일이다." 중위가 말했다.

"그 때 집행하지 않았는데 왜 이제 와서 집행하려는 거예요? 그 선고는 더 이상 아무런 효력이 없는 거잖아요. 그 때 형을 집행하지 않았으니까 취소된 거랑 마찬가지잖아요."

"취소되지 않았어." 중위는 점점 더 부드럽게 말했다. "단지 연기되었던 것뿐이야." 그리고는 리초의 머리 위로 점점 솟아오르는 세 군인의 표정을 찬찬히 훑어보았다. 자신이 이러쿵저러쿵 길게 얘기를 끄는 것을 그들이 탐탁지 않게 여기는지 어떤지를 알아내기 위해서였다. 그는 그 중 한 명이 거북함과 빈정댐 사이를 오가는 표정을 지으며 사령부의 창문들 쪽을 보고 있다는 것을 알았다.

"하지만 저는, 저는 행동을 잘 하고 있었잖아요. 지난 넉 달동안 제가 착하게 굴었잖아요."

"착했지. 정말 그랬어."

"그런데요? 그렇다면 왜 저를 죽이는 거예요?" 아이의 눈꼬리에서 눈물이 솟았다. 눈물 방울은 흘러내리지 않고 한없이 커지고만 있었다. "저는 겨우 열네 살이란 말이에요. 제가 열네 살 밖에 되지 않았다는 건 아저씨들도 다 아시잖아요. 제가 가

엽지도 않으세요? 아니면 혹시 제가 예전에 한 일에 대해 뭔가 새로운 걸 알아낸 거예요? 그렇지만 아저씨들이 알아냈을 수도 있는 그 무언가는 전혀 사실이 아니에요. 저는 나쁜 일은 한 번도 해 본 적이 없다구요. 게다가 나쁜 일을 하는 걸 본 적도 없단 말이에요. 저는 심부름을 했을 뿐이에요. 그것 뿐이었다구요."

"너한테 말해 줘야겠다." 중위가 설명했다. "우리들 중 한 사람이 죽임을 당했어. 너도 알지, 로쪼니 하사. 여기 맞은편 산 위에 있는 너희 편 사람들 중 하나가 그를 죽였어."

"맙소사!" 리초가 중얼거렸다.

"물론," 중위가 말했다. "그를 잡을 수 있다면 좋겠지."

리초는 혀가 완전히 말라서 한 마디도 제대로 뱉어낼 수 없었기 때문에 침을 모으려고 필사적으로 노력했다. 리초는 자신이 재빨리 다시 말을 하지 않으면 중위가 걸으라는 고갯짓을 할 거라는 것을 알고 있었다. 그러기 전에 그는 황급히 말을 이었다. "저도 슬퍼요. 그 하사관 아저씨가 정말 안됐어요. 하지만 제가 여기 들어온 뒤로, 저번에도 몇 사람이 죽었었는데 그때는 저한테 복수를 하지 않았잖아요."

"이번에는 그렇게 됐다."

"폴라치 아저씨가 죽었을 때를 기억하시죠?" 리초가 재빨리 말을 이었다. "저는 그거 뭐더라? 맞아요, 관 받침 만드는 것도 도왔잖아요. 아저씨들은 그런 저를 미워하기는커녕 기특하게 처다보셨잖아요."

"이번에는 그렇게 됐다."

리초는 두 손으로 티셔츠를 쥐어뜯었다. "하지만 저는 아무 상관없잖아요. 저는 겨우 열네 살이고 심부름을 했을 뿐인데요. 솔직히 얘기하면, 제가 붙잡혔던 때가 딱 두 번째로 심부름을 했을 때였어요. 맹세해요. 전 아무 상관없잖아요. 그런데, 명령을, 저에 대한 명령을 누가 내린 건데요?"

"명령을 내릴 수 있는 유일한 사람."

"사령관님이요?" 리초가 말했다. "저는 사령관님을 여러 번 봤어요. 바로 여기 안뜰에서요. 나를 한 번도 흘겨보지 않았단 말이에요. 한 번은 내게 말채찍을 보였지만 그러고는 웃었다구요."

"이번에는 그렇게 됐다." 중위는 세 명의 군인을 쳐다볼 용기도 없이 한숨을 내쉬었다.

"사령관님과 얘기하고 싶어요." 리초가 말했다.

"그럴 수 없단다. 그리고 소용없는 일이야."

"사령관님이 정말로 그렇게 하길 원하는 거예요?"

"물론이지. 여기서는 그가 원하는 모든 것을 하고 그가 원하지 않는 것은 아무 것도 하지 않아."

리초는 소리 없이 울기 시작했다. 그러면서 없는 손수건을 찾아 주머니를 더듬었다.

"하지만 전," 아이가 손가락으로 눈 밑을 훔치면서 말했다.

"전 착하게 굴었잖아요. 아저씨들이 시킨 건 죄다 했잖아요. 청소도 했고 군화도 닦았고 쓰레기도 버렸고 짐도 싣고 내리고... 그런데 언제 죽일 건데요?"

"당장."

"지금요?" 리초는 두 손을 가슴에 다시 갖다 대며 물었다. "안 돼요, 안 돼요. 이건 너무하잖아요. 잠깐만요. 저한테만 그러는 거예요? 벨리니는 아니구요?"

"벨리니한테도 집행할 거야." 중위가 대답했다. "명령에는 벨리니도 포함되어 있어. 도축장에 그를 데리러 갔어."

"불쌍한 벨리니," 리초가 말했다. "그렇다면 그 애를 기다려야 하는 것 아니에요? 걔를 기다릴래요. 그렇게 하면 적어도 둘이 함께 있는 거잖아요."

"명령이라," 중위가 말했다. "기다릴 수가 없어. 더 이상 어쩔 도리가... 어서, 리초! 걸어."

"싫어요." 리초가 조용히 말했다.

"어서, 리초. 용기를 내."

"싫어요. 나는 겨우 열네 살이란 말이에요. 어머니를, 엄마를 봐야겠어요. 싫어요. 이건 너무해요."

중위는 앞에 선 세 명의 군인을 강렬한 눈빛으로 쳐다봤다. 두 명은 아이가 불쌍해서 빨리 끝내고 싶어 하고 나머지 한 명은 빈정댐과 분노 사이를 오가며 자신을 응시하고 있음을 깨달았다. 그가 마치 자신에게 '우리한테는 기껏해야 비꼬는 몇 마디 서두나 던지고 함부로 대하면서 이 꼬마한테는 연민 가득한 사설을 늘어놓는군. 대단한 장교야. 하지만 넌 우리 편이 틀렸고 끝장났다고 벌써부터 생각하는 사람들 중 하나지. 하지만, 우리는? 총통의 군인들인 우리는 돌이나 나무에서 태어났나?'라고 말하는 것 같았다.

"자, 어서!" 중위는 그 세 번째 군인을 쳐다보면서 되풀이했다. 그 군인은 어머니가 하는 행동처럼, 그러나 어머니의 마음과는 정반대로, 리초를 받아 안기라도 하려는 듯이 양팔과 다리를 쩍 벌리고 서 있었다.

"싫어요." 리초는 더욱 더 조용한 목소리로 대답했다. "전 겨우 열 네..."

그러자 중위는 두 눈을 질끈 감고 아이의 어깨를 세게 쳤다. 리초는 그 군인의 무릎 앞에 나가 떨어졌다. 다른 두 명은 마치 뚜껑처럼 아이를 내리 눌렀다. 그 얼키고 설킨 틈바구니 속에서 빙글빙글 매달린 소년의 두 다리 밖에는 보이지 않았다. 고함소리조차 질식해버린 듯 들리지 않았다.

그들은 차량 출입문을 향했고 중위는 무거운 발걸음으로 뒤따랐다. "살인자들! 엄마! 이 사람들이 날 죽여요! 엄마!" 이번엔 모두가 리초의 고함소리를 분명하게 들을 수 있었다.

그 저주받은 차량 출입문까지는 멀게만 느껴졌다. 하지만 하사는 이미 도착해 있음에 틀림없었다. 문이 바깥에서 밀어 반쯤 열려 있었기 때문이었다.

순간 그 얼키고 설킨 몸들 한 가운데에 마치 폭탄이 떨어진 것처럼 사람들이 흩어졌고 잠시 후 텅 빈 공간에서 리초가 거의 반쯤 나체로 나타났다. 아이는 중위를 손가락으로 가리키며 뚫어지게 처다봤다.

"내 몸에 손대지 마!" 소년은 자신을 붙잡으려 다시 달려드는 군인들에게 고함쳤다. "내 스스로 갈 테니. 내 몸에 더 이상 손대지 마. 내 스스로 간다고. 어차피 벨리니도 총살 당한다면 이 저주받은 곳에 내가 혼자 있을 것 같아? 그렇게 있을 순 없지. 단 일 분도 여기 남아있지 않을 거야. 너희에게 나를 총살시켜달라고 사정을 할 거라구. 내게서 멀리 떨어지란 말이야! 내 스스로 간다고."

중위는 소년에게 다가가지 말라고 군인들에게 손짓을 했다. 아닌 게 아니라 리초는 차량 출입문을 향해 스스로 몇 걸음을 뒷걸음질 쳐 다가섰다.

"한 가지 더 있어." 리초가 말했다. "감방에 우리 어머니가 내게 보내주신 케이크가 있어. 겨우 맛만 봤어. 윗부분을 살짝 뜯어먹기만 했어. 벨리니에게 그 케이크를 남겨주고 싶지만 벨리니도 곧 나를 따를 테니까 그걸 이 저주받은 너희들의 감옥에 잡혀오는 첫 번째 파르티잔에게 줘. 너희들 중 누구라도 그걸 먹는다면 재수 옴 붙을 거야."

소년이 급류가 흐르는 시내 쪽으로 나가자 군인들도 따라 나간 다음 문을 다시 닫았다. 중위는 잠시 멈춰 서 있다가 안뜰

중앙을 향해 서둘러 자리를 옮겼다. 그러나 중위는 그곳에도 남아 있고 싶지 않았다. 소년을 향한 총탄이 벽을 뚫고 자신까지 죽일 수 있을 것만 같았다. 그는 장교 식당을 향해 도망치듯 성큼성큼 걸어갔다. 모퉁이에 이르렀을 때 연발 총성이 들려왔다.

아무런 움직임도 일어나지 않은 걸 보면 부대 내에 있는 모두가 사전 통지를 받고 마음의 준비가 되어있었던 게 틀림없었다. 궁금해 하는 소리도, 부르는 소리도, 창문으로 모습을 보이는 사람도 없었다. 카넬리의 웅성대는 소리는 한 순간에 뚝 끊어졌다.

중위는 온통 쭈뼛 선 머리카락을 한 손으로 꾹꾹 누른 뒤, 기진맥진한 상태로 초소로 돌아왔다. 벨리니를 기다리기 위해서였다.

13

그 시각 밀턴은 알바 시 바로 외곽에 솟아있는 산 위에 자리한 풀비아의 빌라를 향해 걷고 있었다. 먼 길의 막바지였다. 빌라가 처음으로 눈에 들어왔던 산봉우리는 이미 그의 등 뒤로 저만큼 멀어져 있었다. 빌라는 비의 장막이 드리워져 그에게는 환영처럼 보였다. 전에 없이 비가 거세게, 수직으로 내리꽂히고 있었다. 길은 끝 모를 웅덩이가 되어 있었다. 밀턴은 급류 속을 헤쳐가듯 그 웅덩이 속을 걸었다. 밭들과 초목은 마치 비에 폭행이라도 당한 것처럼 어지럽게 널브러져 있었다. 비 때문에 귀가 먹먹했다. 밀턴은 산 정상에서 저 아래 계곡으로 몸을 던져 그 속도 그대로, 아니 오히려 가속도를 내며 미끄러져 내려갔다. 그는 진흙이 부풀어오르고 울퉁불퉁 굽이치는 산비탈에서 권총을 배의 키처럼 두 손으로 움켜쥐고 10에서 12미터 정도를 두어 번 뒤로 미끄러졌다. 그렇게 한바탕 미끄러진 다음, 그녀의 집을 다시 보여줄 둥근 언덕의 꼭대기로 올라가기 시작했다. 밀턴은 온힘을 다해 걸음을 재촉하면서, 어린 아이처럼 짧은 보폭으로 종종걸음치면서 나아갔다. 그에게서 기침과 신음이 새어나왔다. '내가 거길 또 뭐 하러 가는 거지? 간밤에는 내가 미쳤던 거야. 열 때문에 제 정신이 아니었던 게 분명해. 밝힐 것도, 깊이 파고들 것도, 지켜낼 것도 없어. 의심의 여지가 없단 말야. 관리인의 말 한마디 한마디, 그것들의 의미, 그 유일한 의미...' 그는 언덕 꼭대기에 다다랐다. 멀리 시선을 두기 전에 그는 빗물이 붙이고 털어내기를 번갈아 했던 머리카락을 이마에서 떼어냈다. 산 위에 높이 선 빌라는 직선거리로 200미터 앞이었다. 빗물의 두터운 장막이 기를 쓰고 흐릿하게 만들어 놓고 있었지만 완전히 추해지고 파괴되고 부패해버린 빌라의 모습이 밀턴의 눈에 들어왔다. 마치 나흘 동안에 백년만큼은 쇠락해버린 듯했다. 벽들은 잿빛이었고, 곰팡이가 핀 지붕에, 주변의 초목은 상하고 흐트러져 있었다.

"간다, 그래도 간다. 달리 뭘 해야 할지도 정말 모르겠고, 아무 것도 하지 않는 채 있을 수는 없으니까. 그리고 또 한 가지, 농부의 아들을 시내로 보내 조르조에 대한 소식을 알아봐야지. 농부의 아들에게... 아들에게 주머니에 남아있을 10리라를 줘야겠어."

밀턴은 비탈을 따라 돌진해 내려갔다. 빌라의 모습은 시야에서 금세 사라졌다. 그는 급류가 흐르는 강변을 미끄러지면서, 다리의 하류 쪽에 이르렀다. 여울목에 있는 바위들은 한 뼘 정도 물속에 잠겨 있었다. 밀턴은 차디찬, 얼 듯이 뻑뻑한 물속에 발목까지 잠기면서 커다란 돌들을 번갈아 디디며 강을 건넜다. 그러고는 나흘 전, 트레이조로 복귀하면서 이반을 앞서서 걸었던 그 길로 들어섰다. 평지에 이르자 밀턴은 맹렬하게 내리는 비에 보조라도 맞추듯이 맹렬하게 걸었다. "지금 내 꼴을 봐. 안이고 밖이고 진흙 범벅이구나. 우리 어머니조차 나를 못 알아보실 거야. 풀비아, 네가 나한테 이러면 안되는 거였잖아. 특히 내 앞에 놓인 일들을 생각했다면. 하지만 내 앞에, 그의 앞에, 그리고 이 나라의 모든 청춘들 앞에 무슨 일이 놓여 있는지 네가 어떻게 알 수 있었겠니. 너는 아무 것도 몰라도 돼. 오직 내가 너를 사랑한다는 사실만 알면 되는 거야. 그러나 나는 내가 너의 마음을 가졌는지를 알아야 한다. 나는 네 생각을 해. 지금도, 이런 상황 속에서조차 나는 너의 생각을 한다. 내가 널 생각하는 걸 그만 둔다면 너는 그 즉시 죽어버린다는 사실, 알고 있니? 하지만 두려워 마. 내가 네 생각을 그만 하는 일은 결코 없을 테니까."

그는 두 눈을 질끈 감고 몸을 굽힌 채, 끝에서 두 번째 등마루를 향해 오르고 있었다. 그 곳에 오르면 몸을 벌떡 일으켜 세우고, 그녀의 집을 두 눈에 가득 담기 위해서 눈을 크게 부릅뜰 작정이었다. 빗방울이 납 구슬처럼 그의 얼굴을 때렸고 그에게 고함을 지르고 싶은 참을 수 없는 욕구가 일곤 했다. 그러다가 정작 자신의 왼쪽으로 30보 정도 떨어진 밭에서 울타리를 등지고 자신에게로 걸어오는 사람의 모습은 보지 못했다. 그는 젊은 농부였는데, 당장이라도 내달리고 싶지만 미끄러질까 염려스러워 감히 그러지 못한다는 듯이, 진흙 속을 까치발을 하고서 몸을 웅크리고는 원숭이처럼 민첩하게 걷고 있었다. 그의 모습은 이내 빗속에 녹아들어 사라졌다.

밀턴은 등마루 꼭대기에 도착했다. 그는 곧 눈을 들어 빌라에 시선을 던졌다. 걸음을 멈추지 않고 있던 터라 그는 첫 번째 내리막에서 거의 넘어질 뻔했다. 균형을 다시 잡으면서 시선을 내렸을 때 그는 앞쪽에 있는 군인들을 보게 되었다. 그는 두 손을 배에 얹은 채 길 한가운데에서 우뚝 멈춰 섰다.

오십 명 남짓 되는 군인들이 밭에 사방으로 흩어져 있었다. 소총을 겨냥하고 있지 않은 자들도 있었지만 그들 모두 비에 젖은 위장복을 입고 있었고 그 중 한 명은 길 위에 올라서 있었다. 번쩍이는 그들의 헬멧 위에 빗물이 떨어져 산산이 부서졌다. 길 위에 있는 자와의 거리는 불과 30미터였다. 그는 머스 켓 총을 마치 자장가를 불러 재우기라도 하는 듯이 어깨와 반대편 팔 사이에 끼고 있었다.

아직 아무도 그를 알아채진 않았다. 자신을 포함해서 그곳에 있는 모두가 무아지경에 빠져있는 듯했다.

그는 엄지손가락으로 권총집의 단추를 딱 하고 풀었다. 하지만 권총을 꺼내지는 않았다. 제일 가까이에 있던 길 위의 군인이 그를 향해 눈을 돌리는 순간, 빗물이 눈에 들어가 움찔한 밀턴은 뒤로 몸을 홱 돌렸다. 비상사태를 알리는 고함소리가 들려오지는 않았다. 다만 놀라서 헉 하는 소리가 들려왔을 뿐이었다.

모른 척 슬그머니 긴 보폭으로 등마루 꼭대기 쪽으로 되돌아 가는 동안에 그의 심장은 온몸 여기저기, 말도 안 되는 모든 부분에서 쿵쾅쿵쾅 뛰었다. 그는 자신의 어깨가 점점 넓어져 길 양쪽 밖으로 삐져나가는 것만 같았다. '난 죽었다. 내 뒤통수를 쏘아주면 좋겠구만. 그런데 언제 오는 거야?'

"항복해!"

배가 얼어붙고 왼쪽 무릎이 힘을 잃고 삐끗했지만 그는 곧 몸을 추스리고 등마루의 가장자리를 향해 냅다 뛰기 시작했다. 군인들은 벌써 머스켓총과 기관총을 쏘아대고 있었다. 밀턴은 땅위를 뛰는 것이 아니라 날아오는 총알들의 바람 위로 페달을 밟고 있는 것 같았다. '머리에, 머리에!' 그는 마음속으로 외치며 산꼭대기 위로 펄쩍 뛰어 날아 반대편 비탈 위에 내려앉았고 그 사이 총알들은 끝도 없이 날아와 공기를 자르면서 등마루를 쓸어버리고 있었다. 머리카락이 곤두서고 두 눈은 휘둥그레졌지만 보이는 것은 하나도 없었다. 그는 진흙을 가르면서 길게 미끄러졌다. 튀어나온 바위들과 가시덤불들을 스쳤지만 그는 상처도, 피가 뿜어져 나오는 것도 느껴지지 않았다. 어쩌면 온몸을 뒤덮은 진흙이 보호막이 되어 상처를 틀어막아버린 것인지도 몰랐다. 그는 다시 일어나 뛰었다. 하지만 너무 느리고 몸이 무거웠다. 과녁 맞추기를 하듯이 총을 쏘는, 능선에 일렬로 늘어선 그들을 보기 위해 뒤를 돌아볼 용기는 없었다. 그는 급류와 둑 사이를 어색한 자세로 뛰다가 어느 순간, 어차피 속력도 내지 못하는데 멈춰서야겠다고 생각했다. 그는 총알들이 날아오기를 여전히 기다리고 있었다. '다리 말고, 등 말고!' 그는 급류가 흐르는 강변의 수목이 가장 우거진 지대를 향해 계속 뛰었다. 낮은 둑 위에 다다랐을 때 그는 자신에게서 50보 정도 떨어진 곳, 빗방울이 뚝뚝 듣는 아카시아 나무들 뒤로 몸을 반쯤 숨기고 있는 저들을 얼핏 보았다. 아마도 다른 정찰대 같았다. 그들은 진흙 귀신같은 밀턴을 아직 알아보지 못하고 있었다. 하지만 이내 소리를 지르고 총을 겨누기 시작했다.

"항복하라!"

멈춰섰던 밀턴은 뒷걸음질 쳤다. 한 발, 두 발, 세 발 다리를 향해 뒷걸음치던 그는 확하고 몸을 돌려 구르기 시작했다. 그들은 흥분하여 밀턴에게 소리를 지르고 서로에게 밀턴의 위치를 알려주고 질책하고 독려하면서 강둑과 등마루, 양쪽에서 총을 쏘아댔다. 구르면서 어느 둔덕에 부딪혀 멈춘 밀턴은 다시 일어섰다. 좌우 앞뒤, 온통 그의 주위로는 빗발치는 총알 때문에 진흙땅이 찢기고 끓어올랐으며 진흙은 튀어올라 그의 발목을 끌어안았다. 앞에서는 강가의 관목들이 타닥타닥 마른 소리를 내며 튀어올랐다.

그는 다시 지뢰가 설치된 다리로 향했다. 이렇게 죽으나 저렇게 죽으나 매한가지였다. 그러나 마지막 몇 걸음을 앞두고 그의 몸은 울기 시작했고 산산조각이 나 공중으로 튀어오르기를 거부했다. 머리가 끼어들 틈도 없이, 그의 몸은 우뚝 멈춰 서더니, 일제사격으로 잘려나간 관목 덤불 위를 날아 급류로 뛰어들었다.

그는 두발로 선 자세로 강물로 떨어졌고 물은 그의 무릎을 마비시켰다. 빗발치는 총알에 잘려나간 가지들이 그의 어깨 위로 떨어져 내렸다. 그는 일초도 지체하지 않았다. 감히 눈을 돌려본다면 강가에 당도해 있는 선두의 군인들을 보게 될 것이고 그들의 일곱, 여덟, 열 개의 총이 자신의 두개골을 겨누고 있는 것을 보게 될 것이 분명했다. 그는 손을 재빨리 권총집으로 가져갔다. 그러나 손가락 아래로 진흙이 조금 묻어나올 뿐 권총집은 비어있었다. 잃어버렸다. 등마루에서 한참을 거꾸로 미끄러져 내려오는 동안에 빠진 게 분명했다. 절망한 나머지 밀턴은 두려움도 잊고 고개를 완전히 돌려 덤불 사이를 쳐다보았다. 그에게서 불과 20보 거리에 있는 군인 한 명이 눈에 들어왔다. 그 군인의 손에 들린 머스켓 총은 춤추듯 흔들리고 있었고, 그의 두 눈은 다리의 아치를 응시하고 있었다. 밀턴은 귀청이 터질 듯한 큰 소리를 내며 배를 대고 물로 뛰어든 다음, 단 한 번의 도약으로 반대편 물가에 가 닿았다. 그의 뒤로 고함소리와 사격이 다시 폭발했다. 그는 포복으로 강변을 지나, 끝없는 허허벌판으로 뛰어들었다. 단박에 속도를 내려고 안간힘을 썼지만 그의 무릎은 하릴없이 꺾어졌다. 그는 쿵 하고 쓰러졌다. 군인들은 목이 터져라 고함을 쳤다. 그런 군인들을 욕하는 끔찍한 목소리 하나도 어디선가 들려왔다. 총알 두 방이 밀턴이 쓰러진 근처 땅에 부드럽고 친근하게 와 박혔다.

그는 다시 일어나 달렸다. 애쓰지 않았다. 체념한 듯이, 지그재그로 뛰지도 않았다. 총알들이 셀 수 없이, 무더기로, 엄청나게 날아왔다. 총알은 대각선 방향에서도 날아왔다. 몇몇 군인들이 왼쪽으로 몸을 날려 직각방향에서 그를 맞추려 한 것이었다. 그들은 새를 사냥할 때처럼 그의 진행방향 앞쪽으로 총을 쏘았다. 이 대각선에서 날아오는 총알들은 그에게 이루 말할 수 없는, 훨씬 더 큰 공포감을 주었다. 자신을 그 자리에서 즉사시킬 수 있는 직선방향의 총알들이 더 나았다. '머리에 쏴라구, 머리에에에에!' 자살을 하기 위한 권총도 더 이상 없었고 자신의 머리를 박살내버릴 나무둥치 하나도 보이지 않았다. 맹목적으로 달리면서 그는 자신의 목을 조르려고 두 손을 들어 목에 갖다 댔다.

그는 점점 더 빨리, 점점 더 민첩하게 달렸다. 심장은 바깥쪽에서 안쪽으로, 마치 자기 자리를 되찾으려고 안절부절 못하는 듯이 요동치고 있었다. 그는 달렸다. 한 번도 달려본 적이 없다는 듯이, 또 그 누구도 달려본 적이 없다는 듯이. 부릅뜬, 그러나 반쯤 장님이 된 그의 두 눈에는 폭우로 인해 검고 얼룩덜룩해진 맞은편 산꼭대기들이 살아있는 강철처럼 번뜩이는 것 같았다. 그는 달렸다. 총질과 고함소리들은 서서히 줄어들면서 그와 적들 사이에 놓인 거대하고 넘을 수 없는 연못 속으로 가라앉고 있었다.

그는 여전히 달렸다. 땅과 닿지도 않았다. 육신과 움직임과 호흡과 피로는 허망한 것들로, 그에게는 느껴지지조차 않았다. 새로운, 아니면 사라진 자신의 시력이 알아보지 못하는 곳들을 여전히 달리면서 그의 머리는 다시 작동하기 시작했다. 그러나 그 생각들은 외부로부터 날아와, 마치 새총으로 쏘아 보낸 조약돌처럼 그의 이마를 명중시켰다. '나는 살아있어. 풀비아. 나는 혼자야. 풀비아, 난 당장에라도 죽을 수 있어!'

그는 달리기를 멈추지 않았다. 길은 상당히 오르막이었지만 그는 평지를, 마음에 흡족한, 탄력 있고 마른 평지를 달리는 것 같았다. 그러다가, 갑자기 그의 앞에 조그만 마을이 나타났다. 그는 신음을 내뱉으며 그 마을을 지나쳤다, 더 이상은 달릴 수 없을 만큼 여전히 달리면서 마을을 우회해 갔다. 그러나 마을을 지나자마자 그는 갑작스레 몸을 왼쪽으로 꺾어 유턴했다. 그는 자신이 아직 살아있음을, 천사들의 그물에 걸려들기를 기다리면서 허공을 날고 있는 유령이 아님을 스스로 증명하고 싶어졌다. 그러자면 사람들을 보고 또 사람들도 자신의 모습을 보아야만 했다. 리듬을 그대로 유지하면서 그는 다시 마을 어귀로 내달려 마을 한 가운데를 가로질렀다. 소년들이 학교에서 나오고 있었다. 포장돌길 위를 질주하는 밀턴의 요란한 발소리에 소년들은 계단 위에 멈춰 서서 모퉁이를 바라보았다. 밀턴이 말처럼 달려들어 왔다. 눈을 희번덕거리며, 거품이 가득한 입을 쩍 벌리고서 발을 내디딜 때마다 옆구리에서 진흙을 토해대고 있었다. 어른의 목소리가, 아마도 창문에 있던 여선생의 목소리가 터져 나왔지만 그는 물결치는 들판의 가장자리에 있는 마지막 집 근처로 이미 멀어져간 뒤였다.

부릅뜬 두 눈으로 하늘은 아예 보지도 못하고 발아래를 스쳐지나가는 땅만을 겨우 보면서 그는 달렸다. 그는 고독과 침묵과 평화를 완전히 의식하고 있었다. 그러나 힘들이지 않고, 저항할 수 없이 그는 여전히 달렸다. 그러다 그의 앞에 숲이 나타났다. 밀턴은 곧장 숲을 향했다. 그가 나무들 아래로 들어가자마자 나무들은 마치 문을 닫고 벽을 만들어주는 것처럼 보였다. 그 벽 안쪽 1미터 거리에서, 그는 쓰러졌다.

-Fine-

역주

p.11_Hieme et aestate, prope et procul, usque dum vivam... 여름이든 겨울이든, 가까이 있든 멀리 있든, 내가 살아있는 한... 이라는 뜻의 이 라틴어 문장은 변치 않는 마음을 맹세하는 전형적인 콜라주로 보인다.

p.14_『녹색 모자』, 『엘사 아가씨』, 『사라진 알베르틴』은 각각 마이클 아렌(Dikran Kuyumjian의 필명), 슈니츨러, 프루스트의 소설이다. 이 중에서 오스트리아의 극작가이자 소설가인 아더 슈니츨러(1812-1931)가 쓴 독백형식의 소설 『엘사 아가씨』(1924)는 파멸 직전의 가족을 구하기 위해 늙고 부유한 남자 앞에서 옷을 벗어야 했던 소녀의 이야기이다.

p.14_영국 시인 로버트 브라우닝(Robert Browning, 1812-1889)의 시. 딱 풀비아의 나이에 죽은 소녀를 위한 시이다.

p.15_Unione Nazionale Protezione Antiaerea 공중폭격방어 국민연맹

p.27_토마스 하디의 소설 『테스』의 원제.

p.57_보통 빵에 끼워 먹는 얇게 저민 돼지비계.

p.66_아쭈리 바돌리아니(Azzuri badogliani). '바돌리아니' 또는 '아쭈리'라고 불리우는 파르티잔군. 아쭈리라는 이름은 파란(azzuro) 손수건을 갖고 다닌 데서 유래한다. 대부분, 정규군에서 복무한 전력이 있는 중산층 자식들로 이루어졌다. 그들은 종종 사보이 군주제에 대한 충성을 변함없이 간직하고 있었고, 1943

년 무솔리니를 반대하는 쿠데타가 일어난 이후 정부의 수장을 맡은 육군 참모총장 피에트로 바돌리오(Pietro Badoglio)에 동조했다.

p.66_스텔라 로싸(Stella Rossa). 이탈리아어로 '붉은 별'이라는 뜻. '로씨' 또는 '가리발디니'라고 불리우는 이들은 주로 노동자나 농민 등 서민층으로 구성되었고, 공산당에 의해 정치적으로 조직되었기 때문에 표식으로 붉은 별을 달고 다녔다.

p.78_'모습이 두드러지고', '모습이 잡히는' 식의 표현은 페놀리오가 의도적으로 고른 것으로 영상 기술적 어휘들이다. 영화를 사랑한 페놀리오의 언어에 들어 있는 영화적 암시들은 자주 눈에 띈다.

p.86_토토(Totò)와 마카리오(Macario). 당시에 유명했던 코미디언.

p.93_만나(Manna). 하느님의 양식

p.104_'총살을 하는 사람이 시체를 묻어줘야지.' 총살, 매장에 관계한 파르티잔들의 당혹스러움을 감추기 위해 작가는 의도적으로 목적어를 생략하면서 그런 단어들을 사용하지 않고 있다.

p.104_총통(Duce)은 베니토 무솔리니의 칭호.

p.113_그녀와 조르조의 관계에 대한 진실은, 장애물 투성이인 지금의 상황에서 힘겹게 꺼내야 할 '돈'과 같다는 작가의 은유이다.

p.119_à bout portant 직사공격, 프랑스어

p.121_ "En avant! En avant, bataillon!" "전진! 전진하라, 대대여!",프랑스어

p.131_그라파(Grappa). 포도를 짜낸 찌꺼기를 증류한 술. 알콜도수는 37도에서 60도로 높다.

p.142_1943년 9월 8일. 1943년 9월 3일 이탈리아는 시칠리아의 시라쿠사 근교의 캇시빌레(Cassibile)에서 연합군과 휴전협정을 체결함으로써 추축국에서 빠졌다. 9월 3일에 조인된 이 협정은 9월 8일 부로 발효되었기 때문에 통상 9월 8일로 일컬어진다. 사실 이것은 휴전협정이라기보다 연합군에 대한 이탈리아의

무조건적인 항복이었다.

p.142_테르미니(Termini). 로마의 중앙 역. 밀턴은 로마에서 군복무를 했다.

p.144_카사 리토리아(Casa Littoria). 어린 파시스트들을 양성시키던 숙소.

p.147_유향수(지중해산 상록관목)의 수지.

p.173_트레초(Trezzo). 망고 서쪽에 위치한 마을로 알바 시에 더 가깝다.

p.176_포르타 케라스카(Porta Cherasca). 알바 시로 들어가는 입구. 남동쪽에서 오는 파르티잔들이 알바 시로 들어가기 위해 거쳐 가야 하는 관문.

p.178_카바이드 램프를 가리킴. 탄화칼슘과 물을 섞어 아세틸렌을 발생시켜, 이것을 태워 광원으로 쓴다.

p.179_술래가 왼손등을 오른쪽 뺨에 대고 있으면 누군가가 뒤에서 다가와 술래의 손바닥을 치고, 술래는 그 사람이 누구인지를 알아맞히는 일종의 눈치 게임.

p.184_그라치아니 포고문(I bandi di Graziani). 그라치아니 장군이 1943년 9월 8일 해산된 군인들도 포함해서 입대 연령이 된 젊은이들에게 살로 파시스트 공화국 군대에 입대하라는 포고문을 냈다. 많은 이들이 징병을 기피했다.

p.195_티토(Tito, 1892~1980). 독일군에 대한 유고슬라비아 저항운동을 이끈 장군. 1953년부터 1980년까지 유고슬라비아의 대통령을 지낸 그는 민족주의적 공산주의, 즉 티토주의를 창시한 것으로 유명하다.

p.196_'내뱉는 세 단어 중에 한 단어는 스페인어'인 알론소가 마테를 모욕하는 이 말은 글자 그대로는 '쥐잡는 사람'이란 뜻인데(스페인어로 라토rato는 쥐이다) 일반적으로 좀도둑, 사기꾼을 말한다.

p.202_알라리코 로쪼니는 밀턴에게 포로로 잡혔다가 결국 총맞아 죽은 하사의 이름.

p.204_측대보(側對步). 같은 편의 앞다리와 뒷다리를 동시에 떼며 걷는 네발짐승의 걸음걸이. 기린과 낙타 등은 본디 측대보로 걷고, 말은 훈련에 의해 측대보로 걸을 수 있다.

옮긴이의 말

　전후 이탈리아의 문단을 주도했던 저항 문학에서 페놀리오가 차지하는 위치는 매우 독특하다. 그의 작품들이 대부분 그의 사후에 출간되어 뒤늦게 평단의 인정과 대중의 사랑을 받은 점도 그렇고, 특히 1963년 처음 발표된 뒤 수많은 비평가들의 극찬을 받은『사적인 문제Una questione privata』에서 보이듯 페놀리오 만큼 파르티잔 저항운동 속에 순수한 사랑 이야기를 압축적이고 극적으로 녹여낸 작품을 쓴 작가는 없었기 때문이다.

　『사적인 문제』는 작가가 파르티잔 운동에 직접 가담했던 경험을 바탕으로 쓴 작품이자 생전에 세 번이나 고쳐 썼을 만큼 심혈을 기울인 작품이다. 작가는 이 작품에서 파르티잔이 처한 조건을 인간이 처한 조건 그 자체로 바라보면서 역사의 질곡에 빠진 파르티잔들의 모습을 가공 없이 날것 그대로 묘사하는 한 편, 거대한 역사의 소용돌이에 휩쓸린 동시에 청춘의

한 가운데를 관통하고 있는 젊은 그들의 내면과 엇갈린 사랑 또한 놓치지 않고 있다. 당대의 많은 작가들이 2차 대전과 나치즘, 파시즘이라는 굴곡진 역사를 지나면서 다큐멘터리적 성격이 강하고 대중에게 인간과 사회의 새로운 모델을 제시하는 참여적인 작품을 쓰며 스스로를 공인으로 인식하고 있던데 반해, 페놀리오는 거의 독자적으로 은둔하다시피 글쓰기에 몰두한 고독한 작가였다. 남겨진 사진들에서 볼 수 있듯이, 그의 얼굴에는 강인한 의지와 타협을 모르는 외골수의 성격이 엿보인다. 작품『사적인 문제』의 주인공 밀턴은 바로 그러한 작가의 자화상이다.

"밀턴은 못생겼다. 키가 크고 비쩍 마르고 어깨가 굽었다. 피부는 두껍고 창백하기 그지없었지만, 빛이나 기분이 조금만 바뀌어도 피부색이 어두워졌다. 나이 스물 둘에 벌써 입가에는 팔자 주름이 깊게 패었고, 거의 계속해서 찡그리고 있는 습관 때문에 이마에도 주름이 깊게 새겨져있었다. 원래는 갈색머리였지만 수개월 동안 계속된 비와 먼지가 그의 머리카락을 너무도 초라하게 바랜 금발로 바꿔놓았다. 슬프면서도 비꼬는 듯한, 강인하면서도 초조한 듯한 두 눈, 아무리 호의적이지 못한 여자라도 대단하다고 평가할 법한 그의 두 눈만이 생생하게 활기를 띄고 있었다. 말처럼 가늘고 긴 다리를 갖고 있어서 그는 넓고 반듯하고 빠른 걸음으로 걸을 수 있었다."(본문 8-9쪽)

이 책의 주인공 파르티잔 밀턴은 고향인 알바 근처에서 임무를 수행하다가 사랑하는 풀비아의 텅 빈 빌라를 지나게 되고 그곳에서 빌라의 관리인을 만나 자신의 사랑 풀비아와 자신의 절친한 친구 조르조 사이의 만남들을 알게 된다. 밀턴은 그들의 관계가 무엇이었는지 알아내기 위하여 다른 파르티잔 부대에 소속되어 있던 조르조를 만나 직접 듣기로 한다. 그러나 밀턴이 조르조를 찾아간 바로 그날, 조르조는 운명의 장난처럼 파시스트군에게 잡혀간다. 그때부터 조르조와 포로교환으로 맞바꿀 파시스트를 잡으러 다니는 밀턴의 고된 여정이 팽팽한 긴장감 속에 펼쳐지기 시작한다. 이와 더불어 그때까지 그를 둘러싸고 있던 모든 것, 모든 세계의 의미는 완전히 뒤바뀌게 된다.

"알지 못하고서는 더 이상 살 수가 없었다. 그리고 무엇보다도, 자신과 같은 청년들이 살기 위해 불려가는 것이 아니라 죽기 위해 불려가는 이 시대에, 그는 알지 못하고서는 더 이상 죽을 수도 없었다. 그는 그 진실을 위해서라면 모든 것을 포기할 수 있었다. […] 자신과 같은 선택을 한, 같은 다짐으로 모인 동료들, 자신과 같은 이유로 울고 웃는 그 청년들… 그는 고개를 가로저었다. 오늘 갑자기, 밀턴 안에서 그들을 위한 자리는 사라져버렸다. 반나절, 아니면 일주일, 또는 한 달 동안, 아무튼 그 진실을 알게 될 때까지 그럴 것이다. 그러고 나서야 밀턴은 자신의 동료들을 위해서 파시스트들에 저항하고 자유를 위해서 다시 무언가를 할 수 있는 자리로 돌아갈 것 같았다."(본문 46~48쪽)

그 동안 목숨을 바쳐 지키려한 그 모든 정치적 신념과 시대적 대의명분, 자유와 해방 그리고 함께 투쟁하던 파르티잔들에 대한 동료애, 그의 삶의 이유가 되었던 모든 거시적인 명분들은 순식간에 사라지고 이제 자신의 '사적인' 진실규명이 삶의 이유이자 죽음의 이유가 된 것이다. 결국 작가는 개인의 '사적인' 문제가 그 어떤 거시적 전망보다 인간의 조건에 결정적일 수 있으며 고귀한 실존적 중요성을 획득한다는 사실을 개인적 이기주의에 전혀 매몰시키지 않으면서도 간결하고 강렬한 필치로 그려내고 있다.

분명히 자신에게 고통과 절망을 안겨다줄 진실을 반드시 알아내야만 하는 주인공 밀턴의 필사적이고 강박적인 탐구는 굳건히 믿고 있던 자신의 사랑과 그 사랑 위에 건설되었던 자신의 세계가 환상이 아닌 진실된 그 무엇이었는지를 규명하는 자기 자신에 대한 탐구이다. 고통스런 진실을 확인하는 두려움, 그러나 그 두려움보다 더 큰 것은 진실을 알고 싶은 강박적인 욕구인 것이다. 이러한 주인공의 내적 긴장과, 주인공을 둘러싼 세계와 일련의 사건들이 보여주는 외적 긴장이 팽팽하게 맞서고, 절묘한 플래시백 기법을 통해 풀비아와 조르조를 독자 앞으로 불러내어 감각적이고 주옥같은 사랑의 언어들을 쏟아내는 이 작품은 한 시대와 개인을 깊숙이 들여다보고 쓴 드물게 빼어난 수작이다. 또한 생동감 넘치고 개성있는 인물묘사와 빠른 행동 전개, 밀도 높은 구성, 언어적 감수성으로도 탁월한 문학성을 보이는 이 작품은 이탈리아 현대문학사를 화려하게 장식하며 고전 가운데 당당하게 자리매김했다.

역자는 이 작품을 이탈리아 유학시절 처음 접했다. 박사과정 첫 여름방학 때 명작들의 망망대해에서 한정된 시간 안에 무엇을 골라 읽어야할지 몰라 여러 교수님들께 생애 가장 아름다운 소설 다섯 권씩을 추천해달라고 부탁했었다. 그 때 공통적으로 나온 소설이 바로 페놀리오의 『사적인 문제』였다. 손에서 놓지 못하고 가슴을 치며 단숨에 읽어내려갔던 이 작품을 이번에 번역본으로 내놓을 수 있게 되어 참으로 행복하다. 이 작품이 주는 감동과 여운을 이제 독자들과 공유하기를 바랄 뿐이다.

2010년 가을
이소영

벱페 페놀리오 연보

1922년 3월 1일 정육점 직원이었던 아버지 아밀카레 페놀리오와 강인한 성격의 어머니 마르게리타 파첸다 사이에서 세 자녀 중 장남으로 태어남. 그가 태어난 알바 시는 이탈리아 북부 피에몬테 주 쿠네오 군에 위치한 랑게지역의 중심지로 낮은 산들이 많고 농업과(특히 포도농사) 목축이 주요산업임. 어린 시절 말을 더듬기도 했지만 총명하고 조용한 성격이었다고 함. 중고등학교 시절부터 대단한 독서광이었으며 제임스, 로렌스, 콘래드, 예이츠, 콜리지, 셰익스피어 등 영문학에 심취. 반파시스트 교사들에게 영향 받음.

1940년 토리노 대학 인문학부에 입학.

1943년 군대에 징집되어 학업을 중단하고 먼저 고향에서 가까운 쿠네오 지역의 체바에서, 그리고 이후에는 로마에서 학사장교 연수과정 이수.

1943년 9월 8일 연합군과의 휴전협정에 따라 군대가 해산된

후 천신만고 끝에 알바로 귀환. 그러나 알바는 독일군이 점령하고 있었고 연합군의 감금에서 탈출한 무솔리니가 이탈리아 북부에 살로 파시스트 공화국이라는 괴뢰정부를 세움. 이에 반발하는 반파시스트 파르티잔 활동이 전개됨.

1944년 1월 초기 파르티잔 부대에 합류. 처음에는 공산주의 성향의 파르티잔인 '로씨(Rossi, 붉은 별을 달고 다니던 것에서 유래. 페놀리오가 속했던 부대는 가리발디 여단)'에 들어갔지만 1944년 여름 엔리코 마르티니와 피에로 발보가 이끄는 자유주의 성향의 파르티잔인 '아쭈리(Azzuri, 파란색 손수건을 달고 다니던 것에서 유래. 이념적인 동질성으로 연합군의 군수물자를 직접 지원 받았으며, 이는 로씨와의 갈등요인이 되기도 함. 페놀리오가 속했던 부대는 바돌리아니 여단)'로 옮겨 랑게지방의 망고, 무라차노, 몸바르카로 지역을 활동근거지로 함. 『사적인 문제 Una questione privata』(1963)의 배경이 된 이곳에서 파르티잔으로 활동하면서 그는 전우들과, 특히 전직 비행장교 피에로 기앗치와 각별한 우정을 나누게 됨. 피에로 기앗치는 훗날 『파르티잔 조니Il partigiano Johnny』에서 충정과 용기를 지닌 피에르라는 인물의 모델이 됨.

1945년 1월 영어에 능숙했던 그는 통역 및 연락 장교의 임무를 띠고 아스티 지역에 자리 잡은 영국군 지휘부로 파견됨. 그러나 가까이에서 본 영국군은 자신이 고등학교 시절 영국 문학에 심취하면서 꿈꾸었던 이상적 문명의 화신이 아니었고 이러한 실망감은 가난하고 순수했던 파르티잔 시절에 대해 다시 생각하고 성찰하는 계기가 됨. 4월 25일 드디어 종전이 선언되고 페놀리오는 일상생활로 돌아왔지만 경제적, 정신적 어려움에 봉착함. 결국 대학 졸업을 포기하고 생업에 뛰어듦.

1947년 5월 알바의 포도주 제조회사 마렝코(Marenco)에 수출과 해외업무를 담당하는 직원으로 채용됨. 동시에 글쓰기에 본격적으로 몰입하기 시작함. 손으로 필사한 그의 많은 초고들이 이 회사의 서류종이들에 쓰여 있음.

1949년 조반니 페데리코 비아몬티라는 필명으로 쓴 첫 번째 단편『속임수Il trucco』가 봄피아니 출판사의 브로셔 '금붕어들(Pesci rossi)'에 수록. 같은 해『저항운동 이야기Racconti della guerra civile』와『토요일의 대가La paga del sabato』를 에이나우디에 투고하고 그 중『토요일의 대가』는 이탈로 칼비노의 호평을 받았으나 두 작품 모두 출간이 좌절됨.

1950년 신인작가들을 등용하기 위한 에이나우디 출판사의 새로운 시리즈 '젯토니(Gettoni)' 담당자 엘리오 빗토리니를 토리노에서 만남. 그 동안 정중한 서신교환만을 했던 이탈로 칼비노와 유명한 여류작가 나탈리아 진즈부르크와도 교류하게 됨.

1952년 단편집『알바시의 23일I ventitre giorni della citta di Alba』출간

1954년 『파멸La malora』출간.

1955년 『파멸』에 대한 평단의 무관심과 이 작품에 대한 빗토

리니의 제한적 판단에 크게 실망한 페놀리오는 에이나우디와의 관계를 접고 1959년 4월 가르잔티 출판사의 '가르잔티 현대 소설'시리즈에서 소설『아름다운 봄Primavera di bellezza』을 출간. 이 작품으로 프라토 상(il Premio Prato) 수상.

1959년 수년간 자신을 괴롭혀온 기관지천식이 관상동맥 질환으로 악화되었다는 병원진단을 받음.

1960년 전쟁이 끝난 직후 알게 된 루치아나 봄바르디와 결혼, 스위스 제네브로 신혼여행을 떠남.

1961년 1월 9일 첫 딸 마르게리타가 탄생. 이를 기념하며 두 편의 단편『할아버지의 이야기La favola del nonno』와『방패를 훔친 아이Il bambino che rubo uno scudo』를 씀.

1961년 에이나우디 출판사와 단편집『불의 날Un giorno di fuoco』출간 합의. 그러나 1959년『아름다운 봄』을 출판하면서 가르잔티 출판사와 맺은 향후 5년간의 독점 계약으로 두 출판사가 마찰을 빚는 바람에『불의 날』의 출간이 연기됨.

1962년 단편『하지만 내 사랑은 파코Ma il mio amore e Paco』로 알피 아푸아네 상(il Premio Alpi Apuane) 수상. 토스카나의 베르실리아 해변에서 요양 중 각혈을 일으키고 급히 브라 시로 돌아와 병원 검사를 받은 결과 호흡기 합병증을 동반한 결핵의 일종이라는 진단을 받음. 피에몬테 주 쿠네오 지역의 봇솔라스코로 이사. 해발 800미터의 이 지방에서 독서와 집필을 하고 친구들의 방문을 받으며 지냄. 그러나 얼마 지나지 않아 병이 악화되어 브라 시의 병원에 입원했다가 곧 토리노의 몰리넷티 종합병원으로 옮겨졌고 폐암 진단을 받음. 호흡기 문제 때문에 기관지 절개 수술을 받았기 때문에 그의 생애의 마지막 며칠 동안은 쪽지에 글로 써서 의사소통을 해야 함.

1963년 2월 18일 새벽 사망. 페놀리오의 친구이자 고등학교 교사였던 돈 나탈레 붓사 신부의 짧은 조문과 더불어 알바의 공동묘지에 묻힘. 사후 수개월 뒤에『불의 날』과『사적인 문제』를 합본으로 출간.

1968년『파르티잔 조니Il partigiano Johnny』출간. 프라토 상 수상.

1978년 에이나우디 출판사에서 페놀리오 연구자 마리아 코르티의 감수 아래 비평본(l'edizione critica)으로 페놀리오 전집이 출간.

2001년 망고에 '파르티잔 조니의 고향(Il paese del partigiano Johnny)'이라고 이름 붙여진 길이 생김. 이어서 그의 주요 작품들의 배경이 된 무라차노 시와 산 베네데토 벨보 시에도 페놀리오의 이름을 딴 길들이 생김.

2005년 3월 토리노 대학에서 페놀리오에게 명예 라우레아 학위 수여.

벱페 페놀리오 작품목록

생전 출간 작품들

『알바 시의 23일I ventitre giorni della citta di Alba』, 에이나우디 출판사, 토리노, 1952

『파멸La malora』, 에이나우디 출판사, 토리노, 1954

『아름다운 봄Primavera di bellezza』, 가르잔티 출판사, 토리노, 1959

사후 출간 작품들

『불의 날Un giorno di fuoco』, 가르잔티 출판사, 토리노, 1963

『사적인 문제Una questione privata』, 에이나우디 출판사, 토리노, 1963

『파르티잔 조니Il partigiano Johnny』, 에이나우디 출판사, 토리노, 1968

『토요일의 대가La paga del sabato』, 마리아 코르티(Maria Corti) 감수, 에이나우디 출판사, 토리노, 1969

『제1차 세계대전 때의 페놀리오Un Fenoglio alla prima guerra mondiale』, 에이나우디 출판사, 토리노, 1973

『폭풍 속의 목소리La voce nella tempesta』, 프란체스코 데 니콜라

(Francesco De Nicola) 감수, 1974[*]

『벱페 페놀리오, 작품들Beppe Fenoglio, Opere』, 마리아 코르티(Maria Corti) 감수, 에이나우디 출판사, 토리노, 1978[**]

『영혼의 구원, 그리고 기타 단편들L'affare dell'anima e altri racconti』, 에이나우디 출판사, 토리노, 1980

『소녀 신부La sposa bambina』, 에이나우디 출판사, 토리노, 1988

『매복 공격L'imboscata』, 에이나우디 출판사, 토리노, 1992

『파르티잔들의 기록1944~1945 Appunti partigiani 1944-1945』, 에이나우디 출판사, 토리노, 1994

『번역 노트Quaderno di traduzioni』, 마크 피에트라랑가(Mark Pietralunga) 감수, 에이나우디 출판사, 토리노, 2000

『편지들1940~1962Lettere 1940-1962』, 루카 부파노(Luca Bufano) 감수, 알바 시 페레로 재단과의 공동작업, 에이나우디 출판사, 토리노, 2002

『대척지로의 여행과 기타 환상적 단편들Una crociera agli antipodi e altri racconti fantastici』, 루카 부파노 감수, 에이나우디 출판사, 토리노, 2003

『경구들Epigrammi』, 가브리엘레 페둘라(Gabriele Pedulla) 감수, 에이나우디 출판사, 토리노, 2005

[*]에밀리 브론테의 소설『폭풍의 언덕』을 희곡 형식으로 각색한 것.
[**]벱페 페놀리오 전집으로 총 3권으로 구성된 비평본(l'edizione critica).

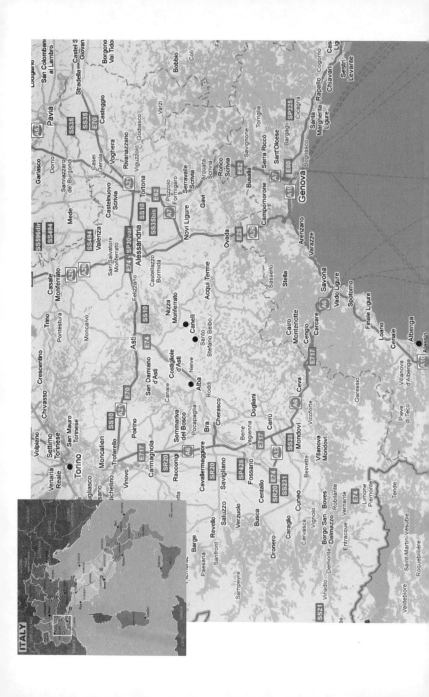